인공지능시대 기업과 교육은
"사고하는 사람" 이 목적이다.

사고하는
힘

책 읽기가
답이다.

김광식 지음

사고하는 힘 책 읽기가 답이다.

초판인쇄 2018년 5월 21일
초판발행 2018년 5월 28일

지 은 이 김광식
발 행 인 조현수
펴 낸 곳 도서출판 더로드
마 케 팅 최관호 최문섭
IT 팀장 신성웅
편   집 Design one
디 자 인 Design one

주   소 경기도 고양시 일산동구 백석2동 1301-2
넥스빌오피스텔 704호
전   화 031-925-5366~7
팩   스 031-925-5368
이 메 일 provence70@naver.com
등록번호 제2015-000135호
등   록 2015년 06월 18일
I S B N 979-11-87340-92-8 03810

정가 15,000원
파본은 구입처나 본사에서 교환해드립니다.

인공지능시대 기업과 교육은
"사고하는 사람" 이 목적이다.

사고하는
힘

책 읽기가
답이다.

김광식 지음

도서
출판 **더로드**
The Road Books

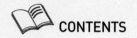 CONTENTS

"우리 독서모임 잘 하고 있나요?"

독서동아리 모임에 참관을 마치면 독서동아리 분들에게 제일 먼저 듣는 말입니다. 저는 일절망설임 없이 "네, 잘하고 계시네요"라고 답변합니다. 처음에는 냉정하게 말씀드려야 하는 게 맞나 싶어 제가 느낀 점을 솔직히 말했습니다. 그런데 잘하는지 물어보았던 사람들은 저의 답변에 큰 관심을 보이지 않았습니다. 물어봐놓고 딴청피우는 게 눈에 보였습니다. 그냥 인사치레였던 것 뿐이었습니다. 그들이 듣고 싶은 말은 '우리 독서모임 잘하고 있다'고 말해달라는 것뿐입니다.

그들은 처음 딱 한번 물어보는 질문이지만 저는 참관하는 곳마다 매번 듣는 질문입니다. 그래서 의문이 들었습니다. '왜 그들은 잘하고 있다는 말을 듣고 싶은 것일까?' '무엇을 인정받고 싶은가?' 의문에 대한 궁금증을 해소하기 위해 매회 독서동아리에 참관 때마다 모임 특성과 토론 도서에 집중해서 관찰했습니다. 결과적으로 참여자 연령 분포도, 성별 구성, 지역적 특징에 따라 다양한 형태로 독서동아리가 운영되고 있음을 알게 되었습니다. 다음으로 '그렇다면 그들은 왜 독서동아리에 모이는가?' 하는 의문으로 생각이 이어졌습니다.

혼자 하는 책 읽기를 하면 되는데 굳이 함께 모여서 책으로 나눌 필요가 있는가? 하는 원초적인 생각에 까지 이르게 되었고, '그렇다면 왜 책을 읽는가?'에 대한 가장 근원적인 의문을 품게 되었습니다.

'우리 독서모임 잘 하고 있나요?'라고 물어보면 '네 잘하고 계시네요.'라고 답변한 후 제가 바로 질문합니다. "회장님은 책을 왜 읽으세요?" 대다수 분들이 바로 대답하지 못 합니다 ……

10년 전부터 서서히 진보하던 인공지능시대가 급격하게 탄력을 받았습니다. 어느새 체스를 넘어서고 바둑을 이겨냈습니다. 앞으로 10년 후에는 인간이 기계와 경쟁해야 하는 시대가 도래 할 것이 분명합니다. 기계에 대항하는 인간의 경쟁력은 인문학적 소양, 인성, 인간성입니다. 기계가 아무리 발달해도 인간의 존재가치를 대체할 수 없는 것들 입니다. 그리고 궁극적으로 가장 강력한 경쟁력은 '창의적인 사고력'이라고 전문가들은 말합니다. 그렇다면 사고력을 증폭시키고 확장할 수 있는 가장 좋은 도구로는 무엇이 있을까요? 저는 책이 해법이라고 생각합니다.

책은 전통적으로 치유의 도구로써 권력도구로써 활용되어 왔습니다. 그리고 가장 중요한 가치가 '사고하는 힘'을 길러준다는 점입니다. 음악, 그림, 영화, 영상, 악기를 통해 치유가 대체 가능 합니다. 지식과 정보는 스마트 폰이 대체하고 있습니다. 그러나 사고하는 힘을 키우는 도구로써는 책을 대체할 수 있는 것이 없습니다. 인공지능 시대에 가장 필요한 것이 '사고하는 힘'이라고 했습니다. 책 읽는 이유를 사고하는 힘을 키우기 위한 도구로써 활용해야 합니다.

책 읽는 이유는 "사고하는 힘"을 키우기 위해서입니다.

그렇다면 어떻게 읽어야 사고하는 힘을 키우는 책 읽기가 될까요?

노벨상에 우리나라 사람이 없는 이유는 무엇이든 오랜 시간이 필요한 철학적 사유보다는 당장의 생산결과를 좀 더 중요하게 여기기 때문입니다. 경제발전으로 잘 먹고 잘사는 게(물질) 우선이다 보니 근원적 사유(정신)는 뒤쳐질 수밖에 없었습니다. 근래부터 경제발전의 주축이었던 58년 개띠들이 은퇴하기 시작하고 경제발전이 정체되고 있습니다. 은퇴를 앞두자 그들은 자신들의 삶을 뒤돌아보기 시작합니다. 58년 개띠들이 은퇴를 얼마 남기지 않고 부터 정신을 찾기 시작합니다. 사회 전반에 인문학 열풍이 시작됩니다.

　우리는 독서법보다는 독서교육에 익숙합니다. 정신적 가치보다 활용적 가치에 우선을 두었기 때문입니다. 가치의 시대입니다. 물질적 가치도 중요하지만 정신적 가치에도 중점을 두어야 합니다. 이 시대는 동양의 『중용』의 정신이 필요한 시대가 되었습니다. 어디 한쪽으로 치우치지 않는 과유불급의 정신이 필요합니다. 독서교육이 중요한 만큼 독서법도 중요합니다. 그리고 독서법을 통해 사고하는 힘을 배양해야 합니다.

　독서교육은 "결과중심적"입니다. 책 읽고 독후감 제출하고 수행평가하고 포스트잇에 붙여서 결과물로 사진을 남겨야 합니다. 이와 반대로 독서법은 "과정중심적"입니다. 책 읽고 아! 아하! 응? 왜? 를 반복하는 행위 자체가 중요한 일입니다. 책 읽는 끈기와 인내를 통해 "생각이 바뀌었어!"라는 과정을 수차례 반복하는 일입니다. 그래서 당장에 결과물이 눈앞에 나타날 수 없는 일입니다.

　그렇다면 사고하는 책 읽기는 어떻게 해야 하나요?

간단합니다. 독서 모임에 나가기만 하면 됩니다. 혼자 읽는 책읽기는 독단과 독선 그리고 아집을 남깁니다. 홀로 고뇌하고 고민하면서 결정한 자신의 결과물을 누군가가 건드리는 것을 용납하지 못합니다. 끝내 사고는 정체되어 버립니다. 많이 아는 것 같지만 타인과 공감되지 않기 때문에 갑갑합니다. 사고는 혼자 하는 행위가 아닙니다. 사고는 함께 해야 합니다. 사고 확장은 한권의 책을 읽고 함께 말하고 듣는 과정 중에 됩니다. 마찬가지로 책 읽기는 혼자 하는 행위가 아닙니다. 함께 하는 행위입니다.

함께 할 때 사고는 확장됩니다.

책은 특별한 무엇이 아닙니다.

책 많이 읽으면 훌륭한 사람이 된다는 말은 거짓된 고정관념 입니다. 책은 사고하는 도구가 될 때 빛을 발합니다. 스티브잡스나 빌게이츠가 마을 도서관에 대해 거창한 메시지를 줍니다. 그러나 그들의 메시지는 열심히 책 읽으면 나 같이 훌륭한 사람이 됩니다. 라는 것을 강조하는 게 아닙니다. 책을 통해 사고하는 법을 배우라는 말을 담고 있습니다. 그들은 책을 통해 인문을 배웠고 인간을 배움으로써 물건을 팔 수 있는 방법을 터득한 것입니다. 책을 읽으며 사고하는 방법을 터득했고 결과적으로 책으로 자본적 방법을 찾은 겁니다. 책을 통해 자본적 방법을 찾을 수도 있습니다. 정신적 가치를 찾을 수도 있습니다. 삶의 이유를 찾을 수도 있습니다. 그 모든 것을 가능하게 근본적인 것은 '사고하는 책 읽기'입니다.

일반 기업에서 자금 담당으로 접대 받고 대우받으면서 사회생활을 시작했습니다. 그러나 어느 날 갑자기 불가항력적인 이유로 실업자가 되면서 주식과 도박을 배웠습니다. 도박중독이 두려워 서울에서 본가가 있는 대구로 내려와 살았습니다. 기술을 배우기 위해 기술 관련 자격증을 5개 취득했습니다. 그러나 취업한 회사 대표에게 빌려준 2000만원을 사기 당하고 3개월 치 월급을 포기해야 했습니다. 이불 도매상에서 일하면서 3개월 만에 12kg 다이어트 성공(?)을 이뤄 내기도 했습니다. 모 대학 산학협력팀에 비정규직으로 취업하여 한국 굴지 대기업의 직원 교육 업무를 직접 하기도 했습니다. 일반 기업에 다니며 연구개발에 참여하기도 했습니다. 삶은 굴곡이 있습니다. 잘 될 때도 있고 안 될 때도 있습니다.

어떤 분들에게 제 삶을 이야기 하면 '책을 읽고 삶이 변화되셨나 봐요?'라고 되물어 보십니다. 그때마다 저는 '아니요'라고 답변합니다. 저는 책이 삶을 변화시키는 도구라는 말을 믿지 않습니다. 어떤 분들에게는 해당되겠지만 저에게는 해당되지 않습니다. 삶이 힘들 때 책이 위로가 된 게 아닙니다. 살면서 가장 큰 위로는 가족입니다. 저 또한 힘겨울 때 믿고 기다려줬던 가족들이 힘이 되었습니다.

책은 그냥 주변에 쉽게 접하는 재미거리일 뿐입니다. 삶에 대단한 그 무엇이 아닙니다. 처음부터 독서활동가가 되기로 준비한 것도 아닙니다. 단순히 책에 대한 꾸준한 관심이 지금의 저를 있게 만들었습니다.

독서법과 독서토론, 독서토론 운영법에 전문 강사이며 동원대 아동문헌정보과에 출강했던 서미경 교수와 독서법에 관한 인연을 이어왔습니다. '한국출판문화산업진흥원'이 추진하는 사업 중에 전국 독서동아리 지원 사업이 있습니다. 2015년에 지원 선정된 대구 지역 10개 독서동아리 회원들 대상으로 범어도서관 협조로 〈우리는 제대로 책 읽는 법을 배워 본 적이 없다〉는 주제의 초청 강연을 10

월말에 직접 진행한 경험이 있습니다. 당시 독서동아리 멘토로 활동하고 있었지만 책 읽는 행위에 대한 철학적 이유를 찾아야겠다고 다짐한 계기가 된 강연 이였습니다.

강연을 듣고 난 후 '나는 왜 책을 읽는가?'에 대한 원론적 고민에 빠져버립니다. 내가 명확한 철학을 가지고 있지 않다면 내가 진행하는 강의나 강연은 무의미하다 여겨졌습니다. 강연 이후로 몇 차례 그녀의 강의를 쫓아 들으며 '사고하는 책 읽기와 발제하는 독서토론'에 대한 철학적 갈망을 가슴 한가운데 계속 응축시켰습니다. 혼자만의 고독한 사유 끝에서야 서미경 교수가 강조했던 "사고하는 책 읽기"가 이해되었고 공감 할 수 있었습니다. 지식으로 아는 것과 느끼는 것은 분명 다르다는 것을 또다시 깨닫습니다.

이제야 떳떳이 말합니다. 책의 가장 큰 가치는 '사고하는 힘'을 키우는 데 있습니다. 그 가치를 함께 하고 싶습니다.

그러나 사람의 마음은 나와 같지 않습니다. 사고하는 책 읽기와 발제라는 부분이 실제 독서동아리에게는 부정적인 경우가 많았습니다. 책에는 다양한 관점이 있는데 꼭 정형화된 발제로 토론을 해야 하는가에 대한 의문이였습니다.

발제를 부담스러워 하는 그들과 대화를 하던 중에 독서동아리라는 모임도 관계(인간과 사회와 자연과 그 외 것들)의 연장선일 뿐이라는 것을 인지했습니다. 따라서 책 읽기를 이해하기 위해서는 '관계라는 인문'부터 시작할 필요가 있었습니다.

그런 때에 대구 동부도서관의 "길 위의 인문학"사업으로 『사기열전』을 주제로 한 박세욱 교수의 강좌를 듣게 되었습니다. 몇 차례의 강좌를 들으며 인문은 시대에 따라 변한다는 점을 깨달았습니다. 중국의 유학이 시대에 따라, 현실에 따라 변화한 것과 마찬가지로 인문은 변화해왔고 책 읽는 이유도 변하는 것이 당연하다는 생각으로 귀결되었습니다. 태생이 우리 것도 아닌 성리학을 들여와서 수 백 년 동안 우리 사회에 잔존하고 있는 성리학을 제대로 이해해야 당장 다가올 인공지능 시대에 인문을 이해할 수 있을 것이라는 화두를 던지게 되었습니다. 그렇게 정리하게 되니 그 뒤의 모든 생각은 일사천리로 완성될 수 있었습니다. 초기 원고를 보여드리자 오히려 고맙다며 하나하나 정독하시고는 첨삭하며 수정까지 도와주신 박세욱 교수님께 다시 감사드립니다.

책을 출판하는 일도 결코 혼자할 수 없는 일이라는 것을 깨닫습니다. 도와주신 분들이 너무 많습니다. 독서회 회장이라는 직책을 3년째 떠넘기며 심적 부담을 주었지만(ᴖᴖ) 절대적인 신뢰를 보여주며 책 출판에 적극적으로 파이팅!을 외쳐주신 대구 범어도서관내 '범어어울림독서회' 회원 분들께 가장 먼저 감사드립니다. 그리고 인터넷 카페로 인연을 이어온 "우주지감 독서회" 카페장 그리고 회원분들께도 감사드립니다. 많은 분들이 제 삶을 행복하게 만들어 주셨습니다. 함께하는 인문적 삶을 공유한다는 것만큼 훌륭한 인연은 없을 것입니다. 그들은 내 삶을 가치 있게 해 주셨습니다. 진심으로 다시 한번 감사드립니다.

많은 분들이 책 출판에 많은 도움을 주셨습니다. 인지도 전혀 없는 개인이 자기 이름으로 책 낸다는 것이 정말로 어렵다는 것을 알았습니다. 글쓰는 것과 출판이라는 것은 다르다고 말씀해 주신 얼굴 한 번 뵌 적 없는 김영일 발렌시아 대표님의 조언에 감사드립니다.

그리고, 거칠었던 초기 원고를 보시고도 출판을 하겠다며 적극 환영해주신 도서출판 더로드 조현수 대표님께 다시 한번 감사드립니다.

끝으로, 세상 가장 사랑스러운 아내와 아이들. 정말 감사드립니다.

세상은 관계에서 비롯됩니다. 그게 인문입니다. 책 읽는 이유입니다.

인문학은 시대에 따라 변화되어 왔다.

Reading The Thinking
Book is The Answer.

인문학 광풍? 허풍?

어디서나 인문학, 인문학, 인문학을 해야 한다고 주장합니다. 인문학을 외치는 강사와 지식인들도 많습니다. 도서관이나 문화센터 홍보 포스터엔 인문학이란 말이 없는 특강이나 강좌는 찾아보기 힘듭니다. 책을 읽는 독서모임에 가입 신청할 때 '당신은 인문(학)적 삶이 무엇이라고 생각하시나요?' 와 같은 질문은 기본입니다. 미술에도 인문학, 음악에도 인문학, 음식에도 인문학이라는 수식어를 쉽게 찾아볼 수 있습니다. 대체 인문학이란 게 무엇이기에 한번 불어 닥친 광풍이 쉬이 물러나지 않고 있을까요?

『미래 인문학 트렌드』라는 책에 쓰여진 부분이 기억에 남습니다.

며칠 전 꿈에서 소크라테스와 공자를 연이어 만났습니다. 현실에서는 불가능한 만남이었기에 매우 설렜고, 언제 깰지 모른다는 불안감에 다짜고짜 궁금한 사항들을 물었습니다.

"인문학이란 무엇인가요?"

그러자 두 사람은 의아한 듯이 되물었습니다.

"자네가 말하는 인문학이 무엇인가?"

저는 놀라지 않을 수 없었습니다. 하지만 차분하게 대답했습니다.

"인문학이란 서양 말로는 휴머니티지(Humanities) 혹은 자유학예(Liberal Arts)라고도 하고, 동양 말로는 '문사철(文史哲)', 즉 문학과 역사, 철학을 아우르는 말입니다."

그러자 소크라테스는 더욱 답답한 듯 다시 물었습니다.

"문학, 역사, 철학이라고? 내 제자 플라톤은 시인을 추방하자는 주장을 펼쳤지. 철학은 아마 애지자의 학(學)인 지혜에 대한 사랑(Philosophia)을 말하는 것 같은데, 인문학은 뭘 하는 것인가?"

공자 역시 못 알아듣겠다는 듯이 물었습니다.

"인문학이라고? 그건 어떤 사람들이 하는 것인가? 그게 군자(君子)의 학을 말하는 것인가?"

그 순간 질문이 잘못됐음을 깨달았습니다. 소크라테스와 공자가 살았던 시대에는 '인문학'이란 말이 없었고, 대학도 없고 철학과와 사학과도 없었다는 것을 말입니다.

'자유학예'는 7학과로도 불리며 본래 자유 시민들의 교양으로, 중

세 대학에서는 문법, 수사학, 논리학(변증술)과 산술, 기하학, 점성술, 음악을 가리킨다는 것을 말입니다. 소크라테스가 인문학을 모른다는 것은 너무 당연한 일입니다

그제야 저는 우리에게 전해진 문사철로서의 인문학이 서양 중세 대학에서 유래해 근대 유럽과 미국을 거쳐 자유로운 사고를 계발하기 위한 교양교육으로 새롭게 편제된 것임을 다시금 깨달았습니다. 엄밀한 의미에서 보면 '자유학예'에서 '인문학'으로 바뀐 것도 최근의 일이지요.

이처럼 인문학은 역사의 산물이며 시대마다 내용과 목적이 바뀌었습니다.

현재 인문학이 광풍이라고 합니다. 휘몰아치고 있습니다.

인문학이란 단어는 시대에 따라 변화되어 왔습니다. 시대마다 다양한 이름으로 불려 왔습니다. 시대적 환경에 맞춰 목적도 변화되어 왔습니다. 그렇다면 지금 이 시점, 이 사회에 인문학은 무엇이고 곧 도래할 빅데이터 인공지능시대에 인문학은 어떻게 불리게 될 것이며 어떤 의미로 우리에게 다가올까요?

전통적으로 인문학을 말할 때는 가장 먼저 책을 떠올립니다. 시대에 따라 인문학이 변한다고 했습니다. 따라서 인문학이라는 정의가 바뀌면 책의 의미도 달라지게 됩니다. 책과 인문학은 어떻게 연관되어 인

공지능시대까지 이어지게 될까요? 책은 어떤 의미로 남게 될까요?

 인문학은 단순히 개인의 인성에만 국한된 것이 아니라 사회, 기업 경영까지 모든 곳에 필요하다고 합니다. 기업과 교육은 세계화 시대에 인문학을 배워야 창의성을 갖춘 글로벌 리더가 될 수 있다고 강조합니다. 사회, 정치, 경제, 역사, 사진, 그림, 음악에서 인문학을 강조합니다. 도서관, 군부대, 경찰, 학교, 마을 공동체에서 인문적 삶을 강조합니다. 그러나 쉽게 눈으로 보고 듣는 인문학, 인문학이 사회 전체적으로 강조되며 끊임없이 반복되고 있지만 피부에 와 닿지는 않습니다. TV에 출현하는 강사들마다 전문인마다 자신의 경험과 관점에서 인문학을 설명합니다. 인문학에 관심 있는 사람일수록 궁금하여 TV를 보고 강좌에 참여하는데 오히려 혼란함만 가중됩니다. '무엇이라 정의내릴 수 없는 그 무엇'임을 깨닫게 됩니다. 끝내 '인문학은 어려운 것'이라는 결론을 내려버립니다. 인문학이라는 단어는 어쩌면 단지 고상한 표현일 뿐일지 모릅니다. 그렇다면 요즘 불고 있는 인문학이란 것은 단지 유행에 지나지 않는 허풍에 지나지 않을 겁니다.

인문학 시작은 "나"

인문학은 사전적 의미로 윤리, 종교, 역사, 법, 고고학, 예술학, 비평, 언어학등 모든 것을 말합니다. 인간의 삶을 정의한 것이 인문학 입니다. 우리가 그냥 사는 삶 자체가 인문 하는 삶입니다. 한자로 보면 인문이란 人(인간) + 文(문양)이고 "인간의 문양"입니다. 최진석 교수의 『인간이 그리는 무늬』라는 책 제목 그대로 말입니다. 학교에서 배우는 국어, 영어, 수학도 인문학입니다. 단순히 교과목도 인문학이라고 하기엔 뭔가 허전함이 있지만 학교 수업 자체도 인문학을 배우는 행위임은 틀림없습니다. 즉, 인문학은 어느 날 느닷없이 나타난 학문이 아니라는 것입니다. 대학에 가기 위해 승진하기 위해 교육받고 수업 듣고 시험 치는 공부 모두가 인문학입니다. 드라마나 영화를 보면서 웃고 우는 행위 자체도 인문학입니다. 책을 읽고 웃고 우는 행위도 인문학입니다. 우리는 알게 모르게 인문학적 삶을 살고 있는 것입니다. 내가 살면서 직간접적으로 겪고 있는 의식하고 있든지 무의식적이든지 그 자체가 인문인 것입니다.

그렇다면 정통적으로 정의 내려진 '인문학'이라는 단어가 시대에 따라 변하여 왔다는 말을 어떻게 해석해야 하나요? 인간의 삶 자체가 인문적 삶이라면 인문학이란 것을 굳이 배워야 할까요?

아래 한 문장으로 먼저 결론 내겠습니다.

**인문학을 배운다는 것은 내가 지금 살고 있는 이 순간 내 삶이,
가치 있고 의미 있는 삶이 되는 방법을 찾는 것이 목적이다.**

삶 자체가 인문학이라면 굳이 인문학이란 것을 따로 배울 필요가 있나요? 자신의 전공분야와 관련된 책이나 경험만으로도 사는데 아무런 지장도 없는데도 말입니다. 그냥 돈 벌고 잘 먹고 잘 자면 될 것을, 인간은 왜 머리 복잡하게 내 삶의 의미를 찾고 싶다는 생각을 하는 걸까요?

인문학적인 삶을 산다는 것은 단순히 먹고 자고 입고 섹스하여 종족을 번식시키는 살아있는(生) 삶이 아니라 존재하는(存) 삶을 사는데 좀 더 가치를 두는 일입니다. 전공분야 공부와 경험으로 사는 것

(生)도 중요하지만 단순히 사는 것을 넘어서 어떻게 가치 있고 의미 있는 삶(存)으로 살 것인가도 함께 생각하는 게 인문학을 배운다는 것입니다.

생존이라는 단어를 한자로 표기하면 生(살다)+存(있다. 존재하다)의 합성어입니다. 생(生)이란 말 그대로 살아있다는 뜻입니다. 죽지 않고 살아있다는 겁니다. 그리고 새로운 생명을 낳는다는 뜻도 포함되어 있습니다. 자신이 살아서 생명을 잉태하는 행위까지 포함합니다. 동물이나 식물과 마찬가지로 살아있음으로 널리 종족을 번식하는 것을 뜻합니다. 존(存)은 생물학적으로 살아있음(生)과 상대적으로 정신적인 살아있음을 뜻합니다.

다시말해 생존이란 "생로병사"라는 육체적인 과정 중에 '존재한다' 즉, 영혼 또는 정신이 함께 있다는 뜻입니다. 단순히 살아있기에 남보다 더 잘 먹고, 더 잘 자고, 더 잘 입는 게 아니라는 겁니다. 죽지 않기 위해 사는 것만이 아니라 내가 어떤 식으로 존재하여 살아갈 것인가 하는 문제까지 포함된 단어가 생존입니다. 생존한다는 것은 어떻게(how)살 것인가를 함께 아우르는 말입니다. 내가 나답게, 인간이 인간답게 살도록 지표가 되어주는 것 그것이 바로 인문학입니다. 인문학은 나 이전 사람들이 세대와 세대를 거치면서 만든 생존에 절대적으로 필요한 도구입니다. 내가 과거 사람보다 더 좋은 생존을 위해 그들이 남겨둔 절대도구를 써야 합니다. 인터넷 게임에 많이 등장하는 레어 아이템처럼 인문학 도구를 얼마나 더 잘 활용하는가에 따라 내 삶의 가치는 달라지는 겁니다. 인문학을 배운다는 것은 생존의 문제와 연결되는 겁니다. 그래서 고전을 읽는 것입니다. 과거에 쓰여진 고전을 통해 인류의 생존문제를 배울 수 있기 때문입니다.

삶은 서로 다른 가치, 다양한 가치를 지닌 요소들이 존재하는 것입니다. 내 삶을 이루는 많은 요소를 어떻게 조화롭게 구성할 것인가, 그 조화롭게 구성된 요소를 도구로 활용하여 내가 가진 가치를 어떻게 잘 드러낼 수 있는가에 집중해야 합니다. '내가 아는 나'를 어떻게 잘 표현할 것인가에 중점을 둬야 합니다.

그래서 인문학은 지금 현재를 읽는 것으로부터 시작합니다. 인문학을 한다는 것은 '내 삶이 가치 있고 의미 있는 삶이되기 위해 찾는 것'이라고 결론지었습니다. 인문학을 배운다는 것은 지금 내가 살고 있는 현재 삶이 얼마나 가치 있고 의미 있는 삶인지 돌아보는 일부터입니다. 그 다음 단계가 지금의 삶이 미래에 어떻게 전달될 것인지 예측해보는 일입니다.

개인의 인문학은 시간마다 달라집니다. 유아기, 아동기, 청소년기, 그리고 장년기와 노년기를 거치면서 축척되는 경험과 지식에 의하여 삶의 의미와 가치는 달라집니다. 삶의 기준이 수시로 변화되어 갑니다. 사회 쟁점 때마다 개인 경험의 축척 정도에 따라 지속적으로 변화됩니다. 그래서 인문학은 무엇이다 정의내릴 수 없게 됩니다. 계속 변화하고 움직이고 있기 때문에 '이것이다'라고 결정할 수 없습니다. 개인마다 삶의 기준이 다르기 때문에 인문학은 어렵습니다. 따라서 **인문학은 삶의 정답을 내려주는 역할로써가 아니라 내 삶의 방향을 설정해주는 역할만으로 존재해야 합니다.**

인문학 배움의 시작은 "나를 아는 것으로부터" 입니다.

인문학이 광풍이든 허풍이든 사회문화적인 현상으로 거세게 몰아쳐 온다는 것은 현재 나와 우리네 지금의 삶을 돌이켜 보자는데 있을 겁니다. 인문학이 광풍이든 허풍이든 뒤집어 생각해보면 현재 내 삶이 가치 있고 의미 있지 못하다고 생각하는 사람이 많기 때문입니다.

과학기술이 발전하면 할수록 인간 삶의 불확실성 또한 함께 높아지고 있습니다. 과학적인 논리와 논증이 모든 것을 해명하고 규정하는 현대 사회임에도 자신의 삶에 대해선 불안함을 떨쳐버릴 수 없습니다. 농촌공동체일 때는 예측 가능한 삶이였으나 산업자본주의가 발전하면서부터 삶의 판도가 완전히 달라졌습니다. 물질보유량으로 삶의 질을 판단하면서 미래 불안을 느끼는 연령층도 낮아지고 있습니다. 과학적 합리주의가 우리의 삶을 지배하면 할수록 사람들은 더 많은 심리적인 위로나 위안을 필요로 하고 있습니다.

정신적 불안함과 위로를 받기위해『미움 받은 용기』같은 심리학책이나 나만의 버킷리스트 만들기 같은 자기계발서에 기대기도 합니다. 불안감과 정신적 고통이 심할 경우 심리치료(미술치료, 심리상담)를 받거나 철학관이나 점집에 기대어 미래를 조언받기도 합니다. 미술치료사나 심리상담사처럼 상담 관련 자격증이 인기 있는 이유는 갈수록 사람들이 불안하고 고독해 하고 있음을 나타내는 반증입니다. 독서도 '독서치료'라는 용어를 써야 대중들에게 다가설 수 있습니다. 심리상담 기법을 책이라는 도구를 이용하여 무언가 대단한 것으로 여기게 함으로서 대중들을 현혹하고 있습니다.

세대와 세대로 이어진 고통과 인고의 시간을 거친 결과 신학, 철학, 역사, 인문과학, 사회과학 그리고 자연과학에 걸쳐 거대한 학문과 문학과 예술이 등장하게 됩니다. 과거로부터 현재까지 사회는 발전되고 물질적으로 풍요로워지며 문학과 예술은 나날이 발전하는데 정작 인간 개인의 상처와 고통은 사회발전과 비례하여 커져만 갑니다. 압축적인 경제성장에 비해 정신적으로는 발전 속도를 따라가지 못하였기 때문입니다. 그 부작용이 사회에 미치게 되었고 개인의 내면에 피로로 쌓이게 되었습니다.

20년 전 몰아붙인 IMF를 통해 한국사회는 엄청난 인식의 변화를 겪게 됩니다. 평생직장은 평생직업으로 변했고, 의리보다는 효율을 중시하는 기업풍토가 자리잡게 됩니다. 한국인만의 "정"문화가 파괴됩니다. 국제 기준이라는 미명아래 비효율적인 인간관계는 해체됩니다. 효율은 비정규직 확산을 불러왔고 대기업과 중소기업의 차별적 구분을 심화시켰습니다. 우리보다는 나 중심적으로 변화합니다.

한국인들은 악물고 참아내며 견디며 IMF를 지나며 등장한 영웅에 환호했습니다. LPGA 박세리, 메이저리스 투수 박찬호, 그리고 진심으로 잊어서는 안 되는 사람들, 금모우기로 한국민의 정신을 세계에 알린 작고 거대한 서민들. 힘들 때 영웅은 우리에게 빛으로 나타났습니다. 그렇다면 경제 성장이 정체되어 투기에 집착하는 지금 우리에겐 어떤 영웅이 필요할까요? 인문이 시간에 따라 변하듯 영웅도 변하니 말입니다.

기업은 IMF를 이겨내며 정신적으로 "리더십"을 국제시장에서 도용합니다. 어려운 국내환경을 이겨내기 위해 영웅을 만들어 냈습니다. 전통적인 『삼국지』 유비의 리더십은 비판되고 간사한 조조의 리더십이 환영됩니다. 인정에 끌리는 유비보다는 효율을 추구하는 조조에 열광합니다. 그렇게 리더십은 탄생했습니다.

그리고 시간이 지나면서 리더십은 "설득의 기술"로 발전합니다. 어떻게 상대방을 설득할 것인지 심리학적으로 행동학적으로 분석하여 상대방을 어떻게 이길 것인가에 집중합니다. 회사원들은 리더십에서 설득의 기술을 익혀야 했습니다.

다시 설득은 "협상의 법칙"으로 한 단계 나아갑니다. 상대방을 굴복시키는 설득의 폐해를 경험하자 협상이라는 카드를 꺼내듭니다. 설득을 위해서 알아야 할 법칙을 추가 하게 됩니다. 사람들은 협상의 법칙을 배워야 했습니다.

협상은 "소통"으로 다시 한 번 변화합니다. 협상을 위해서는 소통하는 방법을 배워야 합니다. 그래서 사람들은 소통에 열광합니다. 세종대왕과 백성간 소통, 이순신 장군과 장수간 소통처럼 소통이 강조되었습니다. 소통이 주류가 된 것이 대략 3~4년 전 일입니다. 불통정치라는 단어가 이즈음 등장합니다. 사람들은 소통을 배워야 했습니다. 소통은 '셀프 리더십'과 함께 융합하기 시작하여 현재는 '융합의 확장시대'에 머물고 있습니다.

개인은 급속한 경제 발전과 더불어 기업 인식의 변화에 빨리 적응해야 했습니다. 나의 존재 가치보다는 살아있기 위해 발전 속도에 힘겹게 따라왔습니다. 그 부작용으로 개인은 극심한 피로도를 얻게 되었습니다. 이런 삶을 알게 모르게 나는 살아왔습니다.

급박했던 경제 성장이 느려져서야 지금껏 살며 눌러왔던 개인의 상처와 고통을 돌아봅니다. 그런데 개인의 상처와 고통은 자신의 내면문제, 타인과의 관계에서 오는 어려움인 경우가 대다수입니다. 부모 또는 가족, 선생님이나 친구 관계에서 온 것 일수도 있습니다.

마찬가지로 나 또한 알게 모르게 타인에게 상처를 주었는지 모릅니다. 결국 모든 문제는 사람과의 관계에서 비롯됩니다. 답답한 문제를 해결하기 위해 정신과를 찾고 철학관이나 점집을 갑니다. 인간관계에 대한 해결책을 찾기 위해 많은 시간과 비용을 지불하고 있습니다. 오죽하면 인간관계보다 고독에 집중하라는 말에 귀를 기울이겠습니까! 상담을 받거나 점집을 전전하는 이유도 자신의 상황을 타인과 공유하고 자신의 어려움에 대해 위안을 얻으려는 마음이 크기 때문입니다.

　케이블 TV에 "코미디빅리그"라는 프로그램이 방영되고 있습니다. 그 프로그램에 '오지라퍼'라는 코너에 소개된 이야기입니다.

여자친구와 궁합 보려고 대학로에서 타로점을 보았다. 5,000원 지출. 그뤠~~잇

1시간 후 사주카페에 갔다. 왜 갔을까?
여자친구가 타로점에서 원하는 대답을 듣지 못했기 때문에

또다시 1시간 후 청담동 보살집에서 궁합을 보다. 타로점과 사주카페에서 좋은 소리 못들어서 우울한 마음에 결국 점집에 간다. 왜냐? 길거리에서 하는 타로나 사주카페는 믿을 수 없기 때문에....

　사람들은 자기가 원하는, 혹은 듣고 싶어 하는 답이 나올 때까지 계속해서 여기저기 보러 다닙니다. 그러나 사실 외부에 도움을 요청한다고 문제가 해결되지 않는 다는 것은 알고 있습니다. '오지라퍼' 코너의 마무리가 인상적 이였습니다. 세 번째 찾아간 보살집에서도

좋은 이야기를 듣지 못하자 여자친구는 극도로 우울해 합니다. 그러자 남자친구는 그녀를 달래기 위해 모텔에 갔고 이내 여자친구가 행복해 하며 한마디 합니다.

"우리는 궁합이 잘 맞나봐!"

인문의 시작은 자기 자신에 대한 믿음부터 입니다. 삶의 방향을 결정하는데 가장 중요한 것은 본인의 판단과 의지입니다. 인문의 삶은 누군가 살아주는 것이 아니라 자신의 의지에 의해 살아지는 것입니다. 나를 먼저 아는 것이 인문학의 시작입니다. 내 위치를 아는 것이 인문학의 시작입니다. 나의 삶을 이해하는 것이 인문학입니다. 그리고 나와 타인, 사회, 지구, 우주와의 관계를 이해하는 것으로 확장해야 합니다. 인간은 자유와 평등을 통해 행복하기 위해 살고 싶어 합니다. 그리고 행복의 근본은 관계에서 옵니다. 인간의 삶이며 인문의 삶은 관계에서 비롯합니다.

『중용』이 필요한 시대.

동양 고전서 중에 『중용』이라는 책이 있습니다.

여기서 '중용'이라는 단어는 아리스토텔레스의 『니코마코스 윤리학』에서 말하는 '중용'과 다릅니다. 아리스토텔레스의 중용은 '중간을 지켜라' 입니다. "행복이란~"에서 시작하여 "양쪽 끝으로 가지

마라 용기 있게도 비겁하게도 하지마라 중간에서 놀아라."고 주장합니다.

반면, 공자의 손자인 자사가 쓴 「중용」은 '하늘의 명령~'에서 시작하여 과유불급 즉, 중용이란 '한쪽으로 치우치지 않는 것'이라고 주장합니다.

무슨 일이 생기면 나서지도 말고 중간만 지키면 된다. '튀지마!' 라고 하는 사상이 아리스토텔레스의 중용입니다. 반면에 동양의 「중용」은 자기주장을 분명히 하되 상대방의 말을 경청해야 한다고 합니다. 그래야 치우치지 않는다고 합니다.

과거 인디언 부족 용사는 말을 타고 한참 달린 후에 멈춰서 달려왔던 길을 향해 잠시 서 있는다고 합니다. 육체가 너무 빨리 왔으니까 영혼이 못 따라올까봐 기다리는 것입니다. 경제발전에 치우쳐 저 뒤에서 물질에 간신히 따라오는 정신을 기다리려고 『중용』은 말합니다. 지금은 넘치지 않는 가치가 필요한 시대입니다.

『주역』이라는 동양 고전서도 있습니다.

이 책의 핵심은 "운명"입니다. 운(運)은 '운용한다. 운전한다'의 뜻이고, 명(命)은 '주어진 요소'를 말합니다.

이 말을 정리하자면,

"각자의 삶에 주어진 명(命)의 가치는 동일하다. 우리 모두 다 소중하고 존엄하게 존재하고 있다. 중요한 것은 주어진 명(命)을 어떻게 운용을 할 것인가."입니다.

　자기 자신의 삶, 자신의 운명의 주체는 바로 자기 자신입니다. 나의 문제를 나보다 더 모르는 누군가에게 묻고, 그가 해주는 몇 마디에 금과옥조처럼 마음에 담아오는 일이 정말 우리의 인생에서 의미가 있는 행위일까요? 나를 가장 잘 아는 사람은, 바로 나 자신입니다. 인문이란 인간의 삶에 대한 의문을 풀어내려는 행위입니다. 그리고 궁극적으로 나의 삶에 대한 의문을 풀어내고자 공부하는 일입니다.

　그리고 인문의 시작은 대화와 소통으로 시작합니다. 『주역』으로 해석한다면 하늘과 나, 땅과 나, 나와 너와의 소통을 말합니다. 다른 무엇과 소통하는 과정 중에 나의 존재 가치를 찾는 일입니다.

나의 존재가치를 찾기 위해
타인과 관계하여 나누는 행위가 인문학입니다.

인문학 전개 :
나와의 관계를 이해하는 것.

인문적 삶을 살아야 한다는 말도 냉정하게 파고들 필요가 있습니다.

배운다는 것은 가슴으로 느끼고 머리로 습득하고 발로 실천해야 한다는 의미를 담고 있습니다. 그런데 '실천'이라는 단어의 해석이 관점에 따라 달라집니다. 과정중심에서 보면 '노력'이 됩니다. 결과 중심에서 보면 '결과물'이 됩니다.

산업자본주의의 유물론적 사상이 우리 삶을 기준하고 있습니다. 유물론이란, 무언가 생산을 해야 하는 관점에서 접근합니다. 무언가 생산해 내지 못하는 인간의 이성(관념)과 신(신화)을 거부합니다. 유물론과 산업자본주의는 함께 하는 부부 같은 존재입니다. 생산한다는 것은 결과물로 나타나야 합니다. 삶이라는 무형의 것도 생산적인 결과물로 나타나야 의미를 가질 수 있게 됩니다. 노력보다는 결과물이 있어야 가치가 있습니다. 독서를 하면 당연히 독후감이라는 결과가 눈에 보여야 한다는 식으로 말입니다. 무형의 것도 어떻게든 유형의 무엇으로 표현해야 합니다.

인문적 삶이라는 것은 어쩌면 무형의 것입니다. 눈으로 나타내기 어려운 부분이 있습니다. 그런데 무언가 변화하여 생산을 했다라고 나타내야 하므로 실천의 결과를 들먹입니다. 독후감을 써서 입상을 했어, 공부를 열심히 해서 좋은 직장에 입사했어등 무언가 결과가 나와야 합니다. 책을 통해 인문적 삶을 사는 방법을 알았으니 실천하며 살아야 합니다.

이때부터 마음에 불안이라는 놈이 달라붙습니다. 인문적 삶을 살라는 좋은 말씀을 들었는데 그렇지 못해 난 어리석은 인간인가 보다며 자신을 채찍질 합니다. 어쩌면 불행의 시작일지 모릅니다. 음식을 한다는 것은 자신만의 만족인 경우도 있지만 실제로 대상은 타인입니다. 타인과 공유하는 마음에서 나온 것입니다. 그런데 결과가 좋지 못하다는 이유 즉, 맛이 없다는 이유로 그 만든 사람이 사랑의 마음이 없다고 단정할 수 없습니다. 실천을 꼭 해야 한다는 것은 자기만족에 지나지 않습니다. 타인과 공유되고 공감되지 않는 실천을 인문학적 삶이라고 할 수 있나요?

불쌍하고 가난한 사람을 도와준다고 가정합니다. 도움이라는 결과물이 내 중심적 사고에서 나온 도움인지, 도움을 받는 사람의 입장을 우선 생각한 것인지를 따져봐야 합니다. 우리는 단순히 자신이 결론내린 독단적인 판단으로 그것이 올바른 실천이라 생각하는 경향이 있습니다. 이런 실천의 결과는 폭력입니다. 이런 경우 사랑도 폭력이 됩니다.

인문적 삶은 결과로 나타나야 하나요? 아이가 어릴 때 위인전부터 읽히는 부모가 많은데 극히 조심스러운 방향이라 생각합니다. 거창한 실천의 스트레스를 어릴 때부터 준다면 나중엔 "실천"을 냉소적으로 바라보게 되지 않을까요? 평범함의 중요성부터 배워야 하지 않을까요? 평범함의 중요성을 느끼게 하는 것 이것이 인문학적 삶이고 인문학적인 실천의 시작이라 생각합니다.

인문학을 한다는 것은 나의 존재가 가치 있고 의미 있는 삶을 살고자 하는 끝없는 공부입니다. 끝이 없다는 것은 결과가 없다는 것입니다. 내가 살아있는 동안 어떻게 살 것인가 끝임 없이 고민하고 생각하는 과정문제라는 것입니다. 노력이라는 관점에서 봐야합니다. 결과물에 집착하는 것은 지금껏 경험하고 있는 산업자본주의적 사고에 기인한 부정적인 측면입니다. 결과물로써 관계는 인맥이라는 적폐를 양산했습니다. 관계는 인맥을 뜻하는 게 아닌 것임을 알면서도 말입니다. 정신적 인맥보다는 물질적인 결과에 도움이 되어야 긍정적인 인맥이 되었습니다. 물질적 도움이 안되는 인맥은 비효율적인 인맥으로 결정되었습니다. 관계란 공유가 아니라 이용하여 내가 이익을 취해야 하는 것으로 결론 내렸습니다. 이런 유의 결론들이 우리를 지배하고 있습니다. 무언가 계속 결론짓고 결과물을 도출시켜야 하므로 삶이 힘겨운 겁니다.

동물과 인간의 차이라면 인간이 상대적으로 감정표현이 다양하고 감정을 절제 할 수 있으며 표현방식이 다양함에 있습니다. 마찬가지로 인간과 기계는 감정의 유무만으로 구분 가능 합니다. 기계는 감정이 없습니다. 그것은 인간의 감정을 유발 시킬 수는 있으나 그 자체로는 감정을 못 느낍니다. 단지 감정을 유발시키는 스킬만 있을 뿐입니다. 정리하자면, 인간이 동물과 기계와 다른 점은 인간만이 "감정을 나누고 표현할 수 있다"는 점입니다. 인간은 동물과 달리 오욕칠정(五慾七情)이라는 감정을 다양하게 표현할 수 있으며 절제가 가능합니다. 시서화(영)(詩書畵(映))을 통해 다양하게 표현할 수 있습니다. AI가 쓴 짧은 글이 사람이 쓴 글보다 감성적이고 아름답다고 합니다. 그러나 정작 글을 직접 작성한 AI는 감성적이고 아름다움을 느끼진 못합니다. 데이터의 조합을 통한 기술만 있습니다.

인문이란 말 그대로 인간이 대상인 학문입니다. '밀림의 왕자 타잔'은 안타깝게도 인문학적 삶을 살지 못한 인간의 모양을 한 동물일 뿐입니다. 인문은 인간과 인간의 관계학입니다. 관계는 감정의 나눔부터 시작입니다. 엄마가 걸음마를 시작한 아이를 독려하고 박수쳐주는 순간부터 인문은 시작합니다. 박수와 웃음이라는 표현이 있기에 아이는 인간으로 자각 할 수 있습니다. 원숭이는 새끼 혼자 나무 타고 올라간다고 좋아하거나 반응하지 않습니다. 그것이 인간과 다른 것입니다. 표현한다는 것은 동물과 다른 인간만의 고유한 영역입니다. 동물도 감정이 없지는 않습니다. 그러나 그 감정의 표현이라는 것이 타자와 공감하려는 감정에서가 아닙니다. 천적이 나타났을 때 무리에게 알리는 울음소리는 단순히 생물학적 생존만을 위한 표현일 뿐, 자신의 순수한 감정을 드러낸 것은 아닙니다.

그리고 표현한다는 것은 누군가(또는 무엇인가)대상이 있어야만 가능한 것입니다. 표현할 대상이 있다는 것이 바로 자유입니다. 표현할 대상이 없다면 자유롭다 말 할 수 없습니다. 대상이 있기에 표현 할 수 있는 것입니다. 내가 자유롭다고 인정해줄 대상이 없다면 자신이 자유로운지 알 수 없습니다. 인간은 생각 할 수 있는 사고력이 있고 그 표현을 받아주는 상대방이 있기에 그 속에서 자유를 찾을 수 있고 내가 존재 할 수 있는 것입니다. 상대방에게 나를 표현하듯 상대방도 나에게 자신을 표현 할 수 있는 상태가 바로 자유인 것입니다. 결국 내가 느끼는 자유의 양이라는 것은 얼마나 더 더 더 풍부하게 표현하는가에 달려있습니다. 표현이 더더욱 풍부해지기 위해선 나의 사고력이 얼마만큼 확장되어 있는가하는 성찰의 질문이 먼저 선행되어야 할 것입니다. 이 성찰의 문제는 가르칠 수 없는 부분입니다. 즉, 인문은 누군가로부터 배울 수 있는 것이 아닙니다. 마찬가지로 누군가를 가르쳐 줄 수 있는 게 아닙니다.

인문학을 한다는 것은 **표현을 공유**한다는 말과 같습니다. 공유한다는 것은 함께해야 한다는 전제 조건이 있습니다.

신영복 교수의 『담론』에 소개된 일화를 소개합니다.

'함께'는 지혜입니다. 영국의 과학자이며 우생학의 창시자인 골턴이 여행 중에 시골의 가축 품평회 행사를 보게 됩니다. 그 행사에는 소의 무게를 알아맞히는 대회가 열리고 있습니다. 사람들이 표를 사서 자기가 생각하는 소의 무게를 적어서 투표함에 넣는 것입니다. 나중에 소의 무게를 달아서 가장 근접한 무게를 써 넣은 사람에게 소를 상품으로 주는 행사였습니다. 골턴은 사람들의 어리석음을 확인하는 재미로 지켜보았습니다. 물론 정확하게 맞춘 사람은 없었습니다. 그런데 놀라운 것은 800개의 표 중 숫자를 판독하기 어려운 13장을 제외한 787개의 표에 적힌 무게를 평균했더니 1,197파운드 이었습니다. 실제로 측정한 소의 무게는 1,198파운드 이었습니다. 군중을 한 사람으로 보면 완벽한 판단력입니다.

표현 한다는 말은 나를 다른 사람에게 드러내는 것입니다. 자기 어필, 자기 피알과 다릅니다. 내가 나를 표현 할 때 받아주는 다른 이가 있듯 다른 이의 표현도 내가 볼 수 있어야 하며, 들을 수 있어야 합니다. 함께 하기에 표현 할 수 있고, 표현한다는 것은 공유한다는 것이며, 공유한다는 것은 다른 이의 표현을 함께 나눈다는 전제조건이 필요합니다. 다시 말하지만 일방적인 가르침의 표현은 인문학이 아닙니다.

다양한 표현방식이 있습니다. 그림으로 표현하기도 합니다.

음악과 영화로 표현하기도 합니다. 심지어 음식으로도 표현할 수 있습니다.

통상 '표현'이라 하면 글쓰기(말하기), 그림, 음악이 대표적 입니다. 일명 "시서화"입니다. 요즘 영화와 TV의 파급력이 거대한데 영화까지 포함하여 "시서화영"까지 포함합니다. 근래엔 '음식'도 그 범위에 있다고 볼 수 있습니다. 예전에는 생명 유지 수단으로 "음식"이 취급되었다면 이제는 예술과 문화까지 아우르고 있기 때문입니다. 스마트 TV에 음식 관련 영화 목록이 별도로 있을 정도로 파급력이 대단합니다. 여행, 운동, 봉사등도 인문적 표현방식이라 할 수 있습니다. 또 어떤 표현방식이 있을까요? 표현 방식은 다양합니다. 나를 표현 할 수 있는 방법은 다양합니다. 자신만의 독특한 표현방식을 찾는 것도 즐거운 도전이 되는 인문적 삶입니다.

나를 표현하는데 제일 좋은 것은 무엇이 있을까요? 그림이나 음악은 어쩌면 재능이 필요한 영역일지 모릅니다. 음악은 배울 순 있지만 목소리는 타고 난 경우가 많고, 현실적으로 그림은 배우는데 돈과 시간이 많이 들어갑니다. 공감 할 수 있는 소비영역도 미흡합니다. 개인만의 활동인 경우가 대다수입니다. 운동도 재능인 경우가 많습니다. 영화도 대중적이기도 하지만 책만 못합니다. 바쁜 현대사회에서 꾸준히 쉽게 접근 할 수 있는 책이 인문학을 배우는데 가장 좋은 재료입니다. 그리고 왜인지 잘 모르겠지만 책은 있어 보입니다.

표현함에 있어 접근이 제일 쉬운 게 글쓰기입니다. 글쓰기도 종류가 다양합니다. 일기, 서평. 칼럼, 소설, 시, 수필, 드라마, 시나리오, 독후감 등 글쓰기는 글의 종류에 맞춰 모두 다르게 적용됩니다. 비문학과 문학을 쓰는 방식은 다릅니다. 사람마다 그 재능은 대체로 다릅니다. 자기에게 맞는 글쓰기를 찾는 것이 중요합니다. 자신을 표현하는 게 꼭 무엇이라 단정할 수 없습니다. 중요한건 자신을 가장 잘 표현할 수 있는 것을 찾아야 한다는 것입니다.

04

한국의 인문학 :
58년 개띠 인문학

인문학은 나로부터 시작한다고 했습니다.

내 생존의 문제에서 시작하여 타인의 삶도 나와 마찬가지로 가치 있음을 인정하는 치우치지 않는 중용의 마음이 기초되어야 합니다. 그런 후에 더 나아가 나, 나와 타인의 관계에서 사회적 관계로 인문학을 확대 이해해야 합니다.

『모멸감(김찬호)』이라는 책을 보면 현재 우리 사회를 아래와 같이 평합니다.

한국의 근대화는 선진 산업사회를 재빨리 따라잡는 것을 목표로 긴박하게 추진되었다. (중략) 그러나 저성장 단계로 접어들자, 사회의 약한 고리들에서 파열음이 나기 시작했다. (중략) 개인주의적 세계관리가 형성된 것도 아니어서 타인의 시선에 늘 전전긍긍하는 삶을 살게 되었다.

우리 사회에 인문학 열풍이 전 방위적으로 퍼지기 시작한 것은 대략 2010년대 인근이라 생각합니다. 인문학을 일으킨 장본인들은 현재 50대 후반에서 60대 초반입니다. 1차 베이비부머 세대죠. 대표되는 연령대가 58년 개띠 세대입니다. 속된말로 개같이 잡초와 같은 삶을 살았습니다. 그들이 대학 다니던 1977~81년도엔 군사독재정권의 절정기로 대형 정치사건도 많았습니다. 그들은 우리나라 경제부흥을 일으킨 장본인들이며 가장들이며 장본인들이지만 그 때문에 그들 자신의 삶은 잊고 산 세대입니다. 어느새 우리나라가 저 성장의 시대에 접어들고 이들이 은퇴 할 시기가 도래하자 자신의 삶을 돌이켜 보기 시작했고 그 기점으로 인문학이란 것이 대두되기 시작합니다.

문학으로는 박범신 작가의 『소금』(2013년 발간), 그리고 성석제 작가의 『투명인간』(2014년 발간)으로 이어지고, 드라마로는 「가족끼리 왜이래」(2014년 8월 방송), 영화로는 「국제시장」(2014년 12월 상영)등 "이 시대 아버지"를 조명함으로부터 인문학 열풍이 시작됩니다. 이 시대 아버지 즉, 58년 개띠들의 미래에 대한 두려움 그리고 삶에 대한 성찰이 우리 사회 인문학을 확산시키는데 큰 역할을 한 것입니다.

따라서 우리 사회 전반을 관통하는 인문학을 이해하려면 58년 개띠 특징을 알아야 합니다. 이들은 2016년부터 은퇴를 시작하고 있는데 퇴직 후에도 자녀교육과 아울러 자녀결혼이라는 큰일은 남아있는 등 산재된 일이 많아 아직도 행복은 멀리 있고 삶은 고달프기만 합니다. 그럼에도 우리나라 경제, 사회, 문화의 중ㆍ상위계층인 경우가 많습니다. 아직은 삶에 여유가 있는 사람들이 많습니다. 유교적 가부장 질서가 유지된 세대로 가르치기를 좋아합니다. 자본의 가치를 중시하면서도 경멸합니다. 그래서 인지 50대 후반 연령이 많은 독서모임은 자연에 관련된 도서(나무, 산나물, 산, 강)가 많습니다.

이들의 가장 큰 특징은 '타인과 비교가 심하다'는 겁니다. 모멸과 동정이 얽혀있는 세대입니다. 그들이 고등학교와 대학교를 다니던 1970년대는 우리나라 경제사정이 빠듯했던 시기입니다. 그래서 일반 가정에서는 형제 중 똑똑한 개띠 한명을 서울로 유학 보내고 나머지 형제들은 공장에 취직하거나 농촌에 남아 농사를 도우면서 살아야 했습니다. 서울에 상경한 개띠는 나중에 타 형제들보다 더 좋은 일자리를 차지하며 가족을 위해 자신을 잊고 살아갑니다. 타 형제들에 비해 경제적 풍요를 누린 경우가 많습니다. 다른 형제들(특히 여성들)의 희생으로 자신이 더 나은 삶을 살았다고 형으로써 인정한 가족은

화목하지만 그렇지 않은 경우 가족 불화의 원인이 됩니다.

주식투자 하는 사람들에게 주가가 올라간 경우와 내려간 경우 중 언제 더 불행함을 느끼는지 물어봤습니다. 상식으론 주가가 올랐을 때 더 행복함을 느껴야 하는데 오히려 주가가 올랐을 때 불행하다 생각하는 사람이 많다고 합니다.

왜 그럴까요? 바로 비교 때문입니다. 주가가 내렸을 때는 나뿐만 아니라 타인도 같이 손해를 입었기 때문에 나만 손해 본 것이 아니라며 스스로 위로한다고 합니다. '뭐 나만 손해 본 것도 아니고 괜찮아!' 그런데 주가가 오르면 달라집니다. '나는 요만큼 밖에 못 벌었는데 저 사람은 나보다 더 벌었잖아. 속상하다. 짜증난다.' 자신은 정말로 운이 없는 사람이라고 생각합니다. 적게나마 이익을 취했음에도 불구하고 말입니다.

58년 개띠들은 자기희생의 대가로 경제적 풍요를 얻은 세대입니다. 그러나 풍요하기 때문에 비교하는 마음이 심합니다. 내가 벌어들인 돈보다 친구가 벌어들인 돈과 비교하며 불행하다고 여깁니다. 비교에 따른 모멸과 체면에 민감합니다. 그들의 삶을 지켜본 자녀들(20대 후반~30대 초중반)이 "헬조선"이라며 한국을 떠난다고 협박하고 있습니다. 비교하는 삶이 고스란히 자녀들에게 영향을 끼친 결과입니다. 나는 비록 기름쟁이지만 자식만은 넥타이 매고 대기업에 다녀야 합니다. 자신의 삶보다 자식의 삶에 더 집중합니다. 경제적인 버거움을 감내하며 자식이 잘 되길 바랍니다. 대학 등록금부터 유학비, 스펙비용까지 할 수만 있으면 부모님은 희생할 각오가 되어 있습니다. 왜? 내 친구 자식보다 내 자식이 더 잘 되어야하기 때문입니다. 대한민국에서 7%이내에 들어야 먹고 살만 합니다. 그 7%에 자식이 들도록 해야 합니다. 그런 가시적인 결과물이 있어야 자식 잘 키운 겁니다. 동시대 58년 개띠들보다 비교우위를 점할 수 있기 때문입니다.

그래서 자식들은 분노합니다. 갈수록 '파이프라인'은 좁아지는데 부모의 희생만큼 결과를 기대할 수 없는 대한민국 사회에 분노합니다. 그래서 헬 조선이라는 말이 등장한 겁니다. 희생하는 개띠세대가 희생당하는 헬조선 세대를 양산하고 있습니다. 그리고는 '수저론'으로 자신들의 한계상황을 표출합니다. 희생할 수 있는 즉 경제적 능력을 가진 58년 개띠 부모와 경제적 능력이 없는 58년 개띠 부모들을 둔 자녀들 간에 구분짓기 현상이 등장합니다. 경쟁의 불공정이 수저론을 만들어 버린 것입니다. 자식을 보면 부모를 알 수 있습니다. 우리 젊은 세대에 분노는 이렇듯 부모들의 비교하는 마음으로부터 시작한 것입니다.

그리고 58년 개띠 세대는 돌아가는 방법을 모릅니다. 대체적으로 정면 돌파합니다. 자존심이 강하고, 남의 평판에 좌지우지되는 명예

지향적 경향이 많습니다. 따라서 가르치려는 경향이 강합니다.

58년 개띠가 주도하여 사회 전반을 관통하는 인문학의 특징을 다시 정리해 보겠습니다.

첫 번째. 유교적 권위로 남자들이 인문학을 주도하는 경우가 많습니다. 실제 인문학적인 삶의 실천(교육, 경제, 가족, 관계)을 하는 사람은 여성들이 훨씬 더 많음에도 불구하고 인문학 강의나 강연의 주체는 남자인 경우가 많습니다. 큰 물줄기를 쥐고 흔드는 건 남자들이고 여자들은 큰 물줄기를 따라 추종하는 형식입니다. 왜냐면 현재 우리 사회에 인문학은 '아버지'라는 화두부터 시작되었기 때문입니다. 아버지로써 전문가인 자신이 이순신의 리더십을 가르쳐야 합니다. 어리석은 대중들을 계몽해야 한다고 생각합니다. 그들은 이렇게 하는 것이 마땅한 인문학적 삶입니다. '아버지 인문학'입니다.

두 번째, 개띠 남자들이 주도하는 인문학은 성리학을 바탕으로 한 가르침의 학문입니다. 정신적인 부분을 강조합니다. 따라서 깨달음의 문제로 몰고 가서 상당히 어렵게 접근합니다. 인문학이라고 하면 막연히 논어를 공부하고 성경을 읽고 불경을 읽고 철학을 공부하는 것으로 한정하는 경향이 많습니다. 인문학은 전문서적 중심이 되고 맙니다. 인문학은 가르침의 학문이 되고 맙니다. 그래서 인문적 삶이란 일반인이 실천하기 힘든 삶이라는 인식을 주게 됩니다. 인문학으로 대표되는 문학, 역사, 철학을 더 전문화 하고 배워야 한다고 주장합니다. 그리고 예전 귀족들의 전유물이였던 클래식 음악과 인상주의 미술을 익혀야 합니다. 귀족이 즐겼던 삶을 사는 것이 인문학적인 삶이라고 강요하고 있습니다.

그렇다면 그들의 사상적 바탕이 되는 성리학은 왜 정신이 강조되는 걸까요?

이 부분을 이해하려면 성리학의 탄생 배경을 알아볼 필요가 있겠습니다.

공자는 BC 500경에 활동한 사람인데 이때가 시대적으로 중국 역사의 중간에 위치하고 있습니다. 중국은 고대부터 공자까지 2500년이며 이후 2500년이 흘러 현재에 이르렀습니다. 중국 고대로부터 이어져온 "삼경(역경, 서경. 시경)"을 바탕으로 춘추전국시대에 공자를 비롯하여 노자, 장자, 순자, 맹자, 한비자등 뛰어난 사상가들이 왕성한 활동을 합니다. 다양한 사상 중에 공자의 유가와 노자의 도가가 대립과 조화를 바탕으로 중국의 정신문화가 발전합니다. 이후로 중국의 문화는 당나라 때 최절정에 이르게 됩니다. 사고와 물질이 가장 풍족했던 시대였습니다. 사상으로는 조로아스터교, 네스토리우스교, 불교, 도교, 유교등 다양한 사상이 서로 견제하며 어울렸고, 실크로드를 통해 물질적 풍요가 절정 이였습니다. 따라서 상업이 최고 가치였고 다음이 공업 그리고 농업 이였습니다. 그러나 당나라를 멸망시킨 송나라가 오랑캐인 금나라에 영토를 빼앗기고 남송시대에 접어들자 중국인들을 정신적으로 통일시키기 위해 주희가 주자학을 만듭니다. 외래 종교에 의해 엉망이 되어버린 중국인들의 정체성을 다시 찾기 위해 만든 사상입니다. 그것이 신유학이고 말 그대로 새로운 유학입니다. 성리학이며 주자학입니다. 이 사상은 공자와 맹자 사상을 전면 재해석 한 것입니다. 본래의 지극히 현실적이였던 공자 사상과 완전히 달라집니다. 정신적 가치를 중요시하는 외래 종교인 불교와 기독교에 대항하기 위해 현실보다 관념에 집중합니다. 물질보다 정신을 강조하면서 당나라시대에 '상〉공〉농'의 순서를 '농〉공〉상'으로 억지로 바꾸어 놓게 됩니다. 이 사상이 성리학의 근간인 것입니다.

남송시대 중국에서 주장된 사상이 후대에 조선시대 정치이념이 됩니다. 성리학의 태생이 외래종교에 대항하기 위해 만들어졌으니 추상적이고 관념적인 정신을 강조하는 깨달음의 학(學)이 강조됩니다. 그리고 본래가 타 사상(외래 종교)에 대항하기 위해 만들었기 때문에 사상의 다양성을 인정할 수 없는 근본적 한계를 지니게 됩니다.

한편, 중국은 성리학을 만든 후 얼마 되지도 않아서 오랑캐인 원나라에 종속되면서 성리학이 망가집니다. 차후에 명나라가 다시 정권을 잡고 나서야 각성하게 됩니다. "때리면 아프다. 정신이 중요한 게 아니다." 그래서 왕양명을 중심으로 한 실천 지향적, 현실적인 사고가 형성됩니다. 성리학의 또 다른 지향점, 갈래가 생겨난 것이죠. '리(理)'보다는 실천과 실용성이 강조됩니다.

양명학적 사고를 띤 남명 선생과 '성리'의 퇴계 선생은 상반된 지향점을 두고 경합하게 됩니다. 그러나 이미 정치이념은 '성리'에 침잠되어 있었습니다. 피상적인 모습은 당연히 퇴계 선생이 우위에 있었습니다.

명말청초의 혼란했던 중국은 '경세치용'(학문은 세상을 다스리는 데에 실질적인 이익을 줄 수 있는 것이어야 한다.)적 사고에 귀를 기울일 수밖에 없었고, 그것은 바로 '실학'을 낳는 계기가 되었습니다. 그 후 청나라가 정권을 잡으면서 "실사구시" 뜬구름 잡지말자 모든 것은 증명되어야 한다고 하며 나타난 게 고증학입니다. 또 다시 공자의 말을 검증하고 검증합니다. 중국은 자신들의 역사를 수정하고 수정하면서 현대에 이르렀습니다.

중국은 자신들의 것을 끝없이 수정하고 변형하며 발전해 왔는데, 우리는 태생부터가 남의 것인 '성리학의 정신'을 현재도 쥐어 잡고 있습니다. 아직도 토를 달며 한자를 읽고 있습니다.

『논어』-학이편에 첫 구절 "학이시습(지면) 불역열호(아)"에서 '~지면'과 '~아'를 "토"라 합니다. 한국에만 있는 독특한 읽는 형식입니다. 황당한 것이 '토'를 이미 정해진 단어로 읽지 않으면 잘못 읽는다고 질책한다는 점입니다. 본래의 공자 · 맹자가 아니라 성리학의 '공자, 맹자'만이 절대적이죠. "토"가 틀리면 잘못한 것입니다. 얼마나 답답한 노릇인지 모릅니다.

성리학은 맞고 틀리고의 교육방식입니다. 따라서 도서관이나 고전 연구소에서 강의 듣고 있으면 답답합니다. 다른 사상을 인정할 수 없는 한계적 바탕이 깔려 있기 때문입니다. 강의를 진행하는 강사의 해석으로 맞고 틀리다로 결정되기 때문입니다. 합의가 잘 안됩니다. 내가 타 해석을 맞다하면 자신의 것이 틀리게 되므로 끝까지 자기 주장을 우길 수밖에 없습니다. 수백 년 간 쌓여온 결과물을 가지고 쌍방 주장을 하니 합의되는 게 쉽지는 않습니다. 인문학은 나눔에서 시작합니다. 다시 말하지만 인문학은 가르침으로 배우는 학문이 아닙니다.

세 번째, 개띠 인문학은 노자의 "냅둬!" 사상이 인문의 근간으로 확산되고 있습니다. 원래 유행이라는 것은 무시할 수 없는 문화현상입니다. 패션에 유행이 있듯, 인문도 유행이 있습니다. 『미움 받을 용기』라는 책이 나오면서 젊은 층 중심으로 심리학이 유행하고 있습니다. 젊은 세대가 대체로 심리학과 서양 사상에 익숙하듯 58년 개띠 인문은 동양 사상에 익숙합니다. 근래에 떠오르는 동양 사상이 노자의 『도덕경』입니다. 알려진 대로 "무위" 하는 삶이 핵심이죠. 최근 한국 사회는 노자 사상이 유행하고 있습니다.

사마천의 『사기열전』에만 있는 하나의 이야기가 있습니다. 공자와 노자가 만나는 장면입니다. 공자를 치켜세우는 사람들은 거짓이라고 말하며, 노자-장자를 주장하는 사람은 사실이라고 주장하는 장면입니다. 이때 기준으로 하면 노자가 공자보다 대략 40~60살 많은 것으로 보입니다.

노자-공자가 만나는 화상석

공자가 주나라에 갔을 때 노자에게 '예(禮)'를 묻습니다.

그러자 노자는 이렇게 대답합니다.

"그대가 말하는 성현들은 그 육신과 뼈가 모두 이미 썩어버리고 단지 그 말만 남아 있을 뿐이오, 하물며 군자도 때를 만나면 벼슬에 나아가지만, 때를 만나지 못하면 이리저리 날려다는 다북쑥처럼 떠돌아다니는 유랑의 신세가 될 것이오. 뛰어난 장사꾼은 물건을 깊이 숨겨두고 겉으로는 아무것도 없는 것 같이 보이고, 군자는 훌륭한 덕을 간직하고 있으나 겉으로는 어리석게 보인다고 들었소. 그대의 교만과 탐욕, 허세와 지나친 욕망을 버리시오. 이러한 것들은 모두가 그대에게 아무런 도움이 되지 않을 것이요. 내가 그대에게 말할 것은 단지 이것뿐이요."

노자가 공자를 폄하하는 내용입니다.

"공자! 너는 훌륭한 장사꾼도 아니고 군자도 아니다. 스스로 뭔가를 할 수 있다고 믿는 것이 교만이다. 자신의 이상을 위해 수없이 나라를 돌아다니며 '인의예지신'를 얘기하며 당신의 이상을 들어주는 군주를 찾았으나 누구 하나 말을 듣지 않았다. 왜 그런가? 너무 황당했기 때문 아닌가? 무언가 하려는 욕망을 버리시오. 결코 당신에게 이롭지 않소이다."

공자는 정신을 개조하여 유토피아를 꿈꿉니다. 노자는 그런 생각 자체가 어리석고 교만이라고 질책합니다. 사람마다의 개성을 일률적으로 억지로 맞추려고 하는 것이 교만이고 탐욕이다고 말입니다.

내용은 이어 집니다.

공자가 돌아와서 제자들에게 이렇게 말합니다.

"새는 잘 날 수 있고, 물고기는 잘 헤엄치며, 들짐승은 잘 달릴 수 있다는 것을 나는 알고 있다. 그러므로 달리는 들짐승은 그물로 잡을 수 있으며 헤엄치는 물고기는 낚시로 낚을 수 있으며, 나는 새는 화살을 쏘아 잡을 수 있다. 그러나 용은 구름과 바람을 타고 하늘로 올라가니 용에 대해서 나는 아무것도 알 수가 없구나. 오늘 내가 노자를 만나보니 그는 마치 용과 같은 사람이었다."

공자는 제자들에게 돌아와서 노자의 말을 비꼽니다. 용은 상상의 동물입니다. 노자는 용과 같이 현실성이 없는 사람이라고 지적합니다. 커다란 무엇처럼 말하지만 현실적이지 않다고 노자를 평가합니다.

이렇듯 중국사상은 공자와 노자 사상의 모순적 관계로 얽혀있습니다. 진(進)과 퇴(退)의 갈등이 공존하는 사상입니다.

공자의 사상은 진(進) "끝없이 자기 몸을 닦아서 세상을 만들어 가라. 모든 것은 자신에게 달렸다. 그러니 먼저 자신을 수신하라. 나 중심으로 이 세상을 만들라."입니다.

노자의 사상은 퇴(退) "자꾸 무언가 만들지 마라. 결국엔 인간이 황폐해진다. 있는 그대로 냅둬!. 적극적으로 개입하지 마라. 그대로 흘러가게 되어 있다."입니다.

그렇다면 왜 공자와 노자 사상은 정반대 입장일까요?

그것은 공자와 노자의 출신 신분의 차이 때문입니다.

공자는 씨받이로 무당이었던 엄마를 둔 '서얼 출신'입니다. 정규 교육은 받지 못했고 마구간에서 일하며 현실적인 학문을 터득합니다. 마구간에서 똥 치우다가 15살에 공부에 뜻을 세웁니다. 밑바닥 인생이라는 혼란스런 자신의 삶에 빗대어 혼탁한 세상을 '예'로서 변화시키겠다고 다짐합니다. 규칙과 규율이 바탕인 '예'로 다스려져야 혼탁한 세상이 바로잡힌다고 주장하게 됩니다.

반면, 노자는 지금 식으로 표현하면 '금수저 출신'입니다. 직책도 높았고 유식했습니다. 성경에 유명한 솔로몬 왕이 소개되어 있습니다. 이스라엘 역사상 지혜의 왕으로 최대의 부와 권력을 가진 왕이였습니다. 그러나 그조차 "헛되고, 헛되니, 모든 것이 헛되도다!"고 말했습니다. 절대 왕이였던 그도 "헛됨"을 말합니다. 최고의 재물과 권력을 누렸으나 남는 것은 헛됨이라고 그는 한숨 쉽니다. 노자 사상도 이와 같습니다. '모든 것이 헛되며 의미 없는 일인데 억지로 무엇을 하려 들지 말라.' 노자는 '냅둬!'를 주장합니다.

58년 개띠세대는 상대적으로 부를 가진 집단입니다. 경제적으로 힘겨움을 경험하기도 했지만 노력한 만큼 보상으로 많은 것을 누리는 게 많은 집단입니다. 그리고 특히 인문학을 주도하는 집단은 속된말로 잘 나갔던 사람들입니다. '자신의 삶에 빗대어 열심히 돈 벌었지만 의미 없더라. 내 삶을 되돌아보니 내가 없었다.' 는 것을 알아채죠. 그래서 노자 사상이 떠오르게 된 겁니다. 치유로 노자만한 것이 없기 때문이죠. 부를 누렸기 때문에 아쉬움이 없는 사상. 그것이 노자 사상의 근본입니다. 그래서 현재 많이 읽히는 동양고전서가 『노자』와 노자의 저자인 장자의 『도덕경』입니다.

05

관계의 변화에 민감하라.

인문학은 나로부터 시작한다고 했습니다.

내 생존의 문제에서 시작하여 타인의 삶도 나와 마찬가지도서관이나 문화센터에 가면 아이들 아니면 중장년층입니다. 수요와 공급의 법칙이라고 수요자가 아이들과 중장년층이니 당연히 프로그램은 그들 위주로 짜여 있습니다. 아이들 교육과 노인을 위한 교육이 대다수입니다. 40대 중반 아래로 성인은 보기도 힘듭니다. 도서관에 보이는 젊은이들의 책상은 법과 관련된 도서만 가득합니다. 인문, 인문학이라 그렇게 떠들지만 인문이 안 되는 이유를 도서관에서 찾을 수 있습니다. 인문을 공부하는 소비층으로 중장년층이 대다수이기 때문입니다. 인문은 여유가 되는 중장년층만 누릴 수 있는 권리가 되어 있습니다.

생존의 시작은 자신의 감정과 타인의 감정을 느끼는 것부터 입니다. 즉 배운다는 것은 이성이 우선이 아니라 감정이 우선되어야 한다는 겁니다. 인문학의 시작은 내 생각을 나누는 것부터 시작입니다. 내 생각과 타인의 생각을 나눔으로써 서로 공유해야 합니다. 내 감정은 누군가로부터 가르침 받을 수 있는 것이 아닙니다. 스승(멘토)은 가르쳐 주는 사람이 아니라 방향만 잡아주는 사람일 뿐입니다.

가르친다는 것은 가르침을 받는 대중보다 우월하다는 권위가 내포되어 있습니다. 어리석은 중생을 자신이 계몽해야 한다는 생각에 사로잡혀 있습니다. 인문학을 한다는 것은 일반 대중끼리 모여 나눠도 충분합니다. 인문학이라며 강연하는 분들이 교수이며 베스트셀러 작가에 한정하여 선택해서는 안 된다는 겁니다. 권위중심적인 강연이나 강좌를 경계해야 합니다.

58년 개띠가 주도하는 인문학은 결국 자신들만의 인문학이라는 말과 동일합니다. 세대 간 단절이 당연한 겁니다. 자신들의 방식대로 인문을 가르치려고 하니 인문은 공허 한 겁니다. 공급자가 수요자를 결정하는데 확산 될 리가 있을까요?

"인문학이 위기가 아니라 인문학자가 위기"라는 누군가의 말이 와 닿습니다.

다시 말하지만 인문은 가르침으로 되는 게 결코 아닙니다.

인문학을 배우는 것은 나로부터 시작하여 타인과의 관계 그리고 사회적 관계를 이해함으로써 내 삶의 가치와 의미를 찾는 것이 목적입니다. 그래서 '인문학은 인간의 삶'이라는 단순한 정의로만으로 해석할 수 없습니다. 세상에 사는 사람의 수만큼 인문은 존재합니다. 옳고 그름 또한 무의미합니다. 선과 악의 기준도 자신이 내리는 것이고 가치와 무가치도 자신이 결정한대로 정해지는 것입니다.

그러나 자신에게만 집중한다고 내 삶이 가치 있고 의미 있어 지는 것은 아닙니다. 인간이 동물과 기계와 다른 점은 "잘 표현할 수 있다"는 부분입니다. 내가 결정한 인문이 타인이 결정한 인문과 부딪치는 게 당연합니다. 민주주의는 갈등이 있어야 합니다. 갈등 없는 사회는 전제주의 국가나 공산주의 국가입니다. 서로의 가치가 부딪치고 부딪치며 긍정적인 무언가를 만들어 가는 삶이 인문적 삶입니다. 개인마다 결정한 인문이 다 다르지만 서로 표현하고 공감하고 나눔으로써 내 삶과 가치와 의미는 풍성해 집니다. 다툼은 어쩔 수 없더라도 긍정적으로 자신이 결정한 인문을 변화시킬 수 있습니다. 그것이 인문학을 배우는 것입니다. 인문학을 배우는 가치입니다.

지식의 시대는 가고
생각의 시대가 왔다.

Reading The Thinking
Book is The Answer.

인문(학)을 배운다는 것은 나로부터 시작하여 나와 타인, 그리고 현 사회를 이해하고 지구로 우주와의 관계를 이해함으로써 내가 살고 있는 이 순간 내 삶이 가치 있고 의미 있도록 하는 게 목적입니다. 인문 문화는 끊임없이 변하고 있습니다. 전통적인 현모양처 엄마중심 인문학이 58년 개띠 세대를 중심으로 하여 2010년대 초반 아빠중심인 인문학으로 변화했습니다. 그리고 2010년대 후반 페미니즘이 서서히 주류로 등장하고 있습니다. 양성평등 운동이 폭발적으로 확산되기 시작합니다. 『82년생 김지영』 같은 도서가 베스트셀러에 지속적으로 이름을 올리고 있습니다. 케이블 TV에서는 공공연하게 메시지를 주고 있습니다. 인문 문화는 계속 변화합니다. 변화 속에 정답은 없습니다. 해답은 변하기 때문입니다. 우리는 수년마다 변하는 인문에 노출되어 살고 있습니다. 인문학을 배운다는 것은 엄마 인문학, 아빠 인문학 그리고 페미니즘 인문학에서 내 삶이 어떤 가치가 있고 의미가 있는지 살펴보는 일입니다. 그렇기 때문에 인문학을 한다는 것은 관계를 이해함으로부터 시작합니다.

인문은 누군가로부터 배우거나 가르칠 수 있는 것도 아닙니다. 단지 자신만이 할 수 있습니다. 그리고 혼자 하는 인문을 타자와 관계로 연결해야 합니다.

그렇다면 관계가 핵심이라는 인문은 무엇으로부터 시작하면 좋을까요?

인문의 시작은 쓰는 것부터입니다.

01

인문의 시작은 쓰는 것부터 : 적자!생존

앞서 1장에서 생존이라는 한자를 잠시 언급했습니다.

생존은 한자로 生+存의 합성어입니다. 생존은 같은 뜻의 합성이 아니라 다른 뜻을 가진 두 개의 단어가 합쳐진 것입니다. 생(生)은 '낳다, 사는 일, 기르는 일을 말합니다. 존재한다(存)는 것은 내가 나로서 가치 있고 존엄한 존재임을 말합니다.

생(生)은 존(存)이라는 단어와 합쳐짐으로써 동물과 구분됩니다. 따라서 "생존이란 내가 내 생각을 하고, 자유롭게 말하고 표현하는 내가 있을 곳에 바르게 있다"는 것을 뜻합니다. 인간만이 자신의 존재를 알아챌 수 있습니다. 그것이 동물과 다른 점입니다.

'중2병'이라는 신조어가 있습니다. 예전에는 사춘기라고 불리었는데 요즘 학생들이 사춘기를 빠르게 겪다보니 중2병이라는 말로 변형

되었나 봅니다. 초등학생을 둔 아빠 세대가 중학교 시기부터 고등학교 시기에 걸쳐 폭넓게 사춘기가 있었다면 요즘은 초등학교 때부터 시작하여 중2때 절정에 다다릅니다.

사춘기 때 또는 중2때 겪는 것이 "존(存)에 대한 고민"입니다. 초등학교까지는 부모로부터 양육되어지고 먹고 마시고 자는 생물학적으로 생(生)하는 방법을 배우는 시기였다면 중학교 때부턴 존(存)을 터득하기 시작합니다. 내가 태어난 이유, 내가 왜 사는지, 반항하고 화가 나고 의심나고 버릇없어 지는 시기입니다. 초등학교까지는 부모님이 선생님이 알아서 다 해줬는데 중2가 되면 내가 하고 싶고 내가 주체가 되고 싶어집니다. 그런데 어른들은 여전히 초등학생 아이 취급합니다. 그래서 반항하고 버릇없어 집니다. 독립적 주체로써 내가 존재함을 알리기 위해서입니다. '내가 여기있다'는 것을 표현하고 싶은 마음이 강해집니다.

최근 대표적인 문화현상이 "급식체"입니다. 네이버 백과사전을 찾아보니 급식체란 '급식'을 먹는 나이인 초·중·고교생이 주로 사용하는 은어를 일컫는 말을 뜻한다고 합니다. 온라인 커뮤니티에서 사용되던 표현이나 개인방송 진행자들의 말투 등이 사회관계망서비스(SNS)를 통해 10대들에게 퍼져나간 것입니다. 단어의 초성만 사용하거나 '지리다', '오진다', '~하는 부분', '~하는 각', '실화냐?' 등의 표현이 대표적이며 자문자답을 하거나 비슷한 발음의 단어를 나열하는 말장난과 같은 형태도 있습니다. 급식체는 급식 세대끼리의 소속 감을 연대하여 기성세대와 구별하려는 시도에서 나온 유행 현상입니다. 기성세대와 구분되는 나로써 우리끼리 존재함을 표현하려는 시도에서 시작했습니다. 기성세대 관점에서는 굉장히 언어 파괴적이고 규칙에서 벗어난 버릇없음에서 비롯된 결과물로 비춰집니다.

원래 기성세대에 반항하는 신세대는 계속 있어 왔습니다.

광복-한국전쟁세대(45~53년생), 박정희 대통령의 독재 치하에서 젊은 시절을 보낸 세대이자 현재 기성세대를 위시하는 주요 세대인 베이비붐 세대(54~63년생) 그래서 자기 검열이 심한 세대입니다. 다음이 민주화 세대(64~73년생)로 총칼을 든 신 군부가 정권을 차지한 것을 목격한 세대로 5.18 민주화운동을 지켜보며 젊은 혈기로 민주화 운동에 앞장선 세대입니다. 기성세대에 대항한 첫 세대의 등장입니다.

다음이 90년대 초반 '서태지와 아이들'과 함께한 X세대입니다. 기성세대 문화에 대항하기 시작합니다. 기성세대에 버릇없음이 확연해 지기 시작합니다. 이후 Y세대로 이어지며 기성세대와 점점 더 구별짓기의 색깔이 명확해 집니다.

급식체도 이와 같습니다. 기성세대가 보기에 굉장한 이질감은 있으나 그들이 기성세대와 구별하려는 점은 예전과 별반 다를 바 없습니다. 원래부터 의례 있어왔던 구별짓기 문화현상이기 때문입니다.

단지 우려스런 점이 언어 파괴입니다. 스마트폰이 확산되면서 단어가 줄기 시작하면서 단어와 문장이 줄어들기 시작하였고 이내 언어파괴로 이어지고 지속된다는 점입니다. 신어 창조는 긍정적이지만 비슷한 언어 쓰임을 최대한 줄이려는 신어 창조는 조지오웰의 『1984』의 빅 브라더의 인간통제 유형과 유사하다는 느낌을 지울 수 없습니다.

나를 찾는 일이 쉬울 리 없습니다. 누군가 답을 주지도 않습니다. 사회 통념에 반항하는 버릇없음을 통해 스스로 찾는 겁니다. 이젠 내가 내 자신을 돌보는 시기로 접어든 것입니다. 이게 생존하는 과정입니다. 세상에 나갈 준비를 하는 시기입니다. 처음엔 어설프고 몰라서 괜히 짜증납니다. 반항과 시련을 겪고 나서야 어른이 되는 것이죠. 그래야 긍정적으로 생존할 수 있습니다. 그래서 이 시기에 반드시 올바른 생존법을 배워야 합니다.

배움을 통해 긍정적인 존(存)이 되어야 하는데 그렇지 못한 경우도 많습니다. 부모님과 선생님의 억압, 사회적 간섭, 주입식 교육 등에 의해 자신만의 존(存)을 형성하지 못하고 부모가 사회가 선생님이 원하는 존(存)으로 양육되어 만들어지는 경우가 많습니다. 부모가 만들어놓는 틀에 아이들의 존(存)을 규정하지는 않는지 생각해 봐야 합니다. 존(存)도 결코 누군가로부터 만들어지는 게 아닙니다.

조선시대 민중을 위한 대동법을 지키기 위해 김육은 자리(存)를 지켰습니다. 영의정이라는 자리를 이용해 권력을 휘두르는 존(存)이 아니라 민중의 존(存)을 지켜주려는 자리에 가치를 두셨습니다. 그것이 생존입니다. 국민을 대변하라는 자리가 대통령이지 권력을 휘둘러서 민중을 이용하는 자리가 아닙니다. 자기가 있을 자리에 있는 것이 존(存)입니다. 그렇지 못하면 생(生)이 중요한 동물과 별반 차이 없습니다.

생(生)이란 동물과 다를 바 없이 생물로써 살아있음을 뜻하는 말입니다. 욕망에 충실한 이드(id)에 좀 더 초점에 맞춰 사는 삶을 말합니다. 사회적 윤리와 법 관습보단 내 이익이 중심입니다.

동양의 "순자 사상" 바탕과 비슷합니다. '인간이 욕망을 추구하는 게 당연하다'는 것이 순자사상의 시작입니다. 동서양 모두 인간의 본성이 욕망이라고 하는 부분은 일치하나 봅니다. 순자는 인간이 본성의 욕망을 추구하며 살게 되면 서로 다툼이 일어나는 게 당연하므로 예로써 다스려야 한다고 제안합니다. 교육의 중요성을 강조합니다.

존(存)이란 자기가 있을 자리에 있는 것을 말합니다. 동물과 인간을 확연히 구분할 수 있는 부분입니다. 부모로써 자리, 정치인으로써 자리, 권력가로써 자리, 노동자로써 자리, 고용인으로써 자리, 배선장으로써 내가 현재 있는 자리를 명확히 아는 것이 올바른 존(存)입니다. 인간은 '개인 이기주의'가 먼저인 존재입니다. 욕망이 우선인 존재입니다. 그래서 약탈과 전쟁이 끝없이 이어져 왔습니다. 그러나 수 많은 죽음의 역사에도 불구하고 인류 종이 지구에서 아직까지 진화하고 살아남을 수 있었던 것은 사랑이라는 희생 때문이었습니다. 자기 욕망을 우선하면서도 인간으로써 생존하기 위해 희생을 선택합니다. 그게 인간입니다.

존(存)의 가치보다 생(生)에 많은 가치를 두었다면 짐승만도 못한 놈이라 손가락질합니다. 정확하게는 '짐승 같은 놈'이라 표현합니다. 내가 인간으로써 생존하기 위해선 동물과 짐승과 달라야 합니다. 생(生)이 이기주의라면 존(存)은 이타주의입니다. 둘 중 하나에 치우치지 않는 것 그게 올바른 생존(生存)입니다.

단순히 생존해야 한다고 말하긴 쉽습니다. 가치있게 생존하라 교훈은 줄 수는 있으나 개인적인 이기주의를 강제함에는 한계는 있습니다. 따라서 생존 또한 개인이 선택해야 할 몫입니다. 가치 있는 생존을 선택하려고 한다면 적자! 가장 쉬운 방법입니다.

"많이 읽으면 지혜로워지고 글을 쓰면 정확해지며 의논하면 준비된 사람이 된다."

  – 브리타니카 사전

250년간 영국 지식인의 필수 교양서였던 『브리타니카 사전』에서 가치있는 생존을 가르쳐줍니다. "많이 읽어라. 글을 써라 그리고 의논하라"고 말입니다. 글을 쓰면 정확해 집니다. 말은 사라집니다. 아무리 좋은 강연을 듣고 강의에 참석한다 하더라도 쓰지 않으면 사라져버립니다. 좋은 말 좋은 행동을 직접 손으로 쓰면 정확해지며 명확해 집니다. 말을 하면 꿈이 생기고 쓰면 이루어집니다. 스스로 긍정적으로 생존하는 방법을 터득하게 됩니다.

그런데 "글 쓰는 공포"가 내면 깊숙이 자리 잡고 있다는 게 문제입니다.

대체로 사람들은 글에 다가가기 굉장히 힘겨워 합니다. "글 = 자기얼굴"이라고 생각하기 때문입니다. 화장안한 얼굴로 외출하기 두려함과 마찬가지로 글이 완벽하게 만들어지지 않은 상태로 타인에게 보이는 것은 수치심으로 되돌아 올수 있다는 공포심이 가슴 한가운데 차지하고 있습니다. 그리고 글은 어릴 때부터 평가의 대상 이였습니다. 숙제, 백일장 제출, 독후감 제출이라는 강제성에 의해 글이 생산되었습니다. 글은 상과 벌이라는 대가로서 존재해왔습니다. 따라서 글을 강제로 쓰지 않아도 되는 성인이 되면 손을 놓게 됩니다. 글은 평가라는 트라우마는 더 이상 글을 쓰지 못하게 만들었습니다.

도서관이나 문화센터에서 하는 글쓰기 강좌는 대회에서 상을 받기 위해, 등단하기 위한 글쓰기 스킬이 대다수입니다. 도서관에 수필반이나 시반, 동화작가반등 글 쓰는 강좌가 많습니다. 강좌는 강의를 듣고 몇 명이 등단했더라는 말로 평가받습니다. 순수한 글쓰기 강좌는 사라지고 상과 등단이 목적인 글쓰기만이 살아남아 있습니다. 만약 짧은 강의 기간 내에 등단한 수강생이 배출되지 않는다면 그 강좌는 이내 폐강되고 맙니다. 생존을 위한 글쓰기보다 활용을 위한 글쓰기가 대다수입니다. 이와 같은 문화 분위기는 결과중심적인 자본주의적 사회문화이기 때문입니다. 결과가 없는 것은 하지 않은 것과 같은 것이죠. 성과가 없는 것은 비효율적인 것입니다. 한마디로 시간 낭비인 셈입니다.

『브리타니카 사전』에서 말하듯 "글은 내가 정확해지기 위해서 하는 행위"입니다. 이것이 가장 먼저입니다. 등단이나 상은 선택의 권리일 뿐입니다. 글을 배우는 목적이 상을 타거나 등단하거나 이라면 잠시 돌이켜 생각해 봤으면 합니다. 일반 대중이 글을 쓰지 않고 글을 읽지 않는 이유는 철학적 사고가 제외된 평가 우선주의 때문이라 생각됩니다. 평범한 글쓰기를 돈 내고 배워서 무언가 결과물로 툭 떨어져야 하므로 글은 갈수록 외면 받습니다. 평가받고 상벌로 결정되는 글쓰기로 굳어지면 질수록 점점 더 책 읽는 사람은 사라질 것입니다. 나와 별개로 다른 문화에 사는 사람들의 일이기 때문에 관심 밖 입니다. 인간이 스킬로 다듬고 다듬는 글쓰기는 인공지능이 종합하여 쓴 글보다 더 못해 집니다. 문명이 달라지고 있습니다.

그 자리에서 즉시 사라져버리는 말보단 머리와 가슴으로 읽고 머리와 가슴으로 느낀 점을 손으로 쓰면 긍정적인 생존법을 배울 수 있습니다. 그리고 나만의 생존법을 다른 사람들과 의논하고 토론하며 나눈다면 사회적 생존법을 배울 수 있습니다. 개인적 생존법과 사회적 생존법을 함께 배울 때야 비로써 준비된 사람입니다.

적자!생존

인간으로써 생존하려면 읽고 쓰고 그리고 함께 모이는 토론 모임으로 나가야 합니다.

생각한다는 것은 무엇인가요?

음식과 식생활은 인간 삶에 중요한 요인입니다. 특히, 최근 3~4년 전부터 TV 정규방송이나 케이블 방송을 보면 음식관련 프로그램이 많이 방영되고 있습니다. 나아가 국내 음식 소개에서 해외 음식 소개로까지 방송 영역이 점점 범위가 넓어지고 있습니다. '먹방'에서 '쿡방'을 넘어 '푸드 포르노'까지 음식과 요리의 가치가 단순한 먹거리를 벗어나 볼거리와 즐길 거리로 문화가 확산하고 있습니다.

'백종원의 푸드트럭'이라는 프로그램을 보다가 재미있는 장면을 보았습니다. 백종원 요리사는 어떻게 매번 새로운 요리 레시피를 만드는지 사회자가 물어봅니다.

그러자 백종원씨는 말합니다.

"음식 사진만 보고 만들어야 재해석이 가능합니다."

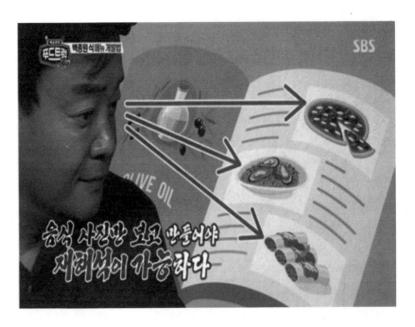

"래시피를 보면 그냥 스파게티지만 사진만 보면 빨간 짜장면으로 해석이 가능합니다."

"소스를 밥에다 올려볼까? 빵에다 찍어볼까?"

그리고 끝으로 그는 자신만의 요리 비법을 말합니다.

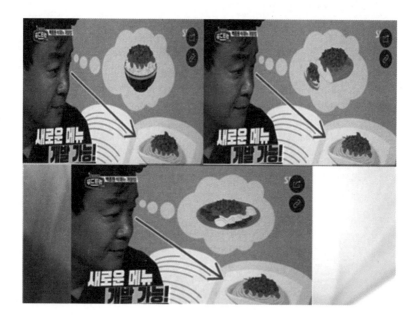

"사진 하나 가지고 세상에 없는 메뉴가 가능해지는 거예요.'

　백종원씨는 요리책 레시피를 보지 않습니다. 사진을 보고 만들어야
자신만의 재해석이 가능하기 때문이라 말합니다. 레시피대로 하면
내 것이 아닙니다. 백종원씨가 TV에 나와서 음식에 대해 새로운 해
석을 하면 와!하는 이유가 바로 여기에 있는 것입니다. 같은 것을 보
아도 다르게 해석할 수 있는 것이 '생각하는 것'입니다.
　지식은 책 뿐 아니라 스마트 폰에 무궁무진하게 열려 있습니다. 내
것과 네 것의 지식과 정보의 차별성은 사라졌습니다. 동등하게 열려
있습니다. 지식과 정보를 어떻게 내 것으로 어떻게 해석할 것인가가

필요한 시대입니다.

스마트 폰에 단톡, 페이스 북이나 밴드에 등록된 친구들이 좋은 글 또는 사진을 수시로 보내옵니다. 생활 정보, 시 또는 웃긴 이야기, 동영상, 사진등 알고 싶지도 않은 지식과 정보들이 밀려들어옵니다. 어떤 경우엔 "그래서 뭐 어쩌라고?"하는 마음이 들기도 합니다. 알고 싶지 않은 지식과 정보를 선택할 권리와 상관없이 읽어야 할 시대에 살고 있습니다. 알려고 하면 검색만으로 지식과 정보를 습득할 수 있습니다. 그런데 좋은 글과 그림, 동영상을 퍼 나르는 행동은 "니 생각대로 살겠다'고 공언하는 것과 별반 차이 없습니다. 내 생각이 없는 것입니다. 내 생각이 없는 단순한 퍼 나르기는 그래서 감동스럽지 못합니다. 짜증스럽게 내 의지와 상관없는 정보 하나 얻은 것 뿐 입니다.

『하리하라의 음식 과학』이라는 책으로 군부대에 독서코칭을 한 적이 있습니다. 이 책은 하나의 챕터가 끝날 때 마다 '하리하라의 레시피'라는 별지로 총 26가지의 음식 레시피가 소개되어 있습니다.

소개된 레시피들을 착안해서 독서코칭 때 군장병들에게 질문 하나 던졌습니다.

"사람마다 자기만의 요리 레시피가 있을 것입니다. 밤에 야식으로 간단하게 해 먹는 자신만의 요리 레시피를 소개해 봅시다."

다양한 답변이 있었는데 제가 흥미로웠던 것은 정말로 많은 요리법이 존재한다는 점입니다. 발표하는 장병 개개인 모두 자신만의 래시피 하나쯤은 비장의 카드로 들고 있었습니다.

라면 하나 끓여 먹는데도 사람마다 다 다릅니다. 아버지가 끓여주셨던 라면, 엄마가 국물조절 실패하여 한강 되어버린 라면, 불어버린 라면, 계란 때문에 먹기 싫은 라면, 대게와 전복을 넣은 라면 등 라면에 대한 '지식'이 있습니다. 그리고 뜨거운 여름 해변에서 가족과 함께 먹던 라면, 산 정상에서 호호 불며 먹던 라면, 추운 겨울 야간근무를 마치고 들어온 군내무반에서 고참이 끓여 주었던 라면…… 라면에도 그리움과 추억이라는 '경험'이 있습니다. 라면 하나에도 '지식'과 '경험'이 공존합니다.

지금 이 시대는 생각의 시대입니다. 생각이 중요한 시대입니다. 물론 단순하게 요리 레시피로 생각이 무엇인지 설명할 수는 없습니다. 단지 "내 생각이 과연 내 생각인가"를 돌이켜 보기를 기대합니다. 처음엔 누군가의 생각을 들여다봐야 합니다. 그러나 처음 누군가의 생각을 그대로 흉내 낸다고 내 생각이 되지 않습니다. 생각은 처음 누군가의 생각에 내 지식과 경험을 보태어 나만의 방식으로 표현하는 일입니다. 아버지가 끓여주신 라면에 밥 한 공기 더 보태야 그 라면은 내 것의 레시피가 됩니다.

레시피대로 하면 지식 하나 얻어 가는 것으로 끝납니다.

요리 하나에도 사람마다 다른 의미로 다른 가치로 생각으로 달리 해석됩니다. 이 시대를 살고 있는 내가 나로써 나만의 생각으로 존재하기 위해선 사고 즉 생각하는 힘을 터득해야 합니다. 이 시대는 생각하는 사람을 필요로 합니다. 지식과 경험 어느 하나에 치우치지 않고 함께 융합하는 중용의 마음이 "생각"입니다.

03

지식의 시대는 가고 생각의 시대가 왔다.

사람마다 경험과 지식과 경험이 다릅니다. 10명이 모이면 10명이 다 다릅니다. 이해할 수 없는 것은 10명이 모여 모두 똑같은 생라면에 계란과 파 그리고 버섯을 주고 라면을 끓였더라도 맛이 다 다르다는 겁니다. 그렇게 끓여진 누구의 라면이 제일 맛있는 라면일까요? 누구의 말이 정답일까요? 끓여진 라면 모두 자기 입맛에 맞춘 라면입니다. 즉, 자신이 직접 끓인 라면이 정답입니다. 그런가요? 아니죠.

사람들은 대개가 자신이 경험한 지식만이 정답이라고 하는 경향이 있습니다. 내가 연구한 이순신의 리더십만이 옳다고 주장합니다. 이순신 장군의 흠집에 대해선 일말의 의심조차 해서는 안되는 일입니다. 내가 해석했거나 권위있는 누군가의 강의에서 들었던 내용만이 옳다고 인정합니다.

「체리와 복숭아가 있는 정물」(1887년) _ 세잔

후기 인상주의 대표 화가 폴 세잔의 그림입니다. 이 그림을 보면 뭔가 어색합니다. 중심 되는 시점이 안 보입니다. 화병은 정면의 약간 위에서 본 시점이고 체리는 위에서 내려다 본 시점이고, 복숭아는 비스듬하게 본 시점으로 그려져 있습니다. 폴 세잔은 다양한 관점을 하나의 그림에 넣었습니다. 하나의 사물도 어디서 어떻게 바라보았는가에 따라 달라집니다. 세잔의 그림이 위대한 점은 정물화임에도 불구하고 지금 눈으로 보이는 그 모습 그대로를 그려낸 것이 아니라 다른 각도에서 본 정물의 모습을 한 장의 캔버스에 한꺼번에 모두 그려냈다는 점입니다.

인간의 지식과 경험은 미약하여 당장 내 눈앞에 보이는 것조차 이해하지 못합니다. 세잔은 눈에 보이지만 보이지 않는 것을 찾으라는 화두를 그림 속에 던져놓았습니다. 내가 보는 그림 그대로가 진실이 아니라 보이는 것 자체를 의심하는 것이 생각하는 것입니다.

우리는 익숙하게 보는 관점과 생각에서 벗어나길 힘겨워 합니다. 내가 알고 있거나 혹은 모르고 있는 또 다른 하나의 관점도 있을 수 있음을 인정하는 것이 중요합니다. 미세한 하나가 전체 모양을 결정 지을 수도 있습니다. 열 명이라면 열 명이 모여서 의견을 취합해야 합니다. 내 지식과 경험이 정답이라고 주장할 수 없기 때문입니다. 모여서 마음을 열어야 합니다. 다른 이의 생각을 적극적으로 들어주려는 경청의 자세가 필요합니다. 서로 마음을 열고 내 지식과 경험을 자유롭게 표현할 수 있을 때 다른 각도에서 보이는 그림을 이해할 수 있습니다. 누구 한명이라도 끝까지 자기 경험과 지식을 주장한다면 그림은 전혀 현실적이지 않는 '추상화인 정물화'가 됩니다. 또한 어느 한명의 주장과 설득이 미약하다고 무시한다면 세잔의 그림은 졸작이 됩니다. 다른 각도로 그림을 보고 있는 사람을 내가 보는 각도로 이해시키려 들면 독재가 됩니다. 무시하면 생각이 멈춤니다. 독재가 되면 왜곡을 부릅니다. 왜곡되면 자신은 둘째 치고 그림을 다른 각도로 보고 있는 사람들까지도 엉뚱한 진리를 믿게 됩니다. 그렇게 되면 '세잔'이 살아 돌아와 자신의 그림을 친절히 설명해 줘도 참지식이 아니라며 배척할 공산이 큽니다. 그래서 생각은 함께 하되 설득해서는 안 됩니다. 논증과 논리로 누군가를 설득하려 들면 안 됩니다. 혼자 세상을 다 알 수 없습니다.

생각이라는 것은 혼자 하는 행위가 아닙니다. 생각도 함께 하는 행위로 이어져야 합니다. 특히, 정답이 없는 가치를 만드는 것은 결단코 혼자 할 수 없습니다.

다른 사람과 함께 생각을 많이 하는 사람은 분명히 메모하게 됩니다. 반드시 쓰게 되어 있습니다. 그리고 있는 사실 그대로 적어서 보관하지 않습니다. 누군가가 카톡으로 보내온 "좋은 글"을 생 것 그대로 다른 사람에게 전달하지 않습니다. 뭔가 보태어 창조해서 내 생각을 추가해서 적어 보냅니다. 생각이 없기 때문에 보태어 쓰지 않는 것입니다.

함께 나눈 생각은 다듬어 지기 마련입니다. 처음 자신만의 무언가 어설펐던 생각이 완벽해집니다. 그 과정을 거친 후에 나온 글은 분명 좋은 글입니다. 글쓰기는 그렇게 탄생합니다. 반드시 생각은 글쓰기를 불러옵니다.

04

그리고, 정답의 시대는
가고 가치의 시대가 왔다.

인간의 뇌는 원래 관념적입니다. 사람의 마음속에 나타나는 표상·상념·개념 또는 또는 의식내용을 관념이라고 말합니다. 현대 사회는 구체성과 명확성을 요구해 왔습니다. 이제 그런 지식과 정보는 의미는 없습니다. 눈에 보이지 않는 것에 대한 추상화, 관념화 이것은 동물도 없고 기계도 없는 인간만이 가진 것입니다. 이제 생각의 시대가 열린 겁니다.

최근 현대 철학이 발달하지 못하고 정체되어 있습니다. 미래의 불확실성을 어떻게 명확하게 밝힐 수 있겠습니까? 서양 철학이 한계에 이르렀습니다. 서양 철학 관점으로 보면 인간은 기계를 이길 수 없습니다. 그래서 서양 철학이 동양철학에 주목하고 있습니다.

그런데 현재 한국사회는 동양 사상과 서양 사상이 부자연스럽게 어울려 있습니다.

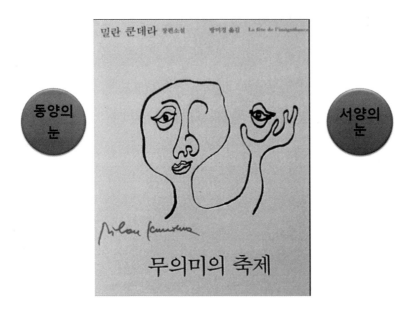

『참을 수 없는 존재의 가벼움』으로 익숙한 밀란 쿤데라의 작품 중 『무의미의 축제』라는 책이 있습니다. 이 책의 표지는 작가가 직접 그린 그림입니다. 그림에 대해서도 사람마다 다양한 해석이 있습니다. 위 그림을 저는 한쪽은 동양의 눈으로 한쪽은 서양의 눈으로 가지고 때에 따라서 자신이 유리한 것으로 이용하는 한국사회로 해석해 보았습니다.

결혼한 경우라 생각해 보겠습니다. 이런 경우 있던가요? 시댁에

갔습니다. 요즘 젊은 남자들은 부엌 가는 게 익숙합니다. 처가 시댁에서 설거지 하고 있으면 아들이 도와주러 옵니다. 그러면 어떻죠? 시어머니의 눈초리가 무섭습니다. 아들보고 칠칠치 못한 놈이라고 하죠. 반대로 사위가 집에 왔습니다. 딸이 설거지 하는데 사위가 도와주러 가면 뭐라 하죠? 요즘은 남녀평등 세상이니까 당연하다고 합니다.

지하철에서 졸고 있는 학생을 보면 화가 나서 일으켜 세웁니다. 젊은 것들이 예의가 없다고 합니다. 임산부가 오면 자신은 늙어서 동등하다 생각합니다. 그렇습니다. 우린 지금 혼란의 시기에 있습니다. 나이로 유리할 때는 동양의 예의를 찾고 논리적으로 설득할 때는 서양의 효율성을 찾습니다.

서양 철학은 지식, 앎을 위해 증명과 논거를 필요로 합니다. 동양 사상은 직관이라는 모호함이 특징입니다. "한국의 정(情)"이 무엇이라고 정의할 수 없듯이 본래 한국 사상은 명확히 설명할 수 없는 것을 있다고 하는 게 많습니다. 그것이 한국의 정서입니다. 이 시대를 사는 우리는 직관이라는 모호함과 증명이라는 명확성 사이에서 혼란을 겪고 있습니다. 서양 사상과 전통적인 한국 사상이 혼란한 중에 있습니다.

현재 한국을 관통하는 사상은 세 가지입니다.

첫째가 성리학을 근거로 한 유교사상, 두 번째가 일본 제국주의 사상, 세 번째가 자본주의 사상입니다. 유교 사상이 많이 희석되었다고 하지만 아직까지도 사회에 미치는 영향력은 거대합니다. 남아있는 체면 문화가 그 특징입니다. 58년 개띠를 설명할 때 잠시 언급했듯 그들의 특징이 비교심리가 강하다고 했습니다. 비교는 체면에서 나옵니다. 내 체면을 위해 내 자식은 또는 자신은 비교 대상보다 나아야 한다는 것이죠. 내 아이가 반에서 1등하고 필독서 100권 읽어야 하며, 옆집 아이가 100권 읽으면 내 아이도 100권 읽어야 하는 것과 같습니다. "효 대학"이라는 것들이 존재하고 『명심보감』을 가르치고 『논어』 『맹자』의 해석이 중요하다고 강요하는 행동들이 이와 같습니다.

일제 강점기 지식인들은 일본 교육을 받았고 그들로부터 내려 받은 주입식 지식은 적폐로서 이어져 내려오고 있습니다. 사회 지도층은 당시 일본으로부터 교육받은 사람들로 부터입니다. 친일파가 청산되지 않고 수십 년 간 한국 사회를 이끌어 왔습니다. 2016년 "이광수 문학상"을 만들겠다고 발표한 모 단체의 발상 자체가 이를 반증합니다. 아직까지 우리 사회는 일본 제국주의에서 벗어나지 못하고 있습니다.

유교에서 일제 강점기 그리고 산업자본주의로 한국 사회는 부지런히 격동의 역사를 겪어왔습니다. 젊은 세대들은 특히 자본주의 사상과 함께 자라왔습니다. 이들은 증명의 세대입니다. 매번 증명해야 합니다. 결과물이 있어야 합니다. 그래서 인성이 괴롭습니다.

"나 얼마나 사랑해?"

평가 받아야 합니다. 행복도 증명되어야 합니다. 아이 성적, 남편 직장, 아파트 평수로 나의 행복을 증명해야 합니다. 사랑과 행복을 규정할 수 없다고 하면서도 정의 하려고 듭니다. 무엇으로? 물질로 정신을 규정하려 든다는 겁니다. 저는 이것을 "자본주의 허영심"이라고 부릅니다. 경제가 발전하면 할수록 허영이 중시되고 비교대상이 됩니다. 그러나 다들 경험했겠지만 누군가와 비교하면 행복하던가요? 아니죠. 나 보다 잘난 사람이 저 위에 있기 때문에 결코 행복할 수 없습니다. 그런데도 행복을 남에게서 찾습니다. 파랑새 잡으려 하듯이 말입니다.

걱정스러운 점은 행복의 증명을 아이에게 적용되었을 때입니다. 자기 평가를 아이에게서 찾습니다. 아이 자체의 행복보다 부모 자신의 증명되는 행복을 우선합니다. 아이가 반에서 1등하면 부모가 행복해 합니다. 이해 할 수 없는 현상입니다. "행복이란 무엇이고, 사랑은 무엇이다."고 규정하지 말아야 합니다. 명확성은 버려야 합니다. 틀과 규정에서 벗어나는 게 인공지능 시대에 필요합니다. 생각은 틀과 규정에서 벗어나고자 하는 마음에서 나옵니다.

틀과 규정은 정답을 찾는 활동입니다. 그러나 삶에 정답은 없습니다. 생각의 시대가 오자 초등학교 수업방식이 바뀌고 있습니다. 토론 수업으로 변화하고 있습니다. 5개중 정답을 찾는 수능 방식은 물러나야 합니다. 가치를 찾는 방식으로 변화해야 합니다.

이 시대에 필요한 것 첫째가 "자기인식"입니다. 동양의 관점과 서양의 관점에서 나. 특히, 인공지능시대에는 동양의 가치가 존중되어야 합니다. 나를 먼저 인식하는 것이 인문학적 소양입니다. 요즘은 나를 찾는 문화가 확산되고 있습니다. 작년부터 지금까지 열풍을 일으키는 『미움 받을 용기』라는 책의 핵심은 "나"를 찾아라 입니다. "욜로"는 무엇인가요? 한번 밖에 없는 인생 즐기며 살자! 아닙니까? "나"란 무엇인가가 굉장히 중요한 시대입니다.

나는 무엇인지 단정할 정답은 없습니다. 단지, 내 가치가 중요한 시대입니다.

인공지능 시대 사고하는
인재를 원한다.

Reading The Thinking
　　　　Book is The Answer.

현재 10대 학생들은 인공지능과 함께 살아가야만 합니다. 구글이 곧 완성할 '구글 프린트'는 인류가 만든 모든 지식을 하나로 모아놓은 다음 인간의 모든 질문에 답변을 해줄 태세입니다. 세계 석학들은 이미 "2011년 초등학교에 입학한 아이들의 65%는 대학졸업 후 지금은 존재하지 않는 직업을 가지게 될 것"이라거나 "앞으로 10년에서 20년 정도면 미국 고용자의 절반 가까이가 하고 있는 일이 자동화될 가능성이 높다"고 예언했습니다.

인공지능 시대를 살아가야 할 10대들은 지금 어떤 준비를 해야 할까요?

기업 :
협업 · 융합이 가능한 인재를 원한다.

1 과정 : 자유학기제 (중학교)

자유학기제란 중학교 과정 중 한 학기동안 학생들이 중간, 기말고
사등 시험부담에서 벗어나 꿈과 끼를 찾을 수 있도록 수업 운영을
토론, 실습 등 학생 참여형으로 개선하고 진로탐색 활동 등 다양한
체험활동이 가능하도록 교육과정을 유연하게 운영하는 제도입니다.

자유학기제 시행 목적은 첫째, 학생들이 자신의 적성과 미래에 대
해 탐색하고 설계하는 경험을 통해 스스로 꿈과 끼를 찾고, 지속적
으로 자기성찰과 발전할 수 있는 기회를 제공하는 데 있다고 합니
다. 두 번째로 지식과 경쟁 중심 교육에서 자기주도 학습과 미래지
향적 역량(창의성, 인성, 사회성 등) 함양이 가능한 교육으로 전환하

겠다는 것입니다. 세 번째로 학교 구성원 간의 협력과 신뢰 형성을 통해 학생 · 학부모 · 교원 모두가 만족하는 행복교육을 실현하는 데 있다고 명시되어 있습니다. 즉, 수업 개선과 진로탐색 등의 다양한 체험 활동을 통해 적성 · 소질에 맞는 진로탐색, 자기주도 학습능력 배양, 인성 및 미래역량 교육이 이루어지도록 함으로써 초 · 중 · 고등학교 전반에서 꿈과 끼를 키우는 행복한 학교교육을 실현하는 데 그 목적을 두고 있다고 "교육부"에 공지되어 있습니다.

자유학기제 동안 ① 진로탐색 활동 ② 주제선택 활동 ③ 예술, 체육 활동 ④ 동아리 활동 등을 통해 암기식 수업 최소화하고 협동 학습, 토론 수업 등을 활성화함으로써 수업태도와 자기 표현력 향상을 유도하고, 개인 및 조별 프로젝트 학습을 확대하고 연계 수업으로 강화함으로써 학습에 대한 내재적 동기와 자기주도적 학습 역량 제고할 뿐 아니라, 교과 교육과정의 적극적 재구성을 통한 융합 수업함으로써 융합적 사고력과 문제해결 능력 배양을 배양하고, 모둠단위의 협력 기반 수업, 실험 · 실습등 체험 중심 수업함으로써 학습효과 극대화 및 의사소통 능력 제고를 추구한다는 것이 골자입니다.

내용은 거창하지만 대학입시가 '학생부종합전형'같은 수시모집 방식이 대다수이니 중학생 때부터 "자유학기제 기간 중에 대학교 학부과도 선택하세요."입니다. 즉, 정확한 전공 선택은 안 되더라도 넓게는 인문, 공대, 사회, 법대, 체대등 미리 준비하는 기간이라는 말입니다. 통상 일선 중학교에서 1학년 2학기나 2학년 1학기 때 많이 하는데 어린 학생들이 얼마나 알겠습니까, 학부모들이 관심가지고 아이들의 성향을 빨리 알아채서 진로준비를 미리 시켜주라는 의미입니다. 학생들은 미리 그룹 활동 같은 걸 통해서 준비해야 나중에 좋은 대학 들어갈 수 있습니다.

"코딩 수업"이 열풍입니다. 죽어가던 컴퓨터학원이 되살아나고 있습니다. 단순하게 초등학교 코딩수업이 의무과정이 되어서가 아닙니다. 4차 산업혁명이라는 불안감을 이용하여 학생과 학부모들을 혼란스럽게 만들며 등장한 새로운 먹거리 산업입니다. 이런 분위기에 발맞춰 코딩수업을 통한 '정보통신'이 한층 더 각광받기 시작했습니다. 중등 1학년인 자녀가 5년 후에 대학교 정보통신과에 입학하기 위해 지금 코딩수업 배우고 차년도 4월에 정보올림피아드에서 상을 받아야 대학입시에 유리해 집니다. 자유학기제의 원래 취지가 미리 대학 수능 준비하라는 의미입니다. 중학교 때부터 말입니다.

2 과정 : 학생부 종합 전형(학종) (고등학교)

불과 몇 년 전부터 입시제도에서 느닷없이 중요해집니다. 이 제도는 예전의 입시사정관제에서 벗어나 교과 성적만으로 학생을 평가하는 것이 아니라 비교과 부분도 종합적으로 평가하겠다는 것이 취지입니다. 비교과 부분이란, 교내활동 교과 성취도, 세부능력 특기사항, 독서 활동, 교내 수상등 학생부를 통해 여러 부분을 평가하고 이런 부분을 통해 학업능력, 발전 가능성을 종합하여 대학 입시 합격여부를 결정한다는 것입니다.

엄밀히 따진다면 학생부 종합전형이 말하는 바는 "중학교 자율학기제시 선택한 대략적인 학과를 고1때부터 구체화해서 확정 준비하라" 입니다. 예를 들어, 대학교 정보통신학과를 가야겠다고 마음먹었다면 자신과 비슷한 학과를 선택한 학생들과 함께 (소그룹 모둠) 자율동아리를 결성하고 '소논문' 쓰기를 해야 합니다. 정보통신과를 가기 위해 고등학교 때부터 준비한 나는 충분히 정보통신과에 입학할 자질이 있는 사람이다를 어필하기 위한 필수적인 과정인 셈입니다. 만약 중학교 자유학기제에서부터 시작했다면 더욱 유리할 겁니다.

더불어 자기소개서는 생활기록부에 기재되지 않은 나를 어필하는 도구입니다. 따라서 대면 면접 준비와 자기소개서에 집중해야 합니다. 마찬가지로 동아리활동도 입학을 원하는 과에 맞추어 동아리를 만들어 활동근거를 남겨야 합니다. 영화제작, 수리논술, 역사탐방 등의 동아리를 자율적으로 만들되 자신이 가고자 하는 학과로 만들어야 유리합니다.

현재 학종 논란이 상당히 뜨겁습니다. 2016년 기준으로 전체 대학 선발 인원의 17%를 학종으로 선발하고 있고 서울 상위권 대학으로 좁히면 30~40%가 학종입니다. 서울대는 자그마치 77%를 학종으로 뽑고 있습니다. 시험성적 말고 다양한 활동으로 뽑겠다는 취지는 참 좋습니다. 그런데 일선 현장에서는 아우성이 터져 나옵니다. 특히 학생과 학부모들의 반발이 큽니다.

학생부 종합전형은 동아리활동, 수상실적, 소논문, 독서활동 이런 게 포함됩니다. 자기소개서도 있습니다. 경우에 따라선 선생님 추천서도 필요합니다. 중학교를 졸업하고 고등학교에 입학하자마자 학생부종합전형을 준비해야 합니다. 동아리는 어떻게 할 것이며 동아리에 따른 논문이나 글쓰기나 동아리에 따른 수상실적은 어떻게 줘야 하는가 생각하면서 3년 계획을 구상해야 합니다. 대학교에서는 1,2,3학년 활동이 일관성이 있어야 인정해 주기 때문이죠. 그러므로 학생은 3년이라는 큰 프레임을 가지고 스펙 경쟁에 뛰어들어야 합니다. 동아리 선택부분에 있어선 자신이 어떤 전공, 어떤 학과를 갈지 선택했다면 그것과 가장 유리하게 연결될 동아리를 찾아야 하는데 어떤 경우엔 치열한 경쟁이 있는 경우도 있습니다. 사람 생각은 비슷하기 때문입니다. 독서활동이라는 것도 단순히 읽었는지가 중요한 것이 아니라 책 읽은 걸 잘 표현할 수 있어야 합니다. 그리고 대학에서나 쓰던 논문을 고등학생이 소논문이라는 형식으로 써야 합니다. 대략 20~30장 내외의 논문을 써야 합니다. 당연히 우수한 논문을 써야 유리합니다. 결국 대필하게 되죠. 전문적으로 써주는 강사나 학원이 등장합니다. 자소서도 마찬가지로 자신이 쓰면 상대적으로 질이 떨어질 수밖에 없으므로 대필하게 됩니다. 자율학습을 밤 10시까지 하고 주말엔 학원에서 보충교육까지 받아야 하는 학생 입장에선 힘겨울 수밖에 없으며, 부모는 대필에 필요한 비용충당을 해야 하는 게 힘겹습니다. 차라리 혁신학교 같은 경우는 학교 프로그램 자체에 학종 관련 프로그램이 녹아있기 때문에 부담이 덜한데 일반 고등학교인 경우는 학생이 따로 준비를 해야 하는 게 현실입니다. 덧붙여 누구나 다 준비하기 때문에 남과는 다른 자신만의 특별한 것을 준비해야 유리합니다. 국제기구에서 일한 경험 같은 것 말입니다. 그래서 학종이 축소되야 한다는 목소리와 인재 뽑는 학종은 점차 늘려야 한다는 주장이 상반되고 있습니다.

학종으로 인해 교육양극화에 우려의 목소리가 높습니다. 학생부종합전형 평가방법도 애매합니다. 그리고 음성적으로 학교 등급이 큰 영향을 끼치고 있습니다. 예전 음서제도와 같은 현상이 내포되어 있다고 봐야 합니다. 그럼에도 불구하고 학종은 점차 증가할 수밖에 없다고 판단합니다. 왜냐면 학종은 현재 학생들이 다음 3과정을 거치고 취업할 때까지 연결되는 교육방식이기 때문입니다.

3 과정 : NCS프로그램
(일학습병행제 – 실업고 및 (공과)대학교)

고용노동부는 2016년 6월 일학습병행제를 통해 습득한 기술과 직무능력이 국가자격으로 인정받을 수 있게 하겠다고 발표했습니다.

일학습병행제는 시설미흡 등으로 자체 훈련역량이 부족한 중소기업들을 위해 기업현장훈련 지원 및 현장외 훈련을 제공함으로써 산업현장의 실무형 인재육성을 양성하기 위한 국가사업입니다. 이를 위해 필요한 교육 프로그램이 NCS입니다.

NCS 프로그램 개발은 현재 전국 폴리텍대학에서 주도하고 있습니다. 엄청난 속도로 발전하는 산업기술 때문에 교육훈련기관에서의 교육으로는 기업에 맞는 인력을 빠르게 양성하기 힘든 상황입니다. 일학습병행제는 교육훈련프로그램을 기업이 결정하고 기업에서 직접 가르치는 도제교육으로 기업에 꼭 맞는 인력을 양성할 수 있도록 해 주는 교육 프로그램입니다. 학습근로자(고용이 내정된 학생)가 담당하는 업무에 맞춰 현장훈련이 이루어져 교육과 직무의 연속성을 가지게 함으로써 장기간 체계적인 교육이 가능해 기업의 핵심인재로 성장할 수 있도록 함이 그 목적입니다.

정리하자면 실업계 고등학생 중 우수한 인재를 2학년 초쯤 취업을 전제로 기업체와 약속합니다. 미리 선발된 학생들 대상으로 기업체

기술자가 학교에 가거나 또는 기업체로 오게 하여 현장에서 통용되는 기술을 가르쳐줌으로써 학생들을 졸업과 동시에 기업에서 바로 써 먹을수 있도록 하는 프로그램입니다. 현재 마이스터 고등학교를 생각하시면 됩니다. 이 방식은 이제 실업계 마이스터 고등학교를 넘어 대학교 공대에까지 확산되고 있습니다. 한마디로 학교 교육과 기업현실과 달라서 신입사원 교육시키는 시간적 여유를 줄 수 없으니 미리 가르쳐 바로 써 먹을 수 있도록 준비 시키겠다는 사업입니다. 아직은 기업체들이 인식이 부정적이지만 어찌되었던 파급될 수밖에 없습니다. 왜냐면 위에서 말한 1과정 2과정의 최종 결과물이 바로 3과정 NCS과정을 위한 전제 조건이기 때문입니다.

최고의 미국 코미디언 찰리 채플린이 열연한 『모던타임즈』 영화가 있습니다. 이 영화는 가속화되는 산업발전 속에 기계 부속품으로 변해가는 인간의 모습을 비판합니다. 이제 시대가 변했습니다. 현대인은 적절한 기계부속품이 되어서야 삶이 편해집니다. 기계의 부속품이 되기 위해 아동 때부터 준비해야 하는 시대가 도래 했습니다. 어릴 때 무엇을 해야 할지 미리 정해놓고 준비해야 유리하다는 것을 젊은 부모들은 알게 모르게 학습되었습니다. 대기업이라는 틀, 공무원이라는 틀에 부품속이 되기 위해 중학교 때부터 벌써 준비해야 하는 시대가 되었습니다.

인문학적 소양을 갖춘 공대생

2011년 구글 신입직원 6,000명 중 5,000천명이 순수 인문학 전공자라는 것은 무엇을 의미할까요?

문·이과가 통합(2018년부터 전면시행)됩니다. 극단적으로 표현하자면 문과를 없애고 이과를 양성하겠다는 취지입니다. 물론 일각에서는 문·이과 구분교육은 구시대적인 일제 잔재 교육이므로 폐기되어야 한다고 하기도 합니다만 실제로 인문학적 소양을 갖춘 공대생을 양산하겠다는 뜻으로 해석하는 게 맞지 않을까 합니다.

사람을 다루고 사람에게 제품을 전해 주는 것이 경영이며 경영자들의 관심입니다. 본인의 입장이 아닌 소비자 입장의 시대입니다. 프로슈머 마케팅이 확산되고 첨단, 발명 기술을 벗어난 시대입니다. 스토리, 디자인, 이미지 시대에서 이미지 소비 시대로 진화하고 있습니다.

결국 필요한 것은 인문학입니다. 상대방 가치 존중, 설득력 있는 답변으로 사람의 마음을 얻는 것이 기업의 힘이 됩니다. 따라서 기업의 인재상은 인문학적 소양을 갖추며 창의적이며 협업이 되는 사람인 것이죠.

기업 구조의 변화 : 모둠 리더자

제 경험입니다.

대구에서 농기계 설비제작관련 기업에 근무한 적이 있습니다. 회사는 신규 사업 부서를 만들었고 인재를 뽑았습니다. 환경관련 업무였고 제가 그 자리에 앉게 된 것입니다. 기술개발을 통해 만들어진 새로운 환경 설비를 타 기업에 홍보 영업하는 역할 이였습니다. 예전부터 생산했던 기존 설비와 전혀 다른 신규시장 개척이 필요한 설비였습니다. 기존 농기계 설비를 산업체 설비로 변형한 것이므로 모든 것을 처음부터 해야 했습니다. 어떻게 보면 황무지고 어떻게 보면 굉장한 기회였습니다.

제가 그 회사에서 무슨 일을 어떻게 했다는 것을 말하고자 하는 게 아니라 회사 조직구조에 대해 말하고자 합니다.

정규직이 대략 50여명이고 비정규직이 40여명 정도인 회사였습니다. 그런데 당시에 제가 이해할 수 없었던 것은 팀이 13개였다는 겁니다. 비정규직은 모두 사외 현장직이기 때문에 제외하고 단순 계산으로도 정규직은 한 팀당 4~5명이 됩니다. 사내 생산직 직원이 대다수를 차지하기 때문에 엄밀히 말하면 한 팀이 4~5명도 안 되는 경우도 있습니다. 제 팀도 저 포함 단 2명이었습니다. 회의시간에 13명의 팀장이 참석하는데 실무자 전원이 참석한 것과 마찬가지였습니다. 팀장 13명이 매주 월요일 오전 7시 30분에 모여서 회의를 합니다. 각 팀 모두 1주일간 결과보고를 하고 계획보고를 합니다.

듣지 않아도 될 이야기를 듣고 있는 것만큼 지겨운 것은 없습니다. 수 개월 동안 한 번도 못 가본 부서가 대다수입니다. 다시 말해 회의 내내 대다수의 시간을 업무적인 연관성도 없는 부서의 이야기를 듣고 앉아 있어야 했습니다. 사람이 많다보니 회의시간은 길어지고 시간이 지날수록 시간 아깝다는 생각밖에 안 들었습니다. 그래서 5개 부서 이하로 줄이자고 건의까지 했습니다만 경영자의 경영방침으로 인해 설득되지 않았던 기억이 남아있습니다.

왜 팀이 13개나 되는지 다른 팀장들에게 물어봤습니다. 그런데 누구도 명쾌히 대답해주는 사람이 없었습니다.

"글쎄요, 어쩌다 보니 그렇게 되었는데. 언제부터 이렇게 되었는지도 모르겠네요"

그렇다면 회사 경영자는 명확한 대답을 해 줄까요? 직접 대답을 듣지 못했지만 추측컨대 그도 명확하게 확답을 하지 못 할 거라는 생각이 듭니다.

왜냐면 '어쩌다보니 팀이 13개가 되었기 때문'입니다. 누구도 의도하지 않았는데 결과적으로 보니 이렇게 되어 있었을 겁니다.

독립채산제라 하여 각 팀별 상벌성과를 분명히 할 목적일수도 있고, 여차하면 불필요한 부서를 정리하기 편해서 일수도 있습니다. 아니면 거창하게 분류된 조직으로 거래처 홍보 수단으로 이용하기 위해서 일수도 있습니다. 또는 종업원의 기업참여 기회를 줄 목적일수도 있습니다. 아무튼 13개 팀이라는 결과는 나와 있습니다. 그런데 왜 13개 팀인지 아무도 과정은 설명하지 못합니다.

기업 조직 구조가 변하고 있습니다.

비 정규직 양산은 확대되고 있으며 그 결과 인재 용역 회사가 공식 인정되었습니다. 따라서 각 조직마다 각기 다른 회사 인원으로 투입되어 가고 있습니다. 전통적인 조직은 세분화되고 소규모 모둠(팀)

단위로 분산되고 있습니다. 쪼개지고 분리되는 조직에 필요한 것은 '재 융합' 능력입니다. 쪼개지고 분리된 다양한 모둠들만의 특성을 필요할 때마다 골라서 재 융합 시킬 수 있는 인적 자질을 필요로 합니다. 모둠 단위 간에 융합 가치가 중요해 지고 있습니다. 그러므로 기업이 바라는 인재가 '융합하는 모둠 리더자'입니다.

옆에서 일하는 사람은 A회사 사람이고 나는 B회사 사람이며 앞에서 일하는 사람은 C회사 사람입니다. 서로 소속이 다른 사람들이 하나의 모둠을 이룹니다. 이 같은 모둠이 수 개나 됩니다. 회사는 얽혀 있는 모둠별 조직을 융합하여 무언가 긍정적인 결과를 내기를 기대합니다. 모둠을 구성하는 개인마다 가지고 있는 감정, 지식, 철학, 노하우를 융합하여 무언가 생산적인 것으로 표출 할 수 있는 조직이기를 요구 합니다. 창의는 혼자 할 수 있는 것이 아니며 함께 해야 하기 때문에 개인의 능력을 아우르는 조직을 필요로 합니다.

함께 무언가를 표출 할 수 있으려면 공용화 되어야 합니다. 공용화란 함께입니다. 소통입니다. 구시대적인 가르침의 공용화는 더 이상 통용 될 수 없습니다. 소통이 중요하다며 수시로 전 직원 대상으로 소통강의 한다고 공용화(소통) 되지 않는다는 말입니다. TV에 홍보한다고 소비자와 공용화가 이루어지는 게 아닙니다.

회사 조직이 각 개인의 이해관계로 복잡하게 얽혀가고 있습니다.

기업은 각 모둠 간 이해관계를 잘 풀어줄 '모둠 리더자'를 필요로 합니다. 하지만 생각대로 잘 안 되고 있습니다. 빨리 바뀌어야 각박한 경제전쟁에서 살아남을 수 있다고 인지함에도 불구하고 안됩니다.

원하는 인재상은 확실하지만 오히려 경영진은 준비가 안 되어 있습니다. 새로 입사하는 젊은 인재들은 현재 기업들이 바라는 인재상에 부응하여 중학교 자유학기제부터 기술능력 함양 방식과 모둠 단위 활동을 배우며 교육되고 있습니다.

그러나 전통적인 경영자는 일방적 통보방식에서 못 벗어나고 있습니다. 젊은 인재들은 융합준비가 되어 있으나 경영자는 아직까지 예전방식을 버리지 못하고 있습니다. 경영자와 팀장 회의시에도 단순 PPT 결과보고에 그치는 경우가 많습니다. 논문 분석하듯 회의 진행하고 있습니다. 감정적 공감이 안 됩니다. 모둠의 대표가 되어야 할 부서장들은 뒷짐지고 소통교육에서 열외합니다. 부하직원들은 시대적 변화에 따라 적응하고 있지만 자신은 변하려 들지 않습니다. 기존 부서장들은 예전의 경험을 토대로 리더가 되어야 한다는 생각을 버려야 합니다. 조직을 망치고 있습니다. 자신이 모든 것을 쥐고 있어야 한다는 그 마음을 버려야 합니다. 이젠 개인이 중요한 것이 아니라 모둠이 중요한 시기입니다.

조직이 설명할 수 없지만 쪼개지고 세분화되고 있습니다. 시대가 그렇게 변하고 있습니다. 누구도 왜 회사 조직이 세분화되고 있는지 명확히 답변하지 못합니다.

이해 할 수 없는 조직 쪼개짐은 인공지능 시대에 접어들면서 등장하게 된 변화입니다. 앞으로 조직 쪼개짐은 더욱 가시화 될 것으로 추측합니다.

인공지능시대에 가장 필요한 것이 **빅데이터**입니다. 그리고 빅데이터 활용 기술의 핵심은 분석입니다. 무수히 많은 데이터를 가지고 검색조건에 맞춰 결과를 도출합니다. 그런 후 분석 과정에 들어갑니다. 빅데이터 기술은 과정을 통해 결과를 예측하는 게 아니라 반대로 결과를 통해 과정을 예측하는 겁니다. 따라서 검색조건이 중요합니다. 어떤 조건을 주는가에 따라 결과가 달리 도출됩니다. 그리고 결과가 나오게 된 이유를 분석하고 원인을 다시 찾는 겁니다. 원인이 찾아지면 빅데이터 정보로 다시 입력 됩니다.

단순한 예를 들어 설명하겠습니다.

제가 자주 가는 카페에 문을 열고 들어갑니다. 카운터에 도착과 동시에 종업원은 따뜻한 아메리카노를 제게 줍니다. 주문하기도 전에 말입니다. 그러나 저는 따뜻한 아메리카노를 마시기 위해 그 카페에 들어갔기 때문에 바로 신용카드 결제하고 커피를 받아 나옵니다.

카페는 어떻게 제가 따뜻한 아메리카를 마실 것을 알고 바로 커피를 내 주었을까요? 바로 빅데이터 활용기술에 의해서 입니다. 평상시 스마트폰 위치 추적을 통해 적립된 제 정보를 통해 언제쯤 제가 그 카페에 갈 것이고 마시는 커피가 무엇인지 계속 업로드 됩니다. 저장되었다가 제가 그 카페 근처에 가는 순간 데이터가 발동하여 활성화되고 카페는 미리 예상하고 아메리카노를 준비하게 됩니다. 제가 아메리카노를 주문할 것이라는 결과를 이미 알았던 것입니다. 결과로 과정을 이해할 수 있는 겁니다.

앞서 제가 근무했던 중소기업뿐만 아닙니다. 일반 사단법인이나 재단법인 또는 협동조합 같은 조직도 엄밀히 보면 조직이 세분화되어 움직인다는 것을 알 수 있습니다. 제가 비영리협회에서 활동 했을 때도 이와 같았습니다. 협회에 협회장이 3명이나 되었습니다. 즉 공동 협회장인 셈입니다. 왜 협회장이 3명이나 되는지 자신들도 이해하지 못합니다. 하나보니 협회장이 3명이 된 겁니다. 전통적인 조직이 피라미드식이였다면 현재 조직구조가 달라지고 있습니다. 사회 구조 전반적으로 소규모 네트워크 연결방식인 조직구조로 변하고 있습니다.

이런 방식의 조직구조에 절대적으로 필요한 인재가 협업과 융합이 탁월한 사람입니다. 이해관계가 세분화된 소규모 조직을 필요할 경우엔 묶어주고 풀어주는 능력을 가진 사람이 필요한 겁니다.

최근에 리더십을 넘어 "셀프 리더십"이라는 용어가 많이 쓰입니다.

소규모 협업과 융합을 위해서 자신부터 리더가 되어야 한다는 말입니다. 이 말이 거창해 보이긴 하지만 아직 전체를 관통하지 못한 단어라고 생각합니다. 혼자 열정과 열심을 다하는 리더가 중요한 게 아니라 다양한 팀을 융합하고 협업을 이끌어 내는 리더가 필요한 시대입니다. 용어를 쓴다면 "함께 어울림 리더십"이라고 할까요?

교육이 토론과 체험위주로 변하고 있습니다. 토론과 체험은 함께 해야 한다는 것을 바탕으로 하는 겁니다. 토론과 토의가 익숙해야 합니다. 사고의 확장이 자연스럽게 배양됩니다. 그게 함께 어울림 리더십의 시작입니다. '융합하는 모둠 리더자'입니다.

융합과 협업은 설득으로 풀 문제가 아닙니다. 설득엔 분명히 누군가의 희생이 따라 옵니다. 논리와 논증이 필요한 게 아닙니다. 정보는 동일하므로 논리와 논증은 모두가 알고 있는 기초자료일 뿐입니다. 이 시대엔 직관이 필요합니다. 직관은 관계에서 나옵니다. 나, 나와 너, 나와 우리, 나와 사회 관계를 이해함으로써 직관이 형성됩니다. 직관은 공감을 불러옵니다. 이성과 감성의 공감이 될 때 협업과 융합이 믿음으로 나타납니다.

조직이 변한다고 했습니다. 전통적으로 부서장으로써 부서원의 의견보다 자신의 경험과 지식을 우선하는 조직이 사라지고 있습니다. 큰 부서는 사라지고 작아지고 쪼개지는 팀들이 등장하는 시대입니다. 인공지능 시대에 필요한 인재는 작아지고 쪼개지는 조직을 재 융합하는 인재입니다. 그런 인재는 주입식으로 만들어지는 게 아닙니다. 토론과 나눔이 익숙한 사람이 필요한 인재로 만들어 지는 겁니다.

개인의 능력이 중요한 게 아니라 모둠의 능력이 중요한 시대입니다.

그런 인재를 기업이 원합니다. 마찬가지로 기업도 발맞추어 조직을 바꿔야 합니다.

변화하는 조직에서 융합하고 협업하는 인재는 어떻게 만들어 질까요?

이미 교육은 시작하고 있습니다.

02

교육 :
창의 · 융합형 인재 양성이 목표다.

창의융합형 인재 양성을 목표로 하여 수행평가 비중을 늘리겠다는 교육부의 발표가 있었습니다. 수업형태와 내용 뿐만아니라 평가방식도 바꾸겠다고는 것이 골자입니다. 수행평가는 단순한 시험뿐만 아니라 과제나 보고서로 성적을 평가하는 겁니다. 최근에는 대부분 과목들이 토론이나 글쓰기로 수행평가를 보고 있습니다. 그런데 학교 수행평가 난이도가 굉장히 높습니다. 중위권 학생의 90%는 문제를 이해조차 못하고 시험을 치르고 있다고 합니다. 아이들의 공통적인 하소연입니다.

"문제의 핵심을 모르겠어요!"

"행복에 관한 철학 사상을 이해하고, 자신이 생각하는 행복에 관해

논술하시오."

중2 수행평가 문제입니다. 어른들도 답하기 어렵습니다.

"학교 폭력의 발생 원인은 무엇일까요?"

중1 문제입니다.

만약 현 학부모 세대에 문제가 주어진다면 이런 식이겠지요

"다음 중 학교폭력의 원인이 아닌 것은 무엇인가요?"

"1번 OO 2번 XX 3번 ZZ 4번 QQ"

이런 질문에 익숙하지요. 현재 중1, 2 문제를 보면 정해진 정답이 없다는 것을 알겁니다. 자신이 배운 지식을 동원하여 논증을 바탕으로 논리적으로 작성해야 합니다.

부모 자신이 배운 방식으로 아이들에게 접근하다가는 교육에 쏟아 놓는 시간 만큼 헛 시간이 됩니다. 어떤 식으로 교육이 되어야 할까요? 결론부터 말씀드린다면 어릴 때부터 독서하는 습관을 길러야 합니다. 책은 인간이 사고 할 수 있는 힘들 길러준다 했습니다. 책을 읽어야 지식을 바탕으로 논증하고 논리적으로 설명하는 방법을 습득 할 수 있습니다. 그런데 책읽기 시작한다고 갑자기 실력이 향상 되지 않습니다.

이해력과 사고력이 뛰어난 공부 잘하는 아이로 키우려면 적어도 12살 이전에 독서습관을 길러줘야 한다고 전문가들은 한결같이 말

합니다. 생후 8개월부터 6살 이전까지 뇌의 신경회로를 형성하는 활동이 가장 활발하게 이뤄지고, 그 이후로도 속도는 조금 더디지만, 12살까지는 뇌 신경회로의 숫자가 늘어난다고 합니다. 그들은 뇌의 외형적 발달이 거의 완성돼 성인과 같은 수준이 되는 12살 무렵까지가 독서습관을 꼭 들여야 할 '골든타임'이라고 설명했습니다. 측두엽의 발달로 언어 발달이 왕성해지는 5~6세에 독서와 친숙해지는 것이 중요하며 이 시기의 기초 독서 습관이 초등학교 공부의 바탕이 됩니다. 초등학교 저학년도 늦은 건 아닙니다. 이때 시작하여 독서습관을 형성해주고 고학년 때까지 영역을 확장해준 뒤, 점점 수준을 높이면서 폭넓은 독서를 할 수 있도록 해야 합니다. 언어지능은 12세 정도면 성장이 멈춥니다. 그러니까 초등학교 시절에 습득한 독서력이 평생 그 아이의 독서력이 된다는 것도, 이때 발달한 언어지능이 평생 간다는 것도 잊어선 안 됩니다. 초등학교 때 독서습관이 길러져야 합니다. 중학교에 접어들면 부모와 아이에게나 돌이킬 수 없는 무의미한 공부시간이 되고 맙니다.

독서로 공부를 시작하면 어떤 입시제도에도 흔들리지 않습니다. 다른 사람들의 특별한 공부 노하우, 학습법은 그 사람의 것일 뿐입니다. 내 것이 아니면 아무리 좋아도 소용이 없습니다. 급변하는 입시환경 속에서 이리저리 휘둘리지 않고 자신의 길을 뚜벅뚜벅 걸어가면서도 유연하게 변화에 적응하려면 '나는 누구인지', '무엇을 할 것인가' 같은 내 존재 찾는 일이 중요합니다.   입시제도가 아무리 바뀌더라도 '수학능력이 우수한 학생 선발'이라는 입시 본연의 목적은 바뀌지 않습니다. 언어능력과 수리능력을 통한 창의융합형 능력을 요구합니다. 이 능력은 많이 읽고, 생각하고, 쓰고, 말하면서 길러집니다. 어려서부터 근육을 단련하듯 키우면 어떤 입시제도라도 다 대비할 수 있습니다. 이렇듯 진짜 공부하는 힘을 갖추면 교육과정과 입시제도가 아무리 바뀌어도 흔들리지 않습니다.

아이들에게 지금 당장 지식의 주입보다 책을 통해 스스로 생각할 시간의 여유, 마음의 여유가 필요합니다. 중학생 아이들이 중간고사나 기말고사 때 답은 알고 있는데 서술을 못해서 감점 당했다는 얘기를 듣습니다. 왜 그런 하소연을 할까요? 바로 '글 쓰는 연습'이 안 되었기 때문입니다. 논증과 논리로 답을 해야 합니다. 말로 답을 낼 수 없습니다. 글로 답을 적어야 합니다. 생각과 생각을 꼬리 물듯 이어가 기승전결 형식으로 논리를 작성해야 합니다. 무의미한 수식어나 접속사 등을 삭제한 문장으로 정갈하게 표현 할 수 있어야 합니다. 누군가 가르쳐 준다고 되는 게 아닙니다. 자신이 직접 써보고 써봐야 실력이 향상됩니다. 학생 스스로 당장 수행평가 뿐만 아니라 고등학교 대학교 그리고 취업까지 이어지는 험난한 길을 헤쳐 나가기 위해선 12살 이전에 독서 습관을 만들어야 합니다. 그리고 쓰는 연습이 필요합니다.

기업과 교육 :
독서와 독서토론에서 찾다.

독서는 그 자체로 훌륭한 인성교육 도구임은 분명합니다. 소설 속 인물들의 생각과 행동, 사건과 결말은 독자들로 하여금 인간이 무엇이며, 내 존재는 무엇인지, 어떻게 살아야 하는지 자연스럽게 알려줍니다. 사회학이나 철학을 통해 비판하는 사고를 배웁니다. 그리고 혼자 있는 독서에서 토론을 거쳐 공감하고 소통하는 방법을 배울 수 있게 입체적인 독서 활동으로 나가야 합니다. 자기 생각을 명확히 표현할 수 있는 말하기가 되어야 합니다.

독서토론을 통해 다른 사람의 의견을 경청하고 존중하는 성숙한 자세와 타인의 감정에 공감하고 원활한 의사소통을 할 수 있는 방법을 배울 수 있도록 해야 합니다. 독서토론만으로도 자신과 타인, 세상에 대해 긍정적인 시선을 갖게 되고 잘못된 욕망을 절제하는 힘이 생깁니다. 책으로 인성을 배울 수 있습니다. 말하기를 통해 그리고 쓰기를 통해 인성을 저절로 형성됩니다.

자유학기제와 학종부를 통해 진로교육이 강화되고 있습니다. 진로 활동 자체가 하나의 교과로 인식해도 무방할 만큼 비중이 커졌습니다. 교사나 부모는 자신의 흥미와 적성에 맞는 독서로 자기 이해를 높이고 책 속에서 꿈을 찾을 수 있게, 다양한 진로체험 활동과 함께 여러 분야의 책을 읽음으로써 꿈을 실현할 길을 찾는 방향을 찾도록 안내자의 역할을 해야 합니다.

기업들은 한 분야의 전문지식보다는 다양한 분야의 지식을 가진 창의융합형 인재를 선호합니다. 그러므로 진로와 관련된 독서활동 에만 집착할 필요 없이 다양한 분야의 책을 접할 수 있도록 해줘야 합니다. 상상력과 창의력은 철학, 문학, 역사, 과학 등 다양한 분야 의 지식과 학문 간 경계를 넘나들 수 있는 유연한 사고를 통해 길러 집니다. 또한, 지적 호기심을 충족시키는 활동으로 독서와 토론만큼 좋은 것도 없습니다. 경쟁하듯 책을 100권 읽었다가 중요한 게 아닙 니다. 책을 읽고 어떤 생각의 변화가 있었는지를 잘 표현할 수 있어 야 합니다. 교사와 부모는 다양한 책을 읽음으로 유연한 사고를 키 우고 토론을 통해 사고를 확대 할 수 있도록 안내해줘야 합니다.

04

세계 :
이미 생각하는 교육을 하고 있다.

일본은 2020년부터 사지선다형 대학입시인 '센터시험'을 폐지하기로 2013년 발표했습니다. 일본의 센터시험은 한국의 수능시험입니다. 일본 문무과학성(문과성)은 2017년부터 고등학교에 논술형 교육과정을 도입하고 2020학년도부터 센터시험에 서술논술문항을 20% 포함하여 출제한다고 발표했습니다. 암기식·주입식 교육에 의한 객관식 정답 골라내기 시험에서 참여식 토론교육으로 사고력과 창의력을 위한 서술·논술형 시험으로 교육혁명을 하겠다는 의미입니다.

일제 강점기 이후로부터 지금까지 일본교육을 그대로 모방했던 한국도 마찬가지로 '학력'과 '생각하는 힘'이 대립해 왔습니다. 일본은 2013년 이미 대량의 지식을 암기하고 그 기억의 옳고 그름으로 평가

하는 것만으로는 경쟁력이 되지 않는다고 판단했고 '생각하는 힘' 교육으로 전향했습니다. 그리고 인공지능 프로그램 알파고의 등장은 '생각하는 힘' 교육에 힘을 보탰습니다.

일본 문과성은 센터시험을 폐지하기로 결정하면서 학생들이 익혀야 할 세 가지 능력을 강조합니다. '과제 해결을 위해 협력하는 힘', '자신의 생각을 표현하는 힘', '창의적인 사고력'입니다. 일본은 이미 생각하는 교육을 실행 중입니다.

선진교육을 한다는 독일은 선생님의 개입을 최소화 하고 학생들이 토론하고 글로 써서 발표하도록 유도합니다. 따라서 학생들은 자료 조사에 시간을 많이 할애하게 됩니다. 자신이 조사해 온 자료를 정리하여 쓰면서 자신의 생각과 주장을 확실하게 표현할 수 있게 됩니다. 학생들의 글쓰기 실력은 매우 우수할 수밖에 없습니다. 토론 발표를 통해 협력을 배웁니다. 생각하는 힘이 배양될 수밖에 없습니다.

고성장이 이뤄질 때는 독서가 신분 상승을 위한 수단으로만 가능했다면, 인공지능 시대를 살아가는 현재는 읽기와 쓰기가 생존을 위한 원초적인 수단이 될 수밖에 없습니다.

책을 읽고 쓰기를 넘어서 토론하는 과정을 통해 '생각으로 생존하는 능력'을 자연스럽게 습득하는 교육 프로그램에 집중하고 실행해야 합니다.

05

인공지능 시대,
도대체 책은 왜 필요한가요?

교실에 아프리카 초원이 펼쳐집니다. 가상 원숭이가 큰 눈을 반짝이며 손 잡아달라고 합니다. 교실에서 차를 운전하고 비행기를 운전합니다. 모델하우스에 갈 필요 없습니다. 내가 움직이는 시선에 따라 인테리어를 보여줍니다. 거울 앞에 서서 내가 선택한 하는 옷을 코디할 수 있습니다. 여러 번 입고 벗는 수고로움을 덜 수 있습니다. 서바이벌 장에 가지 않고도 서바이벌을 즐길 수 있습니다, 바로 가상현실 기술로 가능한 일입니다. 세계 가상현실 산업은 2015년 22억 달러 이였고 2018년엔 54억 달러, 2020년엔 100억 달러 시장이 될 것이라 예상하고 있습니다. 우리나라도 2015년 1조원, 2018년 2조8천억, 2020년 5조 7천억 규모로 증가될 것이라 예상하고 있습니다. 레저, 교육, 군사, 수송, 게임 등 모든 형태의 미디어가 완벽하게 가상현실을 통해 대체되고 있으며 쉼 없이 개발되어 시장에 쏟아집니다.

2016년에 인기 TV프로 '무한도전'에서 무도리 잡는 특집을 했습니다. 바로 증강현실을 이용한 특집 이였습니다. 휴대폰을 비추면 눈앞에서 무도리가 나타납니다. 나타난 무도리를 클릭으로 잡아냅니다. 눈앞에서 거대한 고래가 헤엄치고 로켓이 발사됩니다.

책 읽기도 변화되고 있습니다. '오감으로 책읽기'로 변화될 것입니다. 촉감까지 느끼는 디지털 교과서가 도입될 겁니다. 현재 일선에선 시범이 끝났습니다. 눈으로 보는 것이 아니라 가상현실 같은 안경을 쓰고, 증강현실 활용을 통해 수업이 이뤄집니다. 움직이는 눈을 센서로 확인하여 수업을 집중하고 있는지 선생님 교탁에서 바로 확인 가능합니다. 아이들 수업활동까지 기록될 것입니다.

그래서 미래과학자들이 '지금부터 자라라는 아이들은 기존세대와 다른 뇌구조를 가지게 될 것이다. 현대 사회에서 독서는 대량정보를 빠른 시간 내에 읽고, 흡수하고 선택하는 영상세대가 등장하는 것 때문에 문식성(책 읽는 것이 아니라 모든 정보를 읽는, 매체를 읽는 것)으로 바뀌고 있다.' 고 합니다.

프로그램 입력되듯 매체를 읽는 것으로 뇌 구조가 바뀌면 굳이 어렵게 공부할 필요가 없을지 모릅니다. 바로 영상을 통해 뇌로 입력될 것이니 말이죠. 부정적으로 바라본다면 아마 생각하는 힘은 점점 약해질 수 있을 것입니다. 오감으로 책 읽는 것이 기계 힘으로 만들어진다면 기계와 인간은 무슨 차이가 있을까요? 당장 몇 년내로 찾아올 현실증강, 가상현실을 넘어 5G기술이 활성화되어 홀로그램 기술 발전이 사회에 확산된다면 우리 인간에게 어떤 영향을 끼칠지 관심을 가지고 관찰할 필요가 있습니다. 긍정적일지 부정적일지 지속적인 관찰이 필요합니다.

괴테의 『파우스트』에 '호문쿨루스'라는 존재가 등장합니다. 파우스트의 제자였던 바그너가 대학자가 되어 만든 존재입니다. '호문쿨루스'는 순수 원소로 만들어진 존재지만 지성과 뛰어난 인지능력을 가진 '인간에 의해 만들어진 창조물'로 묘사됩니다. 인간의 욕망에 의해 탄생한 존재인데, 실체를 갖춘 존재가 되려다 비극적인 소멸을 맞이합니다. 인간이 만든 인공지능 컴퓨터를 접목해 봤습니다. 그 바탕은 빅데이터 또는 시스템입니다. 거의 무한대로 인간에 대한 정보를 모아두고 있습니다. 검색조건만 클릭하면 상상을 초월한 지식과 정보가 넘쳐납니다. 검색을 통해 내가 감추고 있거나 나도 모르는 나의 참 모습을 볼 수 있습니다. 클릭 한번으로 내가 해체되고 분석되어 집니다. 인공지능과 호문쿨루스는 타인을 분석하는 능력이 인간보다 탁월합니다. 호문쿨루스는 자신의 존재를 인식하려는 순간 소멸되고 맙니다. 그것은 영혼의 재생도 없이 그냥 사라지고 맙니다. 인공지능은 데이터 저장만 하면 영원히 사라지지 않습니다. 시간이 지날수록 인지능력은 상상을 초월할 겁니다. 인간은 그것에 의존할 수밖에 없는 피지배자가 되어야 합니다. 자신을 바라볼 수 없고, 반성과 후회를 모르는 존재를 우리는 의지해야 합니다.

앞으로 내 생각과 감정까지 화면으로 붙여넣기 할지 모릅니다. 그렇다면 인간은 生은 있겠지만 存은 없겠지요. 몰아치는 인공지능 시대에 인간으로 존재하기 위해 필요한 것은 인문입니다. 인간으로 존재하기 위해선 책 읽어야 합니다.

인성과 진로를 위해 책을 읽어야 합니다. 초등학교가 바뀌고 대학이 바뀌고 있습니다. 기업은 창의융합적인 인재를 지속적으로 수혈해야 합니다. 내 감정이 내 것이 되고 내가 나로 존재하기 위해 책이 필요합니다. 정확히 말하자면 책을 잘 읽어야 합니다.

그렇다면 어떻게 해야 책을 잘 읽는 것일까요? 책은 어떻게 읽어야 하나요? 도대체 책은 왜 필요한가요?

인문학과 책

Reading The Thinking
Book is The Answer.

생각의 시대가 활짝 열렸다.

💬 인간과 동물과 기계를 구분하는 다양한 논문과 논증이 전문
적이든 비전문적이든 있습니다. 과거 진화론이 대두되자 인간과 동
물의 대결구도로 팽팽하게 대치했습니다. 진화론과 창조론이 대립
하며 신본주의가 인본주의로 재 배치 되었습니다. 인공지능 시대에
접어들자 인공지능과 인간의 대결구도로 심화되고 있습니다. 호모
사피엔스와 호모 사이보그의 대립으로 인간이 어떻게 재배치될지
모를 시대가 옵니다.

인간과 동물과 기계를 구분할 수 있는 유일한 기준은 인문이라고
했습니다. 그리고 "인문이란 관계학"이라고 결론 냈습니다. 나와 타
인 그리고 사회와의 관계를 근본으로 하여 인문적 삶이 나에게 미치
는 영향을 생각했습니다. 그리고 인문은 시대에 따라 환경에 따라

변화한다고 했습니다.

인공지능 시대에 접어들었습니다. 이 시대에는 인문을 어떻게 해석하고 어떻게 내 삶과 연관시켜야 할까요?

인공지능시대는 가치의 시대입니다. 지식의 시대를 넘어서 생각의 시대입니다. 기계와 동물과 다른 인간으로써 생존(生存)하려면 손으로 글을 써야합니다. 넘쳐나는 정보과 지식을 내 것으로 편집해서 만들어야 합니다. 생각은 바로 휘발되고 맙니다. 아무리 좋은 아이디어도 써놓지 않으면 돌아서서 잊어버립니다. 생각은 써야 완성됩니다.

기업은 협업과 융합이 가능한 인재를 요구합니다. 회사 조직은 소수의 팀으로 해체되며 쪼개지고 있습니다. 강력한 티라노사우루스 한 마리보다 수십 마리의 랩터들 처럼 공동 사냥하는 법을 따르게 됩니다. 수십 마리의 랩터들이 원활하게 소통되어야 사냥이 수월하듯 기업에 팀이 해체될수록 융합과 협업을 할 인재가 필요합니다. 그런 인재를 기업은 선호합니다.

교육적 측면에서 세계는 학업보다 생각하는 힘을 선택 변화하고 있습니다. 경쟁력 있는 기업, 국가가 되기 위해선 변해야 합니다. 다행히 학교는 토론 수업을 중점으로 변하고 있습니다. 학생 개인이 준비한 자료를 바탕으로 토론하고 경청하고 협업함으로서 사고의 확대로 스스로 깨치게 합니다. 협업하고 융합하는 방법을 스스로 알아가게 합니다.

　그런데 우리 기성세대는 아직까지 설득의 논리가 강합니다. 관념적인 성리학적 사상과 일본 사대적 제국주의 그리고 급속한 자본주의가 얽히면서 애초에 우리 것이 무엇 이였는지 모르게 되었습니다. 그래서 상황에 맞춰 자신이 유리한 것으로 해석하며 극단적으로는 자신이 잘못한 줄 알면서도 우깁니다. 실수를 인정한다는 것은 자신의 존재 자체를 포기하는 것과 같다고 여기기 때문입니다. 그래서 실수는 결코 용납하지 않습니다.

　동쪽에서 흘러오는 강물과 서쪽에서 오는 강물 그리고 북쪽에서 흐르던 강물이 한곳에 모여 남쪽으로 거대하게 흘러간다고 생각해 봅니다. 세 갈래 강물이 만나 서로 경쟁하고 싸워서 끝내 승리한 강물이 다른 강물을 흡수하여 남쪽 강물이 된 건가요? 아니면 서로 조용히 융합하여 하나의 거대한 강물이 된 것인가요?

　우린 싸워 이겨서 내가 지지하는 강물이 승리하기를 바라고 있으며 그게 당연하다 여깁니다. 내 생각이 다른 사람의 생각을 설득하고 논증하여 흡수하려고 합니다. 내가 승리해서 쟁취해야 합니다. 그러나 싸워 이겨 남쪽 강물이 되었던지 융합하여 강물이 되던지 결과는 같습니다. 힘들고 어렵게 싸워 이길 필요가 있나요? 하나의 거대한 강물에는 나도 있고 타인도 있습니다. 억지로 구분할 필요가 없습니다.

본래 한국사상은 직관입니다. "정(情)"이라는 말에는 공감과 소통이 담겨있습니다. 나와 이웃에 대한 공감을 행동으로 표현한 게 "정" 입니다. "정"은 정의내릴 수 있는 단어가 아닙니다. 말 그대로 "정"은 "정"입니다. 이 단어는 해석하고 분석할 수 있는 게 아닙니다. 사랑이 무엇이라 정의내릴 수 없듯 말입니다. 서양 철학은 논증되고 논리적이여야 그것이 앎이며 지식이라 여깁니다. 그것이 지혜에 대한 사랑이라고 말합니다. 전통적인 서양 철학은 정답의 시대, 지식의 시대에나 통용되던 사상입니다.

인공지능 시대에 인간은 직관이 필요한 시대입니다. 정답과 결과에 매이지 않은 생각의 시대, 가치의 시대가 열렸습니다. 기업이 교육이 사회가 인간의 가치를 필요로 합니다.

생각은 질문에서 시작한다.

이제부터 본격적으로 책이야기를 하려고 합니다. 인문을 얘기할 땐 "독서 즉 책"이 필히 따라올 수밖에 없습니다. 인간이 인간으로 존재하기 위해선 인문이란 것이 필요하며 그 바탕은 "책"이라고 정의하겠습니다.

혹여 책을 어떻게 읽어야한다고 배운 적이 있었나요? 학창시절부터 수 십 년 삶을 사는 동안 책 읽는 법 배운 적이 있었나요? 인간으로 존재하기 위해 책이란 놈을 읽으라는 얘기를 아마 어릴 때부터 줄기차게 들었을 겁니다. 그런데 학교 선생님이나 부모님으로부터 이러이러하게 책을 읽으라고 교육 받으신 분계신가요? 대다수는 아마 무조건 책 읽어 라고만 들었을 겁니다. 읽다보면 자신만의 방식을 찾게 된다는 식으로 말입니다. 마찬가지로 자녀가 있다면 자녀에게도 똑같은 잔소리를 했고, 하고 있는지 모릅니다. 그저 지금까지 책은 좋은 대학가서 좋은 직장구해서 좋은 여자 만나기 위한 도구에 불과했을지 모릅니다.

생각의 시작은 질문에서 시작합니다.

엄밀히 말하면 질문은 정답을 찾는 것으로 많이 쓰이는 단어입니다. 따라서 생각의 시대에 질문이라는 말이 어울리는 단어는 아닙니다만 지금은 편의상 질문이라는 용어를 쓰고자 합니다.

질문이라는 주제에 관하여 "2010년 G20 정상회담 폐막식" 이야기를 빼놓지 않습니다. 유튜브에 아직도 많이 화자 되는 동영상입니다.

EBS에서 "왜 우리는 대학에 가는가?"라는 주제로 모인 EBS 기자들에게 2010년 우리나라에서 개최하여 성공리에 마무리된 G20정상회담 폐막식 때 있었던 한 편의 동영상을 보여줍니다.

G20 폐막 기자회장에 참석한 오바마 미 대통령은 폐막연설 중 갑자기 훌륭한 개최국 역할을 한 한국 기자들에게 질문권을 드리겠다고 말합니다. 그러자 당황한 건지 어색한 침묵이 흐르고 누구하나 일어나 질문하지 않습니다. 오바마 대통령은 한국어로 질문하면 통역이 필요할지 모른다며 농담을 건네며 잠시 뜸을 드립니다. 바로 그때 한 기자가 일어납니다. 중국기사라 밝힌 중국 CCTV의 루이청강이 아시아를 대표해서 질문해도 되는지 물어봅니다. 그러자 오바마는 한국기자에게 질문을 요청했으므로 그럴 수 없다고 말합니다. 중국기자는 한국기자들에게 자신이 대신 질문해도 되는지 물어보면 안 되는지 재요청합니다. 일이 커지고 맙니다. 오바마는 청중을 향해 한국기자들 중에 질문할 사람 없는지 수차례 물어봅니다. 끝내 아무도 나서지 않자 난감해진 오바마는 어색한 웃음을 짓고는 결국 질문권을 중국 기자에게 넘깁니다.

동영상을 시청한 EBS기자들에게 사회자는 어떤 생각이 드는지 질문합니다.

'한국 사람들 진짜 질문 안한다'는 소감을 말한 후 "질문하는 건 내가 부족하다는 것을 남들 앞에서 드러내야 하는 거고 그런 것에 대한 부담 때문에 몰라도 아는 척 앉아있게 된다. 만약 내가 질문하게 되면 다른 기자들이 '뭐 저런 질문을 하느냐'고 말은 안하지만 비아냥거리거나 눈치를 준다"고 여기자는 답변합니다.

사회자는 이어서 기자들에게 만약 자신이 저 자리에 있었다면 질문했을지 물어봅니다. 대개가 안할 것 같다는 솔직한 대답과 함께 '그 분위기를 깨고 먼저 손을 들지 못했을 것이다'라고 고백합니다. 그리곤 덧붙여 말합니다. "우리한텐 질문도 답 인거 같다. 어떤 상황에서 어디까지 질문이 용인되고, 어떤 질문을 할 수 있을까? 어떻게 질문을 하면 잘하는 걸까? 그것조차도 답 인거 같다"고 말합니다.

우리 사회에서 질문은 어떤가요?

두려운 게 질문입니다. 겁이 납니다. 그래서 아무도 질문 하지 않습니다. 질문을 한 다는 것은 강물싸움에서 지는 것과 마찬가지라 여깁니다. 약점은 보여서는 안 됩니다. 약점을 보이면 자신이 질 확률이 높아지기 때문입니다. 중간만 가면 된다고 아리스토텔레스의 『중용』의 자세를 취합니다. 몰라도 몰라서는 안 됩니다. 알아도 가르쳐 주면 안 됩니다. 그저 가만히 팔짱끼고 고개만 끄덕여주면 자신이 할 일은 다 한 겁니다. 내가 세상의 주인이 되어야 합니다. 남이 알아서는 안 됩니다. 어리석은 자들을 내가 계몽하여 가르쳐줘야 합니다. 나는 똑똑하지만 다른 이들은 어리석은 생각에 사로잡혀 있기 때문입니다. 승자의 미소로 패자의 등을 두드려 줘야합니다. 우린 그렇게 살라고 배워왔습니다. 그렇게 주입되어 교육받았습니다. 그래서 협업과 융합보다는 흡수에 익숙합니다. 자신은 타인에게 흡수되지 않기 위해 잘못을 인정하지 않습니다. 잘못을 알아도 결코 인정해서는 안 됩니다. 흡수된다는 것은 패배를 인정하는 것이기 때문입니다. 패배는 내 존재가치가 없어진다는 것과 동일시되는 커다란 공포이기 때문입니다. 질문이 어색합니다. 조용히 앉아서 강사의 이야기를 듣는 것으로 내 표현을 하지 않는 게 제일 좋다 여깁니다. 질문은 누구도 생각지 못한 독창적이고 특별한 것이어야 합니다. 내 고상함을 나타낼 수 있는 질문을 찾으려고 합니다. 그래서 질문은 우리에게 두려움입니다.

따라서 우리는 책을 직접 읽는 수고로움 보다는 팟 캐스트에서 짧게 읽어주고 설명해주는 것을 듣는 것에 익숙합니다. 진행자 혼자 던지는 질문과 혼자 결론내리는 답을 마냥 듣습니다. 그리고 아! 맞아! 하면서 심히 공감합니다. TV에 나오는 유명한 인문학 강사들의 이야기를 생방송과 재방송을 듣고 들으며 격하게 공감합니다. 강사가 스스로 던진 질문에 강사 스스로 결론내리는 정답을 들으며 박수를 보냅니다. 그 과정 속에는 "나"는 없습니다. 내 머릿속에는 그들의 주장과 결론만이 남아 떠돕니다. 내 생각이 내 것이 아니라 그들 것입니다. 그런데도 그 생각이 자기 것인 양 든든해합니다. 책 읽지 않고 도서관에 앉아만 있으면서 지식이 충만해 진 것 같다고 여기는 것과 같습니다.

인문은 삶의 표현입니다. 시작은 "나"입니다.

"나"를 표현하기 위해선 나에 대한 질문부터 시작해야 합니다. 그래서 질문에 익숙해야 합니다. 그리고 질문을 어떻게 타인과 나눌 것인가로 나가야 합니다.

자신이 직접 읽지 않고 직접 질문하지 않으면 아무리 강의를 많이 듣고 대단한 저자 강의를 듣더라도 그 자리에 멈춰있는 자신을 발견하게 됩니다. 직접하고 질문하고 모우는 작업을 해야 합니다. 직접 읽고 질문을 던지고 쓰는 작업을 해야 합니다. 그리고 한발 더 나가서 타인과 함께 해야 합니다. 나누는 법을 배워야 합니다.

그 시작을 책에서 찾고자 합니다.

03

책. 40%?

💬 40% 라는 통계자료가 있습니다.

책과 관련된 통계자료입니다. 책을 읽으면 40%만 기억한다? 책 읽을 때 40%지점에서 포기한다? 책 읽는 사람이 40%다? 다양한 추측이 가능합니다. 결론은 2017년 한 권의 책도 읽지 않는 독서실태 통계 결과입니다. 2017년엔 1년 동안 책을 한 권 이상 읽은 성인의 비율이 정부가 조사를 시작한 이래 역대 최저치를 기록한 것으로 나타났습니다. 잡지·만화·교과서·참고서·수험서를 제외한 종이책을 기준으로 조사한 결과입니다. 책을 한 권이라도 읽은 비율이 성인 10명 중 6명밖에 안 된다는 뜻으로, 문화체육관광부가 1994년부터 국민 독서실태 조사를 시작한 이래 가장 낮은 수치였습니다. 비독서률이 1994년 13.2%였던 것이 1997년부터 30%인근을 유지하다

2015년에 큰 폭으로 하락하여 35%로 하락했고 2017년에는 40%에 다다릅니다.

　문화체육관광부는 전체 성인의 연평균 독서량은 8.3권이고 2015년 9.1권에 비해 0.8권 줄어든 결과라고 말합니다. 독서시간은 평일 22.8분, 주말 25.3분이라고 합니다. 그러나 책을 읽는 성인을 기준으로만 비교했을 때 성인 독서량은 2014년 14.0권으로, 2013년 (12.9권)보다 늘어났다고 발표하면서 책을 읽는 사람들의 독서량은 점차 늘어나 독서에도 양극화 현상이 심화하고 있다고 분석합니다. 조사 결과 성인의 64.9%, 학생의 51.9%가 스스로 독서량이 부족하다고 느끼는 것으로 나타났으며, 책읽기가 충분치 못한 이유로는 '일이나 공부 탓에 시간이 없어서'라는 대답이 성인(29.1%)과 학생(29.1%) 모두 가장 많았습니다. 이어 '휴대전화, 인터넷 게임을 하느라(19.6%)', '다른 여가 활동으로 시간이 없어서(15.7%)' 이며 학생들은 '책 읽기가 싫고 습관이 들지 않아서(21%)'가 그 뒤를 이었습니다.

　독서률이 큰 폭으로 하락한 이유가 "사회가 각박해지고 경제가 어려워지면서 시간·정신적인 여유가 줄어든 영향이 큰 것으로 보인다"며 "스마트폰의 일상적인 이용으로 독서에 투자하던 시간과 노력도 점차 감소하고 있다"고 해석합니다.

　2015년 취업포털 잡코리아와 알바몬이 대학생 1천 9백여 명을 대상으로 설문조사한 결과, 수업 교재나 만화책 등을 제외한 순수 독서량은 한 해 평균 12권이었고, 독서 시간은 하루 30분이었습니다. 반면 인터넷 이용에는 하루 133분을 썼고, TV 시청 시간은 평균 61분이었습니다.

독서의 소중함을 강조하고 강조해도 지나침이 없지만 서점조차 하나 둘 사라지고 있습니다. 그나마 동네에 버티고 있는 서점엔 참고서와 문제집이 대부분입니다. 고등학생 때는 공부에 집중하다 보니 읽을 시간이 없고, 대학생이 되면 다른 취미생활에 빠져서 읽을 시간이 없습니다. 읽다가 포기하는 경우도 많고, 차라리 그 돈으로 노는 데 낫다고 말합니다.

그렇다면 나는 어떤 책을 주로 읽고 있나요?

2017년 11월 20일자 통계청 자료에 따르면 만 13세 이상 독서인구가 계속 줄어들고 있음을 확인할 수 있습니다. 2017년 현재 54.9%입니다.

전국 25,704 표본 가구 내 상주하는
만 13세 이상 가구원 약 39,000명을 대상

통계청은 도서를 잡지류, 교양서, 직업관련서, 생활·취미·정보서적, 그리고 기타서적으로 구분하여 조사결과를 발표했습니다.

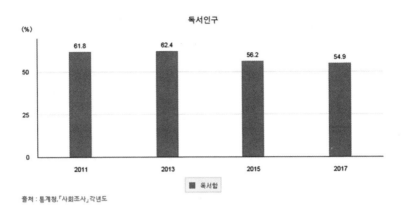

출처 : 통계청,「사회조사」각년도

	계	- 1인당 평균독서 권수	독서 인구	- 독서인구 1인당 평균 독서권수	잡지류	- 잡지류 평균독서 권수	교양 서적	- 교양서적 평균독서권수	직업 서적	- 직업서적 평균독서 권수	생활,취미 ,정보서적	- 생활,취미, 정보서적 평균독서 권수	기타	- 기타서적 평균독서 권수
								2017						
계	100.0	9.5	54.9	17.3	32.7	6.6	66.8	8.9	36.4	6.4	26.8	5.4	21.8	25.0
남자	100.0	10.5	53.3	19.8	30.2	7.5	61.0	9.4	45.1	6.7	24.3	5.4	27.2	27.5
여자	100.0	8.5	56.5	15.1	35.1	5.8	72.1	8.5	28.4	6.1	29.1	5.4	16.9	21.4
13(15)~19세	100.0	15.7	73.8	21.3	23.2	6.0	76.3	10.7	19.7	5.5	16.7	6.9	45.5	21.0
20~29세	100.0	14.5	70.4	20.6	32.9	5.9	67.1	7.7	46.7	6.0	24.7	4.7	32.6	29.1
30~39세	100.0	12.4	67.9	18.3	32.7	6.1	60.0	8.5	44.4	6.3	39.1	5.9	26.0	23.6
40~49세	100.0	11.7	63.3	18.4	35.2	7.2	65.8	9.8	41.9	7.0	27.9	5.6	16.0	30.8
50~59세	100.0	6.0	47.8	12.5	36.7	6.9	66.4	8.0	34.2	6.4	24.9	4.8	7.8	16.5
60세이상	100.0	3.0	27.4	10.9	32.3	7.1	71.4	8.8	14.9	7.6	18.6	4.8	2.9	10.7

몇 가지만 정리해 보겠습니다.

첫 번째, 연령대별로 보면 10대가 73.8%로 가장 높았고, 연령이 높아질수록 독서 인구 비율이 낮습니다. 다음에 서적종류별 독서비율을 보면, 「교양서적」이 66.8%로 가장 높았고, 다음은 「직업서적」
36.4%, 「잡지류」32.7%, 「생활·취미·정보서적」26.8% 순입니다.
독서인구 평균 독서권수는 17.4권이고 마찬가지로 연령이 높을수록
독서권수가 감소합니다.

구분	서적 종류
잡지류	주간, 순간, 반월간, 월간, 계간 등의 정기간행물 및 부정기 간행물 포함
교양서적	종교, 철학, 사회과학, 순수과학, 기술과학, 문학, 소설, 어학, 역사, 지리, 예술서적, 시집, 수필 등
직업(직무)관련 서적	직장을 다니고 있는 사람이 직업과 관련하여 읽은 책 또는 취업을 위하여 읽은 서적
생활·취미·정보서적	육아, 꽃꽂이, 요리, 바둑, 등산, 낚시, 여행 서적 등

책을 통해서 뭔가 얻으려고 한다? 통상 영어, 중국어, 주식투자, 부
동산 투자, 재테크 같은 실용서와 자기계발서를 많이 읽습니다. 그
리고 직장인인 경우라면 직무 관련 전문서를 가장 많이 읽습니다.

앞에서 인문의 바탕이 책이라고 정의했습니다.

그런데 인문학이 대학에서 천대받고 있고 사라지고 있습니다. 책
이 사라진다는 말은 인문이 점차 자리 설 곳이 줄어든다는 이야기와
같습니다. 사회는 인문학이 광풍인데 대학은 역행하고 있습니다. 모
순은 무엇 때문에 발생하는 건가요?

무슨 일을 하면 반드시 눈에 보이는 효율적인 결과물이 있어야 합니다. 생산성이 있어야 합니다. 책도 마찬가지입니다. 우리가 책을 보는 일을 하면 당장 생산성이 있어야 합니다. 그저 목적 없이 책 읽는다고 하면 쓸데없이 시간 죽이고 있는 겁니다. 책을 읽으면 독후감이 나와야 하고 서평이 있어야 하고 상벌이 뚜렷해야 합니다.

과감한 선행이 필요 없는 초등학생만이 독서가 허용됩니다. 중학생 이후로 아이들은 수행평가나 과제 때문에 책을 읽습니다. 성적이라는 목적이 있어야 책 읽는 시간이 허용됩니다. 직장인은 업무 시간 중에 책을 읽어선 안 됩니다. 책은 업무에 방해되는 도구입니다. 책은 기업홍보용으로만 활용가치가 있습니다. 회사 내에 책 읽는 장소는 마련되어 있지만 직원은 접근하면 위험합니다. 직무관련 도서만 잠시 읽는 것이 허용됩니다. 회사 제품 생산을 위한 보조 도구로만 가치 있습니다.

자기계발서가 가장 생산성이 높습니다. 이렇게 해라 저렇게 해라. 당장 이익이 되고 도움이 됩니다. 책이 시키는 대로 실천하면 됩니다. 바로 생산물로 보입니다. 인문서, 문학서, 과학서등은 당장 도움이 되지 않습니다.

책속에 길이 있다. 지식이 있다. 지혜가 담겨 있다고 합니다. 그러나 책은 쉽게 읽혀야 하고 돈이 되어야 하며 당장 이익이 있고 결과물이 나타나야 합니다. 느리게 천천히 곱씹으며 책을 읽으라고 하는 말들이 공허할 뿐입니다.

학교에서 조차 당장 평가와 결과를 나타낼 수 있어야 합니다. 책을 읽으면 독후감은 꼭 제출해야 하고, 책과 관련된 토론을 하면 등수가 정해져야 합니다. 토론 결과물로 찍은 사진에는 아이들이 직접 작성하여 붙인 다양한 색깔의 포스트잇이 아름답게 꾸며보여야 합니다.

그러다보니 인문학이 퇴행하고 있는 겁니다. 책은 길게 봐야 합니다. 서론 본론 결론 구조로 된 글을 읽고 비판하고 평가하는 법을 배우는 것만 중요한 게 아닙니다. 기−승−전−결 구조로 감성을 나누는 것 또한 중요한 일입니다. 독서는 다 읽어서 결과를 내야하는 게 아닙니다. 천천히 읽는 과정이 중요한 행동입니다.

성적 향상 도구로써 책, 제품 생산 보조물로의 책, 시키는 대로 따라하면 성공하는 책으로 생각하고 있지는 않는가요? 한권의 책을 곱씹으며 읽기보다 100권을 후딱 읽어서 멋짐을 뽐내려 하지는 않는가요? 옆집 아이가 100권 읽으면 놀란 가슴에 우리 아이도 질세라 100권을 읽히려고 들지 않나요? 아이들에겐 책 읽으라 하면서 나는 왜 책을 읽지 않나요? 읽고 있다면 결과물이 필요한 책 읽기를 하고 있지는 않나요? 아니면 내가 좋아하는 장르의 책만을 고집하고 있지는 않나요? 우리에게 책은 나에게 책은 무엇인가요?

책의 가치.
엉뚱한 곳에서 찾고 있다.

대체 책이란 것이 교육과 기업 그리고 미래에 어떻게 영향을 끼쳐야 긍정적일까요?

OECD 회원국 대상 조사에서 각 국민의 독서율은 국가소득이나 경쟁력과 정비례하는 것으로 나타났다고 발표되었습니다. 독서율이 높은 나라가 국가소득과 경쟁력이 증가한다는 말입니다. 그런데 정말로 연관성 있는 조사 결과 일까요?

2014년 청소년 조사 결과 1등한 책입니다. 무슨 1등일까요? 교과 관련서 1등과 소설 1등인가요?

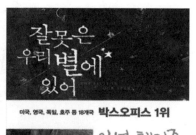

왼쪽은 예스 24에서 한국 청소년들이 가장 많이 본 책입니다. 오른쪽은 아마존에서 미국 청소년들이 가장 많이 본 책입니다. 뭔가 확연한 차이가 눈에 보이지 않나요? 단순한 독서율만 비교하면 우리나라 청소년들도 많은 책을 읽고 있습니다. 그러므로 우리나라 국가소득과 경쟁력이 충분히 높습니다…… 이렇게 주장하기엔 다소 억지스럽지요. 우리 현실은 결과로 말해줍니다.

예전에 한 기업을 방문한 경험이 있습니다. 인문학적 독서경영으로 알려진 회사였기에 어떤 인문적 기반으로 경영을 하고 있는지 기대를 가지고 방문했습니다. 직접 눈으로 독서경영 방법을 보고 배울 기회였습니다. 또한 제가 생각하는 독서경영과 비교할 수 있는 좋은 경험이라 생각했습니다. 대표이사님이 안 계셔서 교육담당 이사님과 독서경영과 인문적 경영을 어떻게 운영하고 있는지 여러 이야기를 나누었습니다.

어떤 방식으로 독서활동을 실천하는지 물어보자 자세히 알려주셨습니다.

매월 1회 월요일 아침 13명의 본사 및 계열사 경영진 독서토론을 회장님이 진행하며 지난달에 선정된 3~4명의 경영진이 주제 발표를 하면서 진행됩니다. 세미나 방식으로 이해하면 됩니다. 그리고 월 1회 토요일 전체 직원 대상으로 전문 역사 교수님을 초빙하여 강의를 합니다. 방문 당시 2년째 진행하고 있었습니다. 책을 통해 경영 해야 한다는 CEO의 의지가 돋보였습니다.

지금까지 진행했던 토론도서 목록을 볼 수 있냐고 묻자 상당히 깔끔하게 정리된 최근 1년간 토론 자료를 보여 주셨습니다. 대략 쭉 살펴본 후 물었습니다.

"문학작품 아니면 고전도서가 없네요?"

"회사가 살기 위해선 책이 필요한 도구가 되어야 합니다. 경제가 힘들고 상황이 어려울수록 책에 더 집중해야 합니다, 그것이 바로 회사가 살 길입니다. 하지만 문학작품은 경영에 도움이 되지 않습니다." 라고 이사님은 답변하셨습니다.

만남을 파한 후 의구심이 들어 독서경영 관련 논문과 책을 찾아봤습니다. 독서경영의 가치가 무엇인지 다시 생각해봤습니다. 논문과 독서경영이 소개된 책을 읽으며 "독서경영은 CEO가 책이란 도구를 이용하여 자기 경영방침을 반영한 것에서 벗어나지 않는다"고 결론을 내리게 됩니다. 다시 말해 직원들에게 책이란 업무의 연장이라는 겁니다. 독서경영에서 책은 CEO가 좋아하는 취미이며 직원들에게 좋은 거라고 권하는 폭력적 행위로 자행되고 있습니다.

독서경영, 인문경영을 한다는 회사조차 경영서와 기술전문서가 주된 주제가 될 수밖에 없다는 점은 충분히 이해하지만 공감할 수 없습니다. 문학 고전 문학을 읽는 이유는 무엇인가요? 이들 책의 핵심은 "인간관계"입니다. 기업은 종업원과 고용인이라는 인간으로부터 시작하여 타인으로부터 이익을 창출하는 것 아닌가요? 근본적으로 인간을 앎으로 시작해야 하는데 단순한 스킬의 습득에 치중하는 기업의 실태를 인지합니다. 굉장히 아쉽고 서운했던 기억으로 남아있습니다.

05

책에 도전한다.
책은 내 삶을 변화시켜 주지 않는다.

책을 읽으면 삶이 변화될까요? 어떻게 생각하시나요?

책으로 변화되었다고 하는 얘기는 주변에서 쉽게 접할 수 있는 흔한 이야기입니다.

노숙자로 살다가 어느 복지사의 권유로 책 읽기를 시작해서 삶이 풍성해 졌다고 하는 이야기부터 2014년 8월 "순간포착 세상에 이런 일이"라는 TV프로그램에서 소개된 82세 신문배달부 오광복 할아버지 이야기, 독서관련 행사에 참여하면 책으로 삶이 변화되었다고 간증하는, 강의하는 사람들의 이야기를 자주 접합니다. 멀쩡히 다니던 대기업을 퇴사했거나 돈 많이 버는 인지도 있는 직업을 버리고 책을 통해 정신적 풍요를 얻었다는 이야기는 이제 감동스럽지도 않습니다. 그런데도 우리는 그렇게 변화된 사람들의 삶을 환호합니다.

그들의 공통적인 메시지는 "책을 통해 내 삶을 올바르게 볼 수 있었다"입니다. "책 속에 길이 있다"는 그들의 메시지를 당연하다 여깁니다. 책의 가치가 원래 그렇다고 학습으로 배워 결정됐기 때문입니다. 함께 독서모임을 하고 있는 몇 분에게 "책을 읽으면 삶이 변화되나요? 삶에 어떤 영향을 주나요?" 라고 질문한 적이 있습니다.

"내 자신도 고치기 어려운데 남을 고친다는 것은 어려운 일이다. 즉 책을 읽는다고 삶이 변화되는 것이 아니라 내 자신이 변화고자 하는 의지가 선행되어야 한다. 그래야 바뀐다. 다시 말해 삶의 변화는 "나의 실천"속에 있다."

"변화라는 것을 '역사적인 관점'으로 생각한다면, 변화는 끊임없이 갈고 닦아야 하는 과정 속에 놓여 있다. 사람이 달라진다면 아버지보다 아들이 또 그 아들이 나아져야 하는데 그렇지 않다. 아들은 아버지가 실패한 똑같이 경험하며 아버지가 된다 (일본영화 「그렇게 아버지가 된다.」를 권유한다.) 개인이나 사회나 역사학적으로 인간은 갈수록 선해지지 않고 있다. 결국 시작과 끝을 가진 모든 것은 궁극적인 것에 도달하지 못하는 과정일 뿐이다. 변했다 싶으면 다시 제자리로 돌아온 자신을 발견하게 됩니다. 책을 읽으면 삶이 변화된다는 것이 어불성설이다. 작가들의 삶이 나보다 나으냐고 물어본다면 꼭 그렇지는 않듯 결국 모든 것은 개인 삶의 문제이다."

"교회 다닐 때는 가족이 "교회 다니면서 왜 그래"하고 책을 읽으면 "책도 많이 보면서 이상해" 라고 하더라. 어쩌면 이런 시각이 보편적으로 타인이 책 읽는 사람에 대한 시선이다. 이상해!!! 그림이나 음악, 영화를 통해 카타르시스를 느낄 때가 종종 있다. 특히, 책을 통해서 더 많이 느낄 때가 많다. 그런 순간이면 사물이 밝아지는 내 세상 같은 그 느낌을 가진다. 그 느낌에서 위로받으며 자연스레 순환도 되고 변화되는 행동들이 당연히 따르게 되더라. "

"삶이 변화 되는데는 여러 가지 요인이 적용된다. 경험이나 본인의 의지나 결단 등 책도 그 중의 한부분이다. '책 속에 길이 있다'는 말이 있지 않는가?"

"삶을 변화시키는 것 중 하나가 책이다. 사상마련이라는 왕양명의 말씀처럼 하는 일 모두가 공부이며 삶을 변화시키는 것이다."

"어떤 책을 읽어서 책 읽는 즐거움이 느껴질 때, 또 다른 책을 읽으려는 마음이 생기는 경우가 많은 듯합니다. 책을 읽은 즐거움은, 책에 나온 등장인물 들이나 사건, 이야기 구조, 줄거리, 주제, 문체,

새로운 지식이나 정보 습득을 통한 앎 등에서 느낄 수도 있고, 책을 읽은 이전과 읽고 나서 자신의 삶을 성찰하면서도 느낄 수 있습니다. 때로는 벅찬 희열을, 때로는 절절한 가슴 저림을, 때로는 자신에게 심어져 있는 세계관이나 가치관을 쾅쾅 부수는 변화를 주기도 합니다.

'우리가 읽는 책이 우리 머리를 주먹으로 한 대 쳐서 우리를 잠에서 깨우지 않는다면, 도대체 왜 우리가 그 책을 읽는 거지? 책이란 무릇, 우리 안에 있는 꽁꽁 얼어버린 바다를 깨뜨려 버리는 도끼가 아니면 안 되는 거야   -1904년 1월. 카프카

자신의 머리를 내리치는 책을 읽다 보면, 기존에 가졌던 자신의 생각과 지식, 규범이나 도덕 등이 영향을 받거나 달라질 가능성이 높긴 한 듯합니다. 근데, '책을 읽지 않으면 삶이 변화되지 않는다'라는 전제를 단 주제라면, 책이 도구화되는 거라 저 또한 거부감이 듭니다."

"저는 책은 그 자체로 좋아요. 갓 나온 따끈따끈한 종이와 잉크냄새도 좋고. 제 어릴 적엔 라면 끓이고 난 후 냄비받침대로도 애용하고, 내용에 무수히 읽은 책 중, 성공한 책은 몇 안 되지만, 할 일 없

고, 잠 안 올 때, 쓰는 도구이기도 했습니다. 그냥 삶을 변화시키는 도구로서의 책이 아니라, 삶, 그 자체 입니다."

"책이든 사람이든 그 무엇을 통해서 변화가 된다면 전 좋다고 생각하는 사람입니다. 사람을 통해서 성장하는 나이기도 하고, 책을 통해서 성장하는 나를 발견하기 때문이죠. 어떤 대화들이 어떤 식으로 이루어졌는지 글로는 다 알 수 없어서 보이는 대로 말씀드리면, 많은 사람들 중의 저라는 사람은 책이 제가 성장(변화)하는데 일조한다고 굳게 믿고 있는 사람입니다. 일조이지 변화는 그 개인의 의지가 매우 중요하다 생각합니다. 제가 책을 읽고 확 깨는 순간이 있어도 실천하지 않으면 많은 성장을 이루지는 못하겠지요. 하지만 내 내면의 힘이라던가. 몰라서 실수 하는 것들 조금씩 바뀌어가는 나를 발견하므로 어감이 나쁠 뿐 책이 저한테는 도구가 아니라는 말씀은 못 드리겠어요."

이외에도 다양한 의견이 있었으나 대략 이정도로 요약됩니다. 답변 주신 분들의 공통점은 책이 삶을 변화시켜 준다는 말이 '맞는다고는 할 수 없다'입니다. 책이 삶의 변화에 일부 기여할 수는 있으나 삶의 변화 도구로써는 "글쎄요?" 라고 일관되게 말합니다. 그렇다면 책은 삶과 어떤 연관이 있을까요? 당신은 어떻게 생각하시나요?

책으로 변화된 또 다른 사람을 소개 하겠습니다. 이번엔 외국 사례입니다. 누구나 다 아는 사람입니다. 이 사람이 죽은 후 서재를 발견합니다. 그 서재에서 발견된 책이 1만 6000여권에 이릅니다. 분야별로 분류했습니다. 군사 분야가 7000여권, 건축, 연극, 그림, 조각 등 예술적 주제 분야가 1500여권, 가톨릭교회에 관련된 것이 400여권, 단순한 대중소설이 800~1000여권에 이릅니다. 누구일까요?

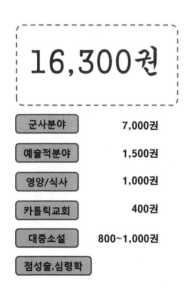

제가 강연하면서 질문하면 많이 나오는 답변이 링컨이고 다음이 나폴레옹, 스티브 잡스입니다. 우리가 통상적으로 인정하는 위인들이죠.

그는 히틀러입니다.

히틀러는 정식 교육을 받지 않았습니다. 책이 스승 이였습니다. 그는 남의 말을 듣지 않는 것으로 악명 높았고, 거침없는 장광설과 끊임없는 독백을 대화라고 생각했습니다. 책을 읽을 땐 밑줄을 긋고, 느낌표를 어떤 구절에는 물음표를 그려 넣었다고 합니다만 사람과의 관계는 무시했습니다. 그래서 인문적이지 못한 사람입니다.

정리하겠습니다. 나름 책을 읽는다는 분들의 얘기를 듣노라면 과연 책을 읽는다는 것이 나의 삶에 변화를 가져올 수 있다는 말에 대해선 회의적일 수밖에 없습니다. 다만 '긍정적인 삶을 변화시킬 수 있는 하나의 방법이다' 라고 정의할 수 있습니다. 저 또한 이런 생각에 공감합니다.

책이 삶을 변화시킨다는 말을 생각해볼 필요가 있습니다. 책으로 변화되었다고 주장하는 그들은 책을 읽어서 변화된 것이 아니라 스스로 변화되기 위한 의지로 책을 선택한 것뿐입니다.

히틀러는 애초에 책을 읽고 굉장히 부정적으로 변화된 사람입니다. 책이 삶을 긍정적으로 바꿔주진 않는다고 말 할 수도 있습니다.

책이 삶을 변화시키는 커다란 도구가 아니라면 도대체 책은 무엇을 위한 도구인가요?

제 얘기를 하겠습니다.

저는 대구 지방대 공대 출신입니다. 졸업당시 IMF 때라 취업이 쉽지 않았습니다. 대학이란 것에 특별한 의미를 두지 않았는데 노는 것보다는 일하는 게 낫다는 이유하나만으로 지인의 소개로 서울로 상경하여 전 직원이 30명인 소규모 의류 유통 회사에 취업했습니다. 처음 한 일이 야외 행사장에서 옷 파는 일이었습니다. 대학 졸업장은 무의미한 일이었습니다. 그러다 회사가 급성장하게 됩니다. 1년 만에 정직원만 300명이 되었고 하루 매출이 1억을 넘기 시작합니다. 회사는 급한 나머지 유일한 대학 졸업 출신 이었던 저에게 사무 경리를 맡깁니다. 이후로도 지속적으로 회사가 성장하게 되었고, 덩달아 개인 업무만 늘어납니다. 원하지도 않게 회계, 경리, 부동산, 재무, 자금, 무역, 경영기획까지 매일 업무 후 저녁 늦게 학원을 다니며 실무 공부를 해야 했습니다. 매일이 바쁜 서울살이 였습니다. 30대 중반에 직책은 낮지만 팀원이 15명이 되는 팀장이 되었습니다. 가장 멋진 일은 회사 자금을 직접 쥐고 있으니 젊은 나이에 최고의 대우를 받았다는 겁니다. 그러니 얼마나 기고만장 했겠습니까……

그런데, 2006년 1월 6일 검은 양복을 입은 6명이 회사 문을 막고 하던 일을 중지 시키며 회사의 모든 서류를 쓸어 담았습니다. 국세청 세무조사를 받은 겁니다. 세무조사를 시작으로 부산 관세청 조사, 고용노동부 조사를 연달아 겪게 됩니다. 이후로 회사는 급속도로 기울기 시작했고 결국 2007년 어떤 사건을 계기로 폐업을 결정합니다. 당시 자금 담당이던 저는 직원 급여와 퇴직금 그리고 채권

채무 관계 청산을 위해 1년간 회사에 남아 마무리 했습니다. 그 후 졸지에 실업자가 되면서 일생의 암흑기가 시작되었습니다. 주식을 1년간 배웠습니다. "생활주식사"라고 표현하죠. 노동보다는 금융에 가치를 두었습니다. 그러다가 도박을 배웠습니다. 강원도 정선부터 해서 마카오까지 6개월을 또 소비했습니다.

그러던 어느 날 불현 듯 공포를 느꼈습니다.

"나 지금 뭐하고 있지?"

굉장한 두려움에 빠져버립니다. 결국 서울에 있으면 안 되겠다 싶어 본가가 있는 대구로 내려왔습니다. 노동에 가치를 두고자 폴리텍 대학에 입학했습니다. 차라리 기술이나 배우자는 마음 이었습니다. 1년간 취득한 자격증이 전기, 선반, 밀링 등 5개입니다. 하지만 뜻하지 않게 인테리어 업을 하는 지인이 일을 도와달라고 그곳에 취업을 하게 됩니다. 그런데 불행하게도 3개월 치 급여는 고사하고 급하다고 빌려준 돈 2천만 원을 고스란히 날리게 됩니다. 그 분은 사기죄로 구속되었죠. 란제리 영업도 했습니다. 이불 도매상에서 일도 했습니다. 공자도 마구간에서 똥 치우며 뜻을 세웠듯, 육체적인 노동과 정신적 고난을 통해 내면의 혼란을 다스리며 나를 정리했던 시기였습니다.

어느 날 노트 한권 가득히 어릴 때부터 지금까지 삶을 정리했습니다. 그리고 내가 무엇을 해야 할지 고심했습니다. 잘나가던 회사에서 권력에 취해 고급 룸살롱을 전전했던 젊던 시절은 가고 이리저리 풍파에 시달리는 삶. 내가 원하지도 않았는데 권력이 주어졌고, 내가 원하지 않았는데 사기를 당하고. 도대체 삶은 무엇인가?

고민 중에 집어든 게 책입니다. 책을 배우기 위해 토요일만 되면 서울로 올라갔습니다. 대구에서는 체계적으로 책을 배울 수 있는 곳이 미약했습니다. 1년을 오르내렸습니다. 삶을 다듬고 다듬었고 책으로 삶을 고민했습니다. 토요일 날 회사일 때문에 어쩔 수 없는 경우를 제외하고는 매주 서울과 대구를 왕복했습니다. 그 당시만 해도 독서활동가가 되겠다는 생각은 전혀 없었습니다.

그런데 책과 함께 하는 사람들과 가까워질수록 '책을 읽는다고 삶이 변화되는 것은 아님'을 깨닫게 됩니다. 책 읽고 삶이 변화되었다는 이야기를 많이 듣습니다. 주변에 책 읽는 사람들에게 왜 책을 읽게 되었나요? 라고 물어보면 그들은 정해진 답을 말하듯 책을 읽어서 삶이 변화되었다고 합니다. 전 그런 대답에 진심을 느끼지 못합니다. 그저 가장 쉽게 답변할 수 있는 게 삶이 변화되었다는 말이기 때문에 그렇게 답하는 것 뿐입니다. 그들의 말과 행동을 지켜보면 결코 긍정적으로 변화되었다고 말할 수 있는 경우가 극히 드뭅니다. 무엇을 기준으로 삶이 변화되었다고 자신 있게 이야기 하는지 이해되지 않습니다.

변화되었다면 독단적이고 아집과 고집쟁이가 되었습니다. 물론 저만의 미약한 경험이라고 반발할지 모릅니다. 그러나 제가 다양한 독서모임과 독서협회 및 활동단체에서 활동하는 분들과 대화하고 지켜보면서 저 사람은 진짜 책 읽는 긍정적인 분이라고 인정할 수 있는 분을 쉬이 발견하지 못했습니다. 책 읽고 아는 게 많아서 타인에게 인정받았기 때문에 책으로 삶이 변화되었다고 말하는 분들이 대다수입니다. 그런 분들이 강의를 하고 강연을 하고 책을 썼습니다. 너무나 지적이고 전문적입니다. 그래서 괴리감을 느낍니다. 가끔씩 그들을 보노라면 저들과 독서광인 히틀러와 어떻게 구분 지을 수 있을까 의심이 듭니다.

오히려 책 읽는 사람들이 폐쇄적인 경우가 참 많습니다. 책 읽고 홀로 수많은 시간을 생각하여 결정한 가치이므로 바꾸려고 들지 않습니다. 타인을 설득하고 가르치려고 듭니다. 자신이 진심으로 노력하여 만들어놓은 사고의 틀을 누군가 의심하면 화를 냅니다. 참으로 수용적이지 못한 경우가 정말 많습니다. 저 또한 책을 통해 지내온 삶을 성찰하자 고집과 아집이 내면에서 서서히 자라고 있었음을 깨닫게 되었습니다. 내가 책을 읽고 고민했는데 타인은 나만큼 고민하지 않았기 때문에 '공감하기 힘들다'고 미리 단정하고 결론 낸 경우가 많았습니다. 평범한 사람과는 대화를 못합니다. 아집이 만들어졌습니다. 대화하면서 경청하기보다 말하기를 좋아합니다. 경청보다는 설득이 우선됩니다. 책 읽는 사람들이 왜 그렇게 폐쇄적이고 꼰대가 되는지 이해되었습니다. "세상에 이런 일이"에 소개된 오광복 할아버지도 마찬가지입니다. TV에서는 긍정적인 면에 초점을 맞춰 할아버지의 삶을 조명했지만 할아버지가 기자에게 던진 질문을 보면 굉장히 공격적입니다.

"PD양반, 플라톤 전집 41권 중에서 〈향연〉, 〈국가〉, 〈파이돈〉 읽어봤습니까?"

"아니요."

"정신이 가난하네요"

꼭 플라톤 전집을 읽어야 하나요? 고전의 가치야 말하지 않아도 되지만 그렇다고 그 책을 꼭 읽어야만 한다는 말자체가 굉장히 공격적입니다. 책 읽는 사람들이 저지르는 가장 큰 잘못이 바로 여기에 있습니다. 자기 정신은 고귀하다는 생각 말입니다. 거대한 독선입니다.

청소년 추천도서 100권을 읽지 않으면 안 된다는 식의 강요는 책을 멀리하게 만듭니다. 책 읽는 사람들의 그런 강요는 일반인들이 책 읽는 목적을 와해 시켜버리며 주눅들게 만듭니다. 그러니까 일반인들이 쉽게 책을 읽지 못하는 겁니다.

책은 결코 긍정적으로 삶을 변화시켜주는 도구가 아닙니다.

실제 제가 독서활동가가 되어야겠다고 결정한 계기는 첫째 아들이 학원 수업 후 가져온 역사논술 책 때문 이였습니다. 제가 경영기획 출신이여서 인지 분석적인 것에 익숙합니다. 아들이 가져온 책을 살펴보던 중에 이해할 수 없는 부분이 있었습니다. 책에 쓰여 진 답이 전혀 논술적이지 않다는 점입니다. 무언가 논리적이고 논증적인 논술이 아니라 정답은 이미 정해져 있고 그 정답이 나올 때까지 논술을 맞춰 가는듯한 느낌을 지을 수 없었습니다.

'자신의 생각을 논리적인 방식으로 표현해야 하는데 정답과 어긋나면 틀린 답이 된다는 것? ……'

논술 선생님께 그 부분에 대해 물어봤습니다. 그러자 선생님은

"제가 생각해도 틀린 답이 아닌데요. 학교 시험 기준으로는 틀린 답이 됩니다. 그래서 저도 그럴 수밖에 없어요. 아이가 문제를 틀리면 화살이 저한테 넘어오니까요." 라고 솔직히 답변 하셨습니다.

이 사건을 계기로 교육의 문제를 책에서 찾게 됩니다. 그리고 대체 독서가 삶에 어떤 의미가 있는지 고심하게 됩니다. 그래서 혼자 공부하여 취득한 자격증이 독서지도사, 부모교육상담사, 심리상담사 입니다.

저는 현실적인 독서활동가입니다. 학문적이고 전문적인 지식은 솔직히 미약합니다. 세상을 책으로 배운 게 아니라 작은 권력자에서 큰 노동자까지 겪은 경험으로 세상을 배웠습니다. 책의 지식으로 그 삶을 채웠습니다.

책은 삶의 변화도구가 아니라 이성적인 지식과 정보의 활용, 정신적인 사고의 확산을 위한 도구로만 이용되는 것이라고 결론짓겠습니다.

인간에게 절대적으로 중요한 것은 "소통"이며, 긍정적인 소통을 위해선 "관계"를 알아야 합니다. 단순한 인간관계만을 지칭 하는 게 아닙니다. 관계는 나와 타인, 나와 가족, 나와 사회, 나와 자연, 나와 우주의 관계를 이해하는 것입니다. 그게 시작입니다. 마찬가지로 책과 나의 관계를 먼저 이해하고 책으로 어떻게 소통할 것인가를 생각해야 합니다.

책으로 소통하는 법을 고민하면 좋겠습니다.

인공지능
시대 책 읽기

Reading The Thinking
Book is The Answer.

01

인공지능 시대 책 읽기

책을 읽으면 삶이 변화된다는 말은 어쩌면 과장된 표현일지 모릅니다. 삶이 변화되는데 책이 큰 역할을 하는 것은 아니라면 책은 어떤 의미가 있을까요? 비생산적인 책 읽기는 시간낭비는 아닐까요? 책 많이 읽으면 훌륭한 사람이 된다면서요? 히틀러도 물론 훌륭한? 사람이죠? 너무도 유명하니까? 그런데 무조건 책 많이 읽으면 훌륭해 지나요? 히틀러는 독서광 이였습니다. 하지만 그의 책읽기는 긍정적이지 못했습니다. 책 많이 읽는다고 훌륭한 사람이 되는 게 아니라면 히틀러는 태생부터 인성에 문제가 있었던 사람 이였을까요? 그런데 책 많이 읽으면 인성이 발달된다고 안하던가요? 그의 서재엔 인성을 다루는 문학서적도 천 여 권 있었습니다. 그런데도 비인간적인 결과가 발생했습니다. 왜 일까요? 대체 뭐가 문제였나요?

책 읽는 이유를 다른 관점에서 접근할 필요가 있습니다. 책이 삶을 변화시키는 도구가 아닙니다. 그리고 인문학이 시대와 사회환경에 따라 변해왔듯 책 읽는 목적 또한 달리 생각해 봐야 합니다. 그러나 시간과 공간, 문화가 변했어도 변하지 않은 하나의 원칙이 있습니다.

책은 혼자 읽으면 독이 됩니다.

히틀러의 독서(讀書)는 독서(毒書)였습니다. 히틀러는 책만이 친구였고 공감해주는 사람 친구는 없었습니다. 독서(獨書)가 독(毒)이 된 것입니다. 책으로 삶이 변화되었다는 사람들을 관찰하다보면 자신은 긍정적으로 변화되었는지 몰라도 주변인에게 부정적인 영향을 미치는 사람으로 존재함을 자주 목격합니다. 그들에게 책 읽기는 사방에 독을 뿌리는 행위와 별반 차이 없습니다.

'책 많이 읽어!'로 독서가 시작되는 게 아닙니다.

"책은 혼자 하는 행위가 아니라 함께 하는 행위입니다."

유아일 때는 부모와 초등학생 이후로는 친구와 함께 하는 행위로

이어져야 합니다. 책을 혼자 읽으면 안 됩니다. 성인들은 독서모임
이나 독서회에 나가서 함께 읽어야 합니다. 긍정적인 독서법은 함
께 읽는 행위로 이어져야 합니다.

  4차 산업혁명의 시대가 10년째 접어들었다는 사실에 주목해야 합
니다. 최근 들어서야 4차 산업혁명이라는 단어가 수 없이 등장하지
만 이미 10년 전부터 발 빠른 기업에게는 큰 화두였습니다. 지금에
야 현실 속에서 어느 정도 실현 가능해 졌기 때문에 나라 안팎이 시
끄러운 겁니다.

  2013년 농기계 설비 회사에 근무 할 때 "빅데이터" 구축을 두고 직
원 간에 의견이 분분했었습니다. 스마트 설비 시스템을 구축해야 한
다는 인식이 있었던 터라 '빅데이터와 사물인터넷(IoT)'이 거론될 수
밖에 없었습니다.

  십 수 년간 회사 컴퓨터에 보관된 데이터를 어떻게 입력할 것인
가? 데이터 저장을 위해 각종 감지기를 추가해야 하는데 비용의 증
가는 감내 할 수준이 되는가? 어디에 어떤 방식으로 감지기를 부착
해야 하는가? 하는 기술적 문제부터 가장 원론적으로는 현금을 직
접 투자할 만큼 빅데이터가 꼭 필요한 것인가? 하는 문제까지 논의
가 치열했었습니다. 발 빠른 기업은 몇 년 전부터 4차 산업혁명을
준비하고 있었습니다. 일반인들은 인공지능이 바둑대회에서 이세돌

을 이기는 놀라운 장면을 목격하면서부터 인지하게 된 것 뿐입니다.

4차 산업혁명이 더욱 가속되는 기점은 5G 기술이 언제쯤 활성화 될 것인가에 달려 있습니다. 2~3년 전부터 국내 통신회사들이 LTE 를 넘어 5G 기술 개발에 박차를 가하고 있음은 TV광고를 자주 접하 는 사람들은 알고 계실 겁니다. 평창올림픽은 현재 5G 개발 상황을 확인하는 기회였습니다. 정보처리속도가 5G기술로 확산되는 순간 부터 빅데이터와 사물인터넷은 엄청난 파급력을 가질 겁니다. 홀로 그램을 이용한 산업이 각광받을 것입니다.

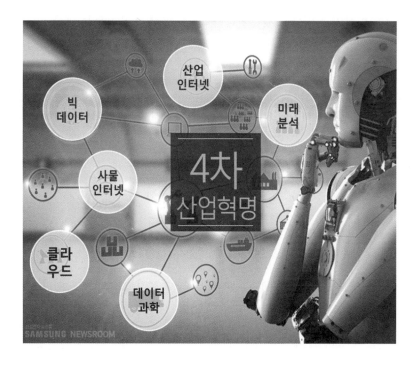

인공지능 시대가 가속 될수록 스마트 폰은 선택이 아닌 필수입니다. 스마트 폰이라는 도구의 폐해를 인지하고 있으면서도 잠시라도 놓을 수 없는 문화이며 문명이 되었습니다.

지난 2013년 육아정책연구소(인터넷 노컷 뉴스 "스마트폰에 빠진 우리 아이, 이렇게만 쓰면 건강하다")가 발표한 자료에 따르면, 만 3 ~5세 어린이의 인터넷 이용자 수는 2011년 이미 전체의 66.2%에 달하는 88만 명에 달했다고 합니다. 인터넷 · 스마트 폰을 사용하기 시작하는 나이도 2009년 5세에서, 2010년 4.9세, 2011년 4.8세로 점점 낮아지고 있다고 덧붙입니다. 만 3~5세 영유아들이 하루 평균 스마트 폰을 2시간 40분을 사용한다는데, 아이들이 스마트 폰에 빠져드는 이유는 '쉽고 재밌다'는 긍정적인 강화가 생기기 때문"이라며 "스마트 폰에 대해 '즐겁다'는 기억이 생기면 아이들은 이를 갈망하게 되며 이게 심해지면 스마트 폰을 강박적으로 사용하게 되고 금단 증상까지 생긴다" 고 발표 했습니다.

"스마트 폰 중독의 의미는 사용 시간에 있지 않다. '그만하라'고 했을 때 그 말을 따른 뒤 자기 할 일을 할 수 있다면 하루 종일 사용하더라도 문제가 안 된다"며 "아이마다 다르지만 스마트 폰을 단 한 시간 사용하더라도 자기 할 일을 하지 않고, 제지했을 때 불같이 화를 내면 중독으로 봐야 한다고 합니다.

스마트 폰에 빠지면 공격성이 높아지고 언어발달 · 지능 · 사회성 ·

자기조절능력이 저하된다는 것을 익히 들어 아실 겁니다. 이러한 영향보다 더 큰 문제는 단기기억만 과도하게 사용함으로써 체계적인 사고를 방해한다는 점에 있습니다. 인터넷·스마트 폰 사용은 과도한 단기기억을 강요하여, 학업성적 저하뿐만 아니라 타인에 대한 공감능력 저하에 악영향을 끼친다는 것입니다.

타인에게 공감하려면 시간을 들여 하나에 집중할 수 있는 집중적인 사고가 필요한데, 스마트 폰은 아이들이 고요하게 생각하며 깊이 있는 사고를 할 수 없게 방해하고 있습니다.

인터넷이나 전자책으로는, 종이책이 주는 지식과 두뇌계발, 정서 안정을 얻을 수 없다는 결과가 속속 나오고 있어 독서 장려를 위한 사회 전반의 고민이 필요합니다.

스마트 폰은 인공지능과 융합되어 발전하고 있습니다. 신문이나 문학, 방송에서 인공지능을 건드리지 않고는 현재 문화를 설명하기 어렵습니다. 인공지능 시대로 빠르게 변환하면서 기계와 인간의 공존, 종속이라는 화두를 사회에 던져주고 있습니다. '유토피아가 될 것이다. 디스토피아가 될 것이다.'며 전문가들의 의견 추돌은 미래에 대한 불안감을 증폭시키고 있습니다.

전문가들은 미래 교육은 기계가 할 수 없는 인간만의 고유 영역을 키우는 방향으로 가야 한다고 강조합니다. 인문학적 소양, 감성, 인간성을 필두로 하여 창의적 사고를 끌어내는 교육이 되어야 한다고 합니다. 가장 먼저 주입식 교육을 바꿔야 하며 문제해결력을 배양해야 한다고 주장합니다.

인문학적 소양이란 앞서 말 한대로 '자기 인식'을 말합니다. 동양 사상으로 말하자면 나와 하늘, 나와 땅, 나와 타인의 관계를 통해 나는 무엇인지, 인간은 무엇인지 따져보는 일입니다. 감성이란 소통입니다. 인간성은 기계가 가질 수 없는 인성을 말합니다. 책으로 표현하자면 인간의 감정은 시, 소설, 에세이입니다. 관념으로 나누면 철학이며, 미래를 예측하면 역사, 자연으로 인간을 이해하면 자연 과학, 사회/문화를 읽으면 사회과학이 됩니다.

두 가지 측면을 근본으로 책 읽는 이유를 생각합니다.

첫째, 책 읽는다고 삶이 바뀌는 것은 아니다. 둘째, 지금은 인공지능 시대다.

책 읽는 이유 첫 번째 : 치유 (감성)

개인 강의나 강연 서두에 여러분은 왜 책을 읽나요? 라고 물어보면 흥미 있는 답변을 많이 듣게 됩니다. 그냥 재밌어서, 시간 때우기 좋아서, TV나 인터넷 뒤지기 보단 낫기 때문에, 교양을 쌓기 위해, 지식과 정보를 얻기 위해, 왠지 똑똑해 지는 거 같아서, 간접경험을 체험하려고, 사고하는 힘을 기르기 위해서 등등 참여하신 분들 수만큼 이유가 제각기 입니다. 다양한 이유를 듣노라면 선인들이나 전문가들이 말하는 책 읽는 이유와 별반 차이가 없음을 알게 됩니다.

이어서 질문을 던집니다. 책을 읽으면 즐거워지던가요?

다수는 그냥 웃거나 아니요 라고 답합니다. 몇 몇 소수만이 그렇습니다. 라고 말합니다. 그나마 공공도서관 강연일 때 몇 분만이 "그렇다"지 대중 강연에서는 물어보기가 민망합니다. 여기서 즐거움은 마음의 치유를 뜻합니다. 단순한 재미부터 그냥 시간 때우기등 편안한 감성까지 포함합니다.

그런데 마음 치유로써의 책이 독서치료, 독서힐링, 독서상담등으로 우상화 되고 있고 있습니다. 책이 거룩한 무엇이 되고 있다는 말입니다. 그림책이 심리 치료의 도구로써 책이 힐링의 수단으로써 상담의 도구로써 활용되고 있습니다. 물론 책이라는 도구가 다양하게 문화적으로 활용되는 것은 긍정적인 측면은 있습니다. 그런데 책이 거룩한 우상이 되는 현상을 비판적으로 인지하지 않는다는 점은 돌이켜 생각해볼 필요가 있습니다. 갈수록 책에 어떤 의미를 두고 목적을 두면서 접근하기 어려운 무언가로 만들고 있습니다. 괴로운 삶을 변화시켜 주는 도구로써 목적이 되었습니다. 내방자와 상담자간의 상담기법으로 활용되고 있습니다. 책이 자격증이 되고 상담의 도구가 되고 가르침의 도구가 되고 있습니다. 심지어 책을 읽으면 세상이 바뀐다는 터무니없는 주장도 난무합니다. 지적 근거도 없습니다. 실상이 이러함에도 의심 없는 믿음의 거룩함처럼 "그렇다"라고 듣고 앉아 있습니다. 책은 고독하고 힘겨운 삶을 변화시켜주는 도구가 결코 아닙니다. 책은 그냥 취미로써 읽는 수단일 뿐입니다. 긍정적인 삶으로 치유해주는 적당하게 부분적인 역할뿐입니다.

자본주의적 돈벌이 수단으로 책을 활용하면 할수록 사람은 책을 점점 더 멀리하게 됩니다. 순수한 독서법으로 책이 아니라 독서교육으로서 독서가 되면서 평범한 자신은 감히 범접할 수 없는 무언가가 되어 버립니다. 독서교육이 활용되면 될수록 책은 점점 멀어지게 됩니다. 대상이 우상화 되면 무비판적이 됩니다. 책을 우상화하며 의심 없이 중요한 것이라고 비판 없이 무조건 좋은 것이라고 인지하고 있습니다. 경계해야 합니다. 그럴수록 책은 멀어집니다.

개인적인 감정치유 목적으로서 책보다는 감정을 소통할 도구로서 책이 필요 합니다. 한 권의 책을 함께 읽고 함께 대화하고 소통하는 것이 더 중요합니다. 책은 개인적인 용도가 아닙니다. 책은 사람들과 함께하는 용도가 되어야 합니다. 너가 나를 가르쳐 주고 상담해주는 교육의 목적이 아니라 너와 나가 함께 나누는 소통의 목적이 되어야 합니다.

사실 책 읽는 행위는 정말 괴로운 일입니다. 책 읽는 것도 많은 훈련이 필요합니다. 계속 감기는 눈꺼풀 근육을 단련해야 합니다. 익숙해지기 위해선 노력과 습관이 붙어야 합니다.

일반 대중들이 책 읽기 시작한건 언제부터일까요? 예전부터 책 읽을 수 있는 권한은 귀족과 양반에게만 허락된 일이였습니다. 물론 양민도 읽을 수는 있었지만 힘겨운 농사일로 먹고 사는 게 우선일 수밖에 없는 현실 앞에서는 불가능한 일이였습니다. 책 읽는 것은 특권의 상징 이였습니다. 조선 근대 문학을 꽃피운 분들도 금수저 출신이 대다수 입니다. 나라가 해방되자마자 전쟁의 화마에 휩싸입니다. 전쟁이 끝나고도 한동안 먹기 살기 힘든 상황 이였습니다. 그러하니 민중들은 책 읽을 여유가 없었습니다. 연구된 논문은 찾아보지 못했지만 민중이 책 읽기 시작한건 반 백년도 안 될것이라 추측해 봅니다. 따라서 김경집 교수가 『엄마 인문학』을 통해 말했듯 우리에겐 책 읽는 DNA가 없습니다. 아직 책 읽는 DNA가 미흡합니다. 한국인들 정말 책 안 읽는다가 아니라 아직 DNA가 형성될 시간적 여유가 없었다고 생각한다면 위안이 될까요? 지금부터라도 책 읽는 게 일상이 되어 책 읽는 부모가 되고 자녀에게 자연스레 연결되는 시간이 누적되어야 읽는 DNA가 자라날 겁니다. 아쉽게도 책 읽는 DNA를 만드는 건 자신밖에 없습니다. 누군가가 대신해 줄 수 없는 게 책 읽는 겁니다. 책 읽는 마음의 치유는 자신만이 할 수 있습니다.

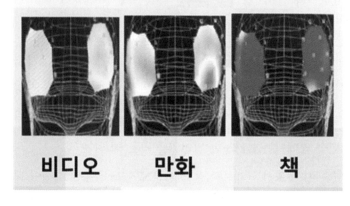

뇌 전두전야의 활동 및 변화

비디오   만화   책

우리 뇌에 "전두전야"라는 부분이 있습니다. 전두전야는 언어"지능"의식 등 뇌의 고등기능을 담당합니다. 이 부분은 특히 책 읽을 때 왕성하게 활성화 됩니다. 영상, 만화나 스마트 폰을 바라보는 뇌와 책 읽는 뇌는 확연히 다릅니다. 즐거움은 상상력을 자극하게 됩니다. 지식은 한계가 있지만 상상력은 세상을 품습니다. 상상력이 책 읽는 즐거움을 가져다 줍니다. 스스로 치유하여 세상을 품게 됩니다.

책을 혼자 읽을 때는 매일 걷는 산책길이 지겹다가도 어느날 갑자기 그 길이 새롭게 느껴지고 달라보여서 '어! 낯선 길 같네' 하는 그럼 새로움을 느껴야 합니다. 그러는 중에 치유를 찾을 수 있습니다. 개인적인 치유를 타인과 함께할 때 감정적인 소통으로 확산됩니다. 감성의 나눔이 소통이 됩니다. 커다란 치유가 됩니다. 그게 우리가 책 읽는 첫 번째 이유입니다.

03

책 읽는 이유 두 번째 :
권력과 편집기술 (지식과 정보)

💬 권력

대부분 사람들은 이것 때문에 책을 읽습니다. 지식과 정보를 습득
하여 권력을 움켜쥐거나 유지하기 위해서입니다.

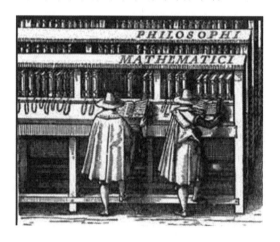

서양 중세시대 도서관 모습입니다. 어떤 부분이 눈에 잡히나요? 첫 번째, 서서 책을 읽고 있습니다. 두 번째, 책 종류에 따라 분류가 깔끔하게 되었네요. 철학과 수학으로 말입니다. 현대 도서관 도서 배치와 비슷하게 아주 잘 정리되어 있습니다. 또 무엇이 보이나요? 자세히 보면 책마다 끈같이 생긴 것에 묶여 있습니다. 보이나요? 당시 도서관에 소장되어 있는 책들은 모두 쇠사슬로 묶어 있었다고 합니다. 쇠사슬의 용도는 무엇일까요? 당시엔 책이 비싼 물품이므로 도난방지용 이였을까요? 한 번 더 그림에 집중해 보겠습니다. 책을 읽고 있는 사람들이 일반 평민처럼 보이진 않습니다. 당시 귀족이 입던 옷입니다.

종합해 보겠습니다. 책들이 잘 정돈되어 있습니다. 그리고 책을 읽는 사람들은 귀족 이였습니다. 그럼에도 불구하고 책은 대여가 불가능했고 읽고 싶은 책은 쇠사슬에 묶여 있기 때문에 굉장히 불편하게도 서서 읽어야 했습니다.

중세시대 도서관은 왜 이런 형태였을까요?

당시 책은 군주와 성직자의 허가가 있어야 읽을 수 있었습니다. 그나마 귀족에게만 한정되었습니다. 책은 철저한 통제 하에 읽혀졌습니다. 대출이 자유로운 현대 공공도서관 형태를 갖추게 된 것도 300년 채 안됩니다.

그렇다면 우리나라 중세시대는 어떤가요?

 글하면 떠오르는 인물이 세종대왕입니다. 백성들을 위해 28자를 만듭니다. 세종대왕은 "훈민정음 예의 서문"에 귀족부터 천인에 이르기까지 왕에게 직접 간언 할 수 있도록 하기 위해 글자를 만들었다고 한글 창제 이유를 밝힙니다. 당시 백성(귀족부터 천인까지)들이 간하기 위해선 간관이라는 직책을 맡은 자에게 먼저 검토를 받아야 했습니다. 검토되어 통과한 것들만 왕에게 올라갑니다. 누구를 위한 간언만이 통과되었을지 더 이상 설명하지 않아도 알겁니다. 세종대왕은 일개 평민 목소리라도 직접 듣기 위한 '애민정신'으로 글자를 만든 겁니다. 억울함을 하소연 할 수 없는 일반 백성의 목소리를 듣기 위해서 말입니다.

 그러자 양반(귀족)들은 반발합니다. 왜 일까요? 2011년 MBC TV에 드라마로 방영된 "뿌리 깊은 나무"를 관심 있게 본 적이 있는데 당시 양반들의 논리를 정확히 묘사했다는 생각이 듭니다.

 "글을 읽는 행위는 물론 즐거운 일이 맞다. 읽으며 얻은 지식과 정보를 바탕으로 좀 더 지혜롭고 현명한 백성들이 될 것이다. 얻어진 지혜는 쓰고 싶은 욕망으로 이어진다. 쌓여진 지혜는 무엇으로 표출될 것인가? 백성들은 국가정책에 관여하려 들것이다. 조선왕조는 저항 받게 되고 그 과정 중에 수많은 반란으로 나라는 걷잡을 수 없이 혼란해 질것이며 끝내 왕정은 무너지게 될 것이다."

. 고대에서 근대시대까지 지식과 정보는 귀족과 양반의 전유물 이였으며 그것을 바탕으로 권력을 유지할 수 있었습니다. 그 도구로써 책은 굉장히 중요한 역할을 했음은 틀림없는 사실입니다.

그런데 인공지능 시대에 책이 가졌던 권력이 '데이터'로 이양되고 있습니다. 전통적인 권력유지 수단으로써 책은 서서히 자격을 상실하고 있습니다.

편집기술

여동생네 집에 놀러간 적이 있습니다.

집이 가까워 자주 왕래하는데요. 밤늦게 고등학생인 조카가 들어왔습니다. 잠시 휴식을 취한 후 거실에 있는 컴퓨터에 앉아 무언가 열심히 키보드를 치고 있더군요. 궁금해 물어보니 독서활동을 한다고 하더군요. '학생부종합전형' 준비 과정인 듯 보였습니다. 여동생은 제가 책과 관련된 일을 하고 있으니 잠시 봐달라고 해서 호기심에 어떻게 도와줄까 조카에게 물어봤습니다. 인문서, 과학서, 철학서등 분류별로 책을 선정한 후 읽고 정기적으로 독서 감상문을 작성해야 한다면서 고등학생들이 읽을 만한 책을 선정해달라고 하더군요. 그러자, 재미있는 일이 벌어집니다. 조카는 제가 일러준 책들의 서평을 찾기 시작합니다. 서평들을 수 개의 창으로 쭉 열어놓은 후 대략적으로 내용을 훑어본 후 Ctrl+C, Ctrl+V를 열심히 하고 있더군요. 순식간에 5권을 읽고 써야 하는 독서 감상문을 1시간에 완성합니다. "작업"을 마친 후 도서선정 도와줘서 빨리 끝낼 수 있었다고 고맙다고 하더군요. 제가 책 읽고 써야 하는 거 아니냐? 이건 반칙이다! 고 말하자 밤 10시 넘어 집에 와서 언제 책 읽고 독서 감상문 쓰냐고 하더군요. 그럼 토요일 일요일은? 이라고 물어보자, 토요일 일요일은 봉사활동과 취업관련 활동(자율 동아리 활동)을 해야 해서 시간이 없다고 하더군요. 학생들 현실이죠.

성인들도 필요한 자료가 있으면 인터넷을 활용하여 모든 지식과 정보를 편집하여 완성시킵니다. 내 생각은 없고 편집기술만 실력이 늘어갑니다.

인터넷에서 내 감정까지 퍼다 나르고 있습니다. 표현력까지 말입니다. 누군가 인터넷에 남겨놓은 감정을 붙여놓기로 퍼 나릅니다. 좋은 글이라며 인터넷 밴드와 SNS에 올려진 것들은 예전에 한 번 보았던 글귀들입니다.

인류 사회가 발전하고 복잡해질수록 무수한 언어가 탄생했습니다. 갈수록 단어 사전은 두꺼워지고 복잡해 졌습니다. 그러나 인터넷이 등장하면서부터 사용하는 단어가 줄고 있습니다. 한 단어 글자 수도 줄어듭니다. '급식체'처럼 말입니다. 언어가 줄어든다는 것은 생각이 줄어든다는 반증입니다. 조지오웰의 『1984』에 빅 브라더는 인간통제 수단으로 "신어창조" 정책을 폅니다. 신어창조란 새로운 말을 만든다는 것이 아니라 쓰임이 비슷한 단어를 통합하겠다는 겁니다. 생각의 폭을 축소시킴으로서 통제하기 쉬운 인간으로 만들겠다는 정책입니다. 현재 인공지능은 신어창조 역할을 착실히 수행하고 있습니다.

책을 읽고 깨달은 바를 표현하는 순간 인간은 순수한 쾌감에 사로잡혀 진정한 즐거움을 누릴 수 있습니다. 그게 우리가 책 읽는 이유이기도 합니다. 그게 인간의 본질인 인문입니다. 그러나 단순하고 간결한 기계적 언어에 적응하면서 언어에 대한 상상력은 줄어들고 있습니다. 생각의 주도권을 기계에 넘겨주는 순간 인문은 사라지고 인간 생존은 위협받을 수밖에 없습니다.

과거에 지식과 정보는 권력의 상징 이였습니다. 지식과 정보를 먼저 취득한 귀족이 권력을 쥐었습니다. 그 수단으로 책은 상징 이였습니다. 그리고 책에 지식과 정보를 담았습니다. 권력이 이동하고 있습니다. 빅데이터를 쥐는 자가 권력을 쥐게 됩니다. 구조가 바뀌고 있습니다. 인공지능이 권력을 쥐고 있습니다. 그리고 인공지능을 조정하는 자가 거대한 권력을 행사하게 될 겁니다. 새로운 지식과 정보 습득이라는 측면에서 권력의 도구로써 책은 역할 수명을 다했습니다. 인공지능이 그 역할을 대신하고 있습니다.

04

책 읽는 이유 세 번째 :
생각에 사고를 더하다.

책 읽는 이유 세 번째는 "생각에 사고를 더하는 힘"을 기르는 데 있습니다. 생각하는 힘 바로 사고가 필요합니다. 앞서 인문으로 나를 표현하는 것들이 다양하다고 했습니다. 그림, 음악, 영화, 춤, 악기 등을 통해 치유하고 스마트폰으로 지식과 정보를 습득할 수 있습니다. 그러나 인공지능이 모든 것에 대체 가능해 졌습니다. 음악을 만들어내고 원래 그림을 그대로 베껴내고 감동스런 짧은 글을 만들어 내고 악기는 절로 움직입니다. 털 날리지 않는 강아지가 꼬리치며 인간을 치유합니다. 검색하는 엄지만 있으면 지식과 정보는 바로 내 눈에 보입니다.

그럼에도 불구하고 기계가 인간에 침범할 수 없는 유일한 한 가지가 있습니다. 바로 "사고"입니다. 아무리 인공지능이라 하더라도 새로운 학습법은 불가능합니다. 새로운 무엇을 만들어 낼 수 있는 것은 인간만의 영역입니다.

바둑에서 19*19칸인 경우에는 인간을 이겨내지만 20*20칸이 되면 계산하지 못하는 게 기계입니다. 20*20칸으로 급속한 변화가 되더라고 곧바로 적응 가능한 게 인간입니다. 그것은 기계가 할 수 없는 인간만의 영역입니다. 기계가 할 수 없는 유일한 것. 바로 급격한 환경의 변화에도 불구하고 유연한 '환경 적용 사고력'입니다. 그리고 그 사고력을 키워주는 도구로 책은 최고의 것입니다.

우리는 책으로 사고하는 힘을 키워야 합니다. 인간의 감성을 자극하는 음악, 그림, 영화, 춤, 악기는 사고하는 힘을 키워주기엔 미약합니다. 그러나 그것들은 삶을 변화시켜주는 감성적인 치유 역할로써 책보다 월등합니다. 지식과 정보는 인공지능이 책보다 우월합니다. 책의 유일한 가치는 사고하는 힘을 배양하는 것에 있습니다. 우리는 결국 사고력 때문에 책을 읽어야 합니다.

思考(사고)라는 단어에 의미를 담아봅니다.

사고하다할 때 思는 田(밭 전) + 心(마음 심)의 합성입니다. 밭의 마음입니다. 古 신영복 교수는 『강의』라는 책에 '사고'라는 것은 실천하는 행동까지 담고 있다고 말합니다.

매회 강의 때마다 "실천하는 田(밭 전)을 어떻게 생각하시나요?"

라고 물어봅니다. 밭하고 생각은 무슨 연관이 있을까요?

"밭은 입(口) 과 十(열)의 합성이니까 10명의 입을 먹여 살리기 위해서는 열심히 일해야 한다고 생각합니다."라는 답변이 인상 깊습니다.

이 답변에 심히 공감합니다. 우린 먹기 위해 밭에 식물을 키웁니다. 계절과 시기에 따라 정해져있는 밭의 규모에 맞춰 다양한 작물을 키웁니다. 금방 자라는 상추를 심고 여러 번 수확합니다. 그러다가 때가 되면 열무를 심고 재배합니다. 그리고 배추를 심습니다. 배추를 뽑아서 김장을 합니다. 1년에 한 평의 땅에 수번의 작물을 생산합니다. 먹기 위해 다양한 작물을 심고 수확합니다. 가장 효과적인 작물을 심고 재배하고 먹습니다. 10명의 입을 먹여 살리기 위해 열심히 일하는 겁니다. 가장 효과적으로 식물을 수확하기 위해 날씨라는 지식과 정보를 활용하고 재배한 작물을 나눔으로 기쁨으로 서로 치유합니다.

뜨거운 햇볕과 태풍, 바람과 적절한 시기에 내리는 비, 날씨에 따라 재배 시기와 작물이 달라집니다. 사람의 생각이 수시로 변화하듯 심는 밭의 작물도 매년 달라집니다. 따라서 생각이란 것은 "변화 한다"는 의미를 담고 있습니다. 무언가 정해진 것이 지속되어야 하는 게 아닙니다. 작년에 밭에 배추를 심었다고 올해도 배추를 고집하는 게 아닙니다. 그것은 생각하는 게 아닙니다. 작년에 겪은 경험과 지식을 바탕으로 올해 무엇을 심을지 변화를 염두에 두는 게 생각 하는 것입니다. 올해 평창올림픽 롱패딩이 잘 팔렸다고 내년에도 평창 올림픽 롱패딩이 잘 팔리는 게 아닙니다. 생각은 감정과 정보를 융합하여 지금 할 것을 결정하는 것입니다. 어떻게 다가올지 모를 미래를 고민하는 게 아니라 지금 당장 여기를 결정하는데 있습니다. 그것이 생각입니다.

생각(思)은 이성적 판단과 감성이 혼합된 단어를 뜻합니다. 지식과 정보 그리고 경험을 통한 이성적 판단과 10명을 먹여 살리려는 감성의 조화를 말합니다. 정리하자면 사고는 이성과 감성이 합쳐진 말입니다.

앞서 『중용』이라는 책의 핵심 주제는 "치우치지 않는 것"이라고 했습니다. 다시 표현하자면 "사고라는 것은 이성과 감성 어느 부분에 치우치지 않는 것"입니다. 이성 중심으로 가서도 안 되고, 너무 감성적 이여도 안 된다는 것입니다. 시, 소설, 에세이지만 인간 감성에 치우쳐 읽어서는 안 되며 사회, 과학, 철학서도 이성에만 의존하여 읽어서는 안 된다는 말입니다. 감성에서 이성을 찾아야 하고 이성에서 감성을 넣어야 합니다.

물리적으로 먹기 위해 밭에 실천하듯 정신적으로 먹기 위해 사고를 실천해야 합니다. 단, 실천이라고 정신적인 무언가를 결과로써 도출 시켜야 한다는 강박에 빠져서는 안 됩니다. 이웃을 사랑하라

배웠다고 지금 당장 이웃을 사랑해야 한다는 강박에 빠져서는 안 됩니다. 눈에 띄는 물리적 실천을 강조하는 자본적 관점에서 벗어나야 합니다. 글을 쓰려고 한다면 문단에 등단해야 한다는 그런 자본적 생각에서 벗어나야 합니다. 사고는 고정된 틀에서 벗어나는 일입니다. 정신을 결과로 도출시키려 든다면 그것은 생각하는 게 아닙니다. 사고하는 게 아닙니다. 단지 사회적 관습이라는 폭력에 무릎 꿇는 것과 같습니다. 물리적 실천과 정신적 실천에 대해서는 달리 구분해야 합니다. 책을 읽고 착한 사람이 되어야겠다고 마음먹은 것. 그 자체가 이미 실천한 겁니다. 정신적 실천은 무언가 다짐하는 것으로부터 시작합니다. 직접 행동하라는 말도 새겨야 할 중요한 말이지만 정신적 실천을 물리적 실천과 동일시해서는 안 됩니다. 그 가치적 기준 때문에 우리는 윤리적 갈등에서 혼란을 겪게 됩니다. 정신의 결과를 바라는 것은 또 다른 폭력입니다. 작물을 키운다는 것은 책을 읽는 행위와 같이 더디고 괴롭습니다. 작물은 알뜰하게 관리하면 죽게 됩니다. 환경에 맞춰 내버려두면 잘 자랍니다. 그러면 어느 순간 다 자란 작물을 마주하게 됩니다. 정신적 실천도 이와 같습니다. 내면화하고 내면화하는 중에 어느 순간 쑥 자란 자신의 정신적 성숙을 마주하게 됩니다. 알뜰하게 결과를 도출하려 들지 않아야 합니다.

사고라는 것은 진(進)과 퇴(退)의 모순 중에 있습니다. 자람과 모자람이라는 모순적 갈등에서 사고는 확장됩니다. 성숙과 미성숙을 동시에 가지고 있습니다. 책을 보고 무언가 깨닫게 되었을 때 느끼는 성숙과 책을 읽으면 읽을수록 모르겠다는 미성숙에서 사고는 확장됩니다. 사고는 진과 퇴를 동시에 인정하는 일입니다. 모순을 인정해야 사고는 확장됩니다.

내 사고만이 옳다고 여기는 게 아니라 나와 다른 타인의 사고도 옳다고 여겨야 사고는 확장됩니다. 그래서 인문은 가르침이 되어서는 안 되는 것입니다. 사고의 틀에 갇혀 버린 인문은 더 이상 가치 없는 쓰레기입니다. 민주주의는 강요에 의해서 되는 게 아닙니다. 민주주의의 가치는 다양성의 존중입니다. 갈등의 존중입니다. 사고도 다양성의 존중에서 비롯됩니다. 사고를 확장하려면 관계 속에서 함께 하는 법을 배워야 합니다.

05

사고하는 힘을 키우는
책 읽기가 답이다.

우리는 지금까지 어떤 책 읽기를 했는지 돌이켜 보아야 합니다. 치유를 위해, 권력을 얻기 위해, 사고하는 힘을 키우기 위해 책을 읽었습니다. 인공지능 시대는 사고하는 힘을 키우기 위한 책 읽기에 집중해야 합니다. 강의 시 어떤 용어나 단어를 쓰면 스마트폰 검색하시는 분들이 보입니다. 지식과 정보는 검색을 통해 습득하는 게 자연스러워 졌습니다. 강의 시에 어떤 용어를 말하는 게 굉장히 부담으로 작용합니다. 자신의 눈앞에서 말하는 강사의 강의 의도보다 스마트폰 검색으로 정보와 지식을 하나 더 가져가는 게 중요한 청중들입니다.

우리가 책을 통해 가져갈 수 있는 것은 사고하는 힘밖에 없습니다.

그러나 사고하는 힘은 빠르게 만들어지지 않습니다. 당장 이익도 안 나옵니다. 그래서 대부분이 생각하는 책 읽기를 안 하게 됩니다. 비생산적이고 지겨운 일입니다. '그냥 힐링했어 뭐 어때서!' 과연 그렇다면 책 읽는 이유가 되나요? 힐링할 수 있는 다른 것도 많은데 꼭 책으로 할 필요가 있나요? 어설프게 책으로 포장하지 않았으면 좋겠습니다. 독서 경영이라는 말로 직원들을 현혹해서는 안 됩니다. 경영자의 경영 철학은 경영자 자신의 경영철학일 뿐입니다. 책을 가져다 쓰지 않았으면 합니다. 그렇게 책이 우상화 되면서 현실과 동떨어져 갑니다. 그것들이 책 읽는 것을 방해합니다. 책 읽을 시간이 없는 게 아니라 책 읽는 목적이 우상화로 학습되기에 거부하는 마음이 드는 겁니다. 사회, 문화는 책을 읽지 못하게 함으로써 사고하는 힘을 없애고 있습니다. 의도적이지 않다 하더라도 결과적으로 그렇게 되고 있습니다. 7장에서 다양한 독서모임을 설명합니다. 책으로 하는 독서모임도 많은 경우가 계모임으로 활용되고 있는 게 현실입니다. 사고하는 책 읽기 모임이 아닌 경우는 책모임이 아닙니다. 동네 아는 사람들끼리 계모임과 별반 없습니다.

아이들에게 책을 읽고 독후감을 쓰라고 합니다. 생각하고 썼는지 아닌지 보면 압니다. 줄거리만 주구장창 쓴 친구가 있는가 하면 붙여넣기만 한 친구도 있습니다.

아이들에게 "좋아하는 것"에 대해 시를 한번 써보라 한 적이 있습니다. 한 아이가 쓴 글을 보니 이게 현실일수 있겠구나 하는 생각이 들었습니다. 아이는 말 그대로 좋아하는 공룡을 나열했습니다. 티라노사우르스, 알로사우르스, 센트로사우르스……등 성인인 우리도 분석하고 나열하는 데만 익숙한 것은 아닌지 잠시 생각하게 만든 일화입니다. 생각은 없고 나열만 있습니다. 사고하는 책 읽기를 해야 합니다.

06

사고하는 책 읽기
종합선물 세트, 독서토론

혼자 읽으면 혼자 읽고 싶은 것만 읽습니다. 보고 싶은 것만 봅니다. 아무 말도 들으려 하지 않습니다. 읽고 싶은 것만 보고 싶은 것만 봅니다. 말하고 싶은 것만 주장합니다. 히틀러와 같습니다. 어떤 사람은 무수히 다양한 책을 읽어도 하는 말이 똑같습니다. 사회과학서를 보든 인문서를 보든 논어를 보고 오디세이를 보더라도 관점은 똑같습니다. 아는 것이 많아 보이지만 실상은 답답합니다.

사고의 재미를 느낀 사람들은 뭔가를 쓰고 싶어 합니다. 많은 생각과 사유를 거치고 나면 말하다 못해 뭔가 쓰고 싶어집니다. 욕구가 올라옵니다. 그래서 책을 읽으면 자연스럽게 쓰기로 이어지게 됩니다. 그런데 그렇게 올라온 쓰기 욕구를 사회가 강제합니다. 성취를 강제합니다. 평가로 나타납니다. 더 이상 글쓰기를 안 하게 합니다.

쓰는 행위가 거침없이 자연스러워야 하는데 쓴 다는 것이 무언가 거 창하고 평가되는 것으로 인지되면서 글쓰기가 굉장한 부담이 됩니다. 책 읽는 것을 그냥 취미로 읽어야 하듯 쓰는 것도 그냥 쓴다는데 의미를 두어야 합니다. 독서는 결과가 아니라 과정이 중요한 행위입니다. 책을 읽으면 분명히 쓰게 되는 게 자연스런 일입니다. 그렇지 못하다면 왜 그런지 성찰해야 합니다. 자신의 잘못된 독서습관이거나 글쓰기는 평가라는 트라우마 때문일지 모릅니다.

사고를 종합적으로 만드는 게 독서토론입니다. '책을 읽는다' 것은 독서토론을 해야 한다는 당위성을 포함합니다. 인간으로서 책을 읽는 이유 중 절대 버릴 수 없는 것이 사고, 즉 사고하는 힘을 기르는 것입니다.

사고하는 것은 혼자의 힘으로 한계가 있습니다. 그래서 우린 독서토론이 필요한 것입니다. 책을 읽기 위해서든 삶을 나누기 위해서든 지식을 얻고자 해서든 책과 함께 나누는 사람이 있어야 올바르게 책을 읽을 수 있습니다.

내가 보지 못한 뒷면까지 볼 수 있도록 도움 받는 첫 시작이 바로 독서토론입니다. 혼자 읽는 독서를 여러 사람과 같이 하는 것. 이것이 바로 독서토론입니다. 다양한 사람이 함께합니다. 그래서 여러 가지 규칙이 필요하고 말하는 방식도 필요하고 기준도 필요합니다.

발제와 참여자 모두가 골고루 말 할 수 있는 시간 기준도 필요합니다. 경청의 자세, 토론이 끝나면 마무리 쓰기를 하면서 생각을 만들어 가야 합니다.

처음 책을 읽으면서 그어놓은 형형색색의 줄과 끼적거린 짧은 글을 들고 독서토론을 통해 종합적으로 재해석하는 일까지 해야 합니다. 사고하는 사람은 분명히 독서토론 때 오갔던 대화를 적게 됩니다. 책 읽기는 쓰기를 포함하기 때문입니다. 그리고 집에 가서 내면화 하게 됩니다. 결코 억지로 더 많은 시간을 들이고 머리를 굴려야 하는 어려운 일이 아닙니다. 책 읽는 습관이 되면 따라붙게 되는 긍정적인 효과입니다. 책 읽으면서 독서토론하면서 자연스럽게 하게 될 분명한 행동입니다.

우리가 인문적 삶이라 일컫는 것은 나와 사회, 나와 인간, 내 존재 이유, 존재 가치를 잊어버리지 않고 자연을 관찰하고 사회를 감시하고 인간을 바라보며 나를 성찰하는 행위입니다. 그리고 함께 해야 합니다.

책을 읽는 것은 사고하는 삶으로 나아가게 합니다. 책 읽으면 내 존재 이유, 존재 가치를 생각하게 되고 사회를 바라보고 자연을 보게 됩니다. 자연스레 나를 성찰하게 됩니다. 그러나 독서토론으로 함께 하지 않는다면 히틀러와 별반 다르지 않습니다. 독서가 독이 되어 버립니다. 책을 읽는 다는 것은 함께 하는 일입니다. 독서토론으로 뛰쳐나가지 않는 책 읽기는 잘못된 독서 습관입니다.

함께 책 읽어야 사고가 확장됩니다. 미래 인공지능 시대에 필요한 인재는 사고하며 책 읽는 사람입니다.

책 읽기는 애초에
함께하는 공동 작업이다.

Reading The Thinking
Book is The Answer.

지금까지 인공지능 시대에 인성을 위해 진로를 위해 살아남기 위해 나로 존재하기 위해 일부분으로나마 삶을 변화시키기 위해 책을 읽는다고 했습니다. 그리고 사고의 확장이라는 측면에서 책은 절대적입니다. 책 읽기가 독서치료, 독서심리상담 같이 활용의 독서로 이용되고 있고 등단을 위한 책 읽기 중심으로 교육받아 왔습니다. 무언가 활용의 도구로써 책이 도구화되면서 나와 멀어지게 됩니다.

사고가 확장되면 쓰려는 욕구가 저절로 생깁니다. 지적 호기심은 쓰기를 자극합니다. 그런데 그 쓰기 욕구가 어릴 때부터 상 받기 위한 도구로써 누군가 보여줘야 하는 평가의 대상이 되면서 '쓰기 트라우마'가 생겼습니다. '글=얼굴' 이라는 강박 때문에 쓰기가 두렵습니다. 쓰기를 포기하니 책 읽기가 의미 없어지는 겁니다. 지적 호기심이 단절되었으니 당연히 책 읽기가 무의미한 것입니다.

책 읽어야 한다는 말을 무수히 들어왔습니다. 그런데 어떻게 책을 읽어야 한다는 교육은 받아본 기억이 없습니다. 전통적인 교육방식에서는 '무조건 책 읽어라'입니다. 책 읽다보면 스스로 터득하게 된다고 말합니다. 무조건 읽으라며 주장하는 자신들도 '이렇게 읽어라' 같은 교육은 받아본 기억이 없습니다. 정말로 무조건 읽으면 되는지 자신들도 확답 못합니다. 무책임한 말만 난무 합니다.

책장을 바라봅니다. 뭘 읽지? 한참을 고민 끝에 책을 읽었습니다. 의미를 모르겠어. 속 터집니다. 읽고 나서도 주인공 이름밖에 기억나지 않습니다. 답답합니다.

책 읽는 철학이 필요합니다. 사고를 위한 책읽기는 어떻게 해야 할까요?

책 읽기의 시작 : 습관과 환경

책을 통해 무언가 좋은 결과를 얻겠다는 생각을 버려야 합니다. 책은 지식 습득이 목적이 아닙니다. 일부일 뿐입니다. 치우치지 말아야 합니다. 아쉽게도 독후감 써서 제출해야 하고 잘하는 사람만 상 받고 이런 비교에 익숙하다보니 표현하는 게 굉장히 힘듭니다. 왜냐면 표현하는 게 평가의 대상이 되어 버렸기 때문입니다. 그림, 음악, 춤 등 시작하면 잘해야 한다는 압박감이 먼저입니다. 내 만족보다 너 만족이 우선되어 버렸습니다. 표현이 자유로워야 합니다. 그래야 창의적 사고를 할 수 있습니다. 객관주의적 인식론 즉, 주입식 교육은 창의적 사고를 저해합니다. 기준과 규칙이 정해진 대로 따르는데 창의적이 될 수 있겠습니까?

책을 잘 읽고 싶다면 무언가 얻어 가겠다는 마음보다 과정이 중요하다는 것을 인식해야합니다. 결과에 치중하면 읽는 중간마다 남아 있는 페이지가 얼마인지 읽는 수시로 확인하게 되고 끝내 참다못해 결론으로 훌쩍 뛰어넘는 경우가 많습니다. 아쉽게도 책 읽는 행위는 반드시 과정을 통해 결과로 따라 가야 합니다. 결과만 알고자 한다면 유튜브를 뒤져서 저자의 인터뷰를 찾으면 됩니다. 그런 경우 사고의 확장은 포기해야 합니다. 쉽게 얻은 정보는 쉽게 사라지기 때문입니다. 사고의 확장은 단기기억이 아니라 장기기억이 돼야 합니다. 오랜 기억으로 누적되어야 어느 날 갑자기 무언가 툭 튀어나옵니다. 단기기억은 내 생각이 아니라 남 생각입니다. 남 생각대로 살려면 그렇게 하면 됩니다. 책은 결과로 쉽게 얻어지는 게 아닙니다. 과정을 통해서만 얻을 수 있는 고된 노동입니다.

책 읽을 때 가장 먼저 선행해야 할 것은 안 쓰던 눈꺼풀 근육을 키움으로부터입니다. 책 읽는 습관부터 들여야 합니다.

책 읽는 습관
1. 즐기는 마음 (낭독과 낭송)

"디지털 치매"라는 말이 있습니다.

불쑥 부모님과 애인의 연락처를 물어봅니다. 그런데 부모님, 애인의 연락처가 기억나지 않습니다. 스마트 폰에 저장된 버튼 하나면 통화가 가능했기 때문입니다. 한번 갔던 길이 기억이 나지 않습니다. 내비게이션이 안내하는 대로만 갔기 때문입니다. 이런 현상을 '디지털 치매'라고 합니다. 우려하는 목소리가 많습니다.

책 읽을 때 낭독을 권유합니다.

정신건강의학과 전문인들이 낭독의 효과를 제안합니다.

'천천히 의미를 곱씹으면 긴장했던 뇌가 이완. 시각 · 청각 등이 함께 작용해 만족감이 상승한다. 운율 · 리듬에서 노래와 비슷한 즐거움을 느낀다. 정제된 언어를 통해 쌓였던 감정을 발산한다. 경청하며 내면을 들여다보고 삶을 성찰한다. 준비하고 낭송하는 과정에서 주인공이 되는 느낌을 받는다. 지식 · 정서를 공유하며 공감을 맛본다.'

큰 아들과 함께 책 읽는 시간을 가졌습니다.

한석봉 어머니가

"나는 떡을 썰 터이니 너는 글을 써라"고 했듯이

"나는 책을 읽을 터이니 너는 논어를 낭독 하여라"며 함께 책을 읽었습니다.

낭독하면 목소리가 풍부해지고 자세가 곧게 됩니다. 자연스럽게 배에 힘들 주게 되고 허리를 펴게 됩니다. 특히, 글 읽는 소리는 정말 듣기 좋습니다. 더 좋은 것은 그 모습을 보던 작은 아들이 읽기에 함께 동참했던 일입니다.

2. 묵독하지 마라. 독서는 체험이다.

도서관등에 가면 "조용히!"를 강조합니다. 민원 때문이죠. 공공도서관을 이용하시는 분들 대다수가 책 읽는데 방해된다는 이유 때문입니다. 개인적으로 '묵독 도서관' 문제라고 생각합니다.

묵독은 빨리 읽기가 핵심입니다. 음독이나 낭독은 읽기가 더딥니다. 성과가 더딥니다. 묵독으로 읽으면 낭독보다 최소 5배는 빠릅니다. 그래서 흘리는 게 많습니다. 집중도 떨어집니다. 성과 중심에서 벗어나야 합니다. 책 읽기가 성과가 되는 바람에 속도가 강조됩니다. 묵독은 혼자 하는 책 읽기입니다. 묵독은 장점이 전혀 없습니다.

이스라엘 예시바 대학 도서관은 시끄럽기로 유명합니다. 도서관에 가면 서로 마주보고 1:1토론을 하고 있습니다. 여기저기서 1:1로 열띤 토론을 하고 있습니다. 성경만이 토론 대상이라는 한계는 가지고 있지만 방식은 수용할 필요가 있다고 생각합니다. 2015년 쯤 유대인의 토론 방식을 두고 '하부르타 교육법'이라고 부모들에게 유행처럼 지나간 적도 있었습니다. 현재는 책을 토론 방식으로 적용하여 '하부르타 독서토론법'으로 활동하는 분들도 있습니다. 찬·반형 토론으로 제한된 점이 아쉽기는 하지만 함께 하는 책읽기라는 점에서는 긍정적입니다. 계속 말해왔지만 책은 혼자 읽는 행위가 아닙니다. 함께 토론하는 책 읽기는 최고의 독서법입니다. 독서는 함께 하는 체험입니다.

3. 뜯고 붙이는 게 중요한 게 아니다.

'북 아트'나 '책표지 만들기' 같은 프로그램들이 있습니다. 그런 교육은 책 읽기로 연결되지 않습니다. 단순한 미술 활동일 뿐입니다. 유치원에서 이야기 할머니들의 동화구연을 통해 아이들이 책 읽는 활동으로 이어진다는 개연성은 없습니다. 동화구연은 하나의 연극 관람입니다. 아이들에게 책 읽는 습관을 키우려고 다양한 책 관련 프로그램에 참여하지만 책 읽기는 말 그대로 책을 읽는 행위로만 가능합니다. 책은 무조건 읽는 겁니다. 독서 흥미유발을 위한 프로그램은 없습니다.

4. 수다장이 엄마가 아이를 올바르게 키운다.

평상시 또는 책 읽어줄 때 수다장이 엄마를 보며 자라는 아이들은 상대적으로 풍성한 감성과 인성을 배웁니다. 풍부한 어휘력을 자연스레 습득하게 됩니다. 책 사주고 동화구연 녹음기를 틀어준다고 어휘력이 늘어나는 게 아닙니다. 좋은 교육 TV프로그램을 본다고 인성이 좋아지는 게 아닙니다. 아이들은 엄마를 보고 배웁니다. 여기저기 조잘조잘 떠들고 다니는 엄마로부터 감성과 인성을 배웁니다.

수다로 책 읽어줄 때 조심해야 할 부분이 있습니다. 책 질문하면 안 됩니다. 엄마가 그림책 읽으며 느끼는 날 것 그대로 중얼거리면 됩니다. 생쥐가 몇 마리 있는지 생쥐가 공부하고 있는지 노는지 일하고 있는지 물어봐서는 안 됩니다. 공부하고 있는 생쥐를 직설적으로 칭찬해서도 안 됩니다. 엄마가 본 그대로 중얼거리기만 해야 합니다. '어머 생쥐 3마리가 있네, 흰 생쥐는 공부하고 있고 검정 생쥐는 응차응차 열심히 일하고 있고 노랑 생쥐는 공놀이 하네. 흰 생쥐 너무 귀엽다. 눈도 크고 꼬리는 길고 검정 생쥐는 연탄 같아……'등 다양한 어휘를 발산하시기만 하면 됩니다. 아이들은 엄마의 입을 보고 귀로 듣고 함께 한다는 안정감만으로도 수많은 어휘를 배웁니다. 감성을 배웁니다. 아이가 잘 듣고 있는지 알고 있는지 알려고 하지 마십시오. 아이들은 잘 듣고 있습니다. 자신이 의도하는 질문만 안 하면 됩니다. 그저 당신이 읽는 대로 느끼는 대로 수다만 떨면 됩니다. 그게 어린 아이들의 책 읽기 시작입니다.

5. 권장도서 100권 도전 하지 마라.

중국 주나라에서 송나라에 이르기까지 고시와 고문을 편찬하여 만든 책『고문진보』에 당시 귀족 자녀 교육에 대하여 일침을 가하는 이야기가 적혀 있습니다.

　네 새끼는 훌륭하게 키우려고 유명한 선생을 불러다가 공부시키면서 정작 당신은 왜 안 배우는가? 음악 하는 천민들도 스승의 가르침을 배우려고 불철주야 노력하는 것이 보이지 않느냐. 그런데 당신들은 유가의 군자라고 나불락 거리기만 하고 왜 배우려 하지 않는가! 군자라는 족속들이 '에헴!' 하고 털고 앉아서 이자는 나보다 학벌이 안 되고 저자는 나보다 나이가 어리다고 하면서 거만만 떨고 있구나. 왜 배우려고 하지 않느냐, 네 자식이 잘되기를 바라면 너도 공부해라.

　마찬가지로 한국의 고전평론가 고미숙 작가의 『호모 쿵푸스』라는 책에 소개된 글입니다.

　그런 점에서 부모들 역시 마찬가지다. 왜 부모들은 공부하지 않는가? 사교육비를 벌기 위해 갖은 고생도 마다않고, 심지어 기러기 아빠가 되는 일까지 다 감수하면서 정작 자기 자신은 왜 공부를 하지 않는가? 공부가 그렇게 중요하다면 부모들이 앞장서서 공부를 해야 하지 않을까? 자신들은 공부를 접었으면서 자식들한테만 공부를 강조하는 건 어불성설이다.

수천 년전이나 지금이나 부모 자신과 자녀 교육관은 변한 게 별로 없는 가 봅니다. 고문진보의 한유 선생의 쓴 소리와 고미숙 작가의 일침은 하나로 관통합니다.

"부모가 공부하는 모습을 보여라. 먼저 책 읽어라."

자신은 컴퓨터로 게임을 하고 쇼핑을 하며 스마트 폰으로 SNS에 바쁘고 TV를 보며 누워있으면서 아이들에게 공부하라고 합니다. 자신은 책 읽지 않으면서 아이들에게 책 읽어야 한다고 말합니다. 학생들도 학교에서 진 빠지게 공부하고 집에 옵니다. 쉬고 싶습니다. 부모가 가족 먹여 살리기 위해 일한다고 혼자만 고생하는 게 아닙니다. 자기는 일했으니 괜찮고 아이들은 안 괜찮다고 합니다. 아이들은 보이는 현상만 믿습니다. 아빠는, 엄마는 놀면서 나는 공부하래!!!

아이가 책 읽기를 바란다면 부모 자신이 먼저 책 읽는 모습을 보여주십시오. 그게 책 읽는 시작입니다. 본인도 100권 못 읽으면서 아이들에게 시키지 마십시오.

독서선행은 의미 없습니다. 아무리 IQ가 높고 글자가 작은 책도 읽을 수 있다고 『주역』을 읽힐 수 없습니다. 삶의 경험과 지식이 쌓여야 책으로부터 깨달을 수 있습니다.

6. 기타

유아 시절엔 '꽃이 덤빈다.' 라는 식으로 나를 사물화 시킵니다. 상상력이 풍부하면 관념을 이해합니다. 사랑, 우정, 행복, 자유를 가르쳐 주고 싶으면 나를 사물화 하여 표현하도록 최대한 배려해야 합니다.

능동적인 책 읽기 습관은 문장에 매이지 않는 것으로부터입니다. 즉 지식습득이 우선이 아닌 겁니다. 소리와 몸 표현, 단어표현이 더 중요합니다. 책을 읽고 줄거리가 어떻고 어떤 정보를 알았는가가 중요한 게 아니라는 말입니다. 책을 읽고 난 후 느낀 감정을 춤으로 노래로 그리고 낭독과 낭송으로 즐거운 놀이가 되어야 합니다. 그래야 인공지능 시대에 필요한 인성과 감성 그리고 사고력이 증대할 수 있습니다.

책 읽는 환경
1. 하드웨어는 중요한 게 아니다.

책을 사고 옆집에서 책 사면 나도 또 사고, 거실에 책장이 기본 2개씩은 있습니다. 책 사면 관련 강좌 듣고 활용법 듣고 열정이 생기고 아이들에게 적용시킵니다. 주변에 책을 두면 아이들이 자연스럽게 책과 친해질 것이라 생각합니다. 맞는 말일수도 있지만 아닌 경우도 많습니다. 아이가 어릴 때 '은물'이나 '가베'는 기본이고 '오르다'같은 하드웨어를 준비 했을 겁니다. 선생님이 방문하여 활용법을 교육합니다. 그러나 하드웨어가 좋아도 소프트웨어가 따라가지 않으면 쓸모없습니다. 컴퓨터 사양이 좋다고 컴퓨터 활용 잘 하는 게 아니듯 말입니다. 선생님이 교육하든 부모가 직접 하든 함께 한다는 것이 중요하다는 겁니다. 아이들이 함께, 할머니와 함께, 부모와 함께 하는 소프트웨어가 더 중요합니다. 책도 시장논리에 의해 홍보ㆍ전략화 되어 침탈되었다는 점을 인지해야 합니다. 책이 주변에 많은 게 중요한 게 아니라 어떤 식으로 책을 읽도록 할 것인가가 중요한 겁니다. 하드웨어에 치중된 소프트웨어는 어느 순간에 쓸모없어지고 또 업그레이드 된 하드웨어만이 불필요하게 향상됩니다. 지속적인 자본 지출을 요구함에도 전혀 의심 없이 당연하다 여기는 생각 자체를 의심해 봐야 합니다.

2. 책 읽는 모습을 보여라. 눈속임은 2학년 까지만 통한다.

요즘 아이들이 영악하다는 소리를 많이 듣습니다. 이 말은 아이들도 알건 다 안다는 얘기입니다. 젊은 부모들도 자신들이 모범을 보여야 한다는 점을 인지하고 있습니다. 그래서 TV 시청을 안 하는 척 책 읽는 시늉을 합니다. 책 속에 스마트 폰을 숨겨놓습니다. 몰래 스마트 폰으로 SNS를 하고, 쇼핑을 하고, 게임을 하고, TV를 보고 있습니다. 아이들은 부모를 지켜보고 있습니다. 거짓된 행동을 알고 있습니다. 눈속임은 초등학교 2학년까지가 한계입니다. 부모는 하지 않으면서 아이들에게 시키지 마십시오. 만약, 자기가 자신이 없다면 아이들도 스마트 폰을 허용해야 합니다.

3. 스마트폰 처음부터 주지 말던가.

스마트 폰 사용에 대한 관리는 스스로 느낄 수 밖에 없는 일입니다. 아이들과 조건부 협상을 합니다. '성적 오르면 하게 해주께'라고 약속하고, 스마트 폰 만지면 빼앗기를 반복합니다. 아이들은 이미 스마트 폰의 매력에 빠져 있습니다. 부모들이 스마트 폰 없이 살수 없듯 아이들도 마찬가지입니다. 따라서 애초에 스마트 폰을 아이에게 주지 말던가 이미 사용하고 있다면 어쩔 수 없이 실랑이는 각오 해야 합니다.

4. 초등학교 3학년이 되면 책 읽는 아이 옆에 붙여라.

아이가 초등학교 3학년이 되면 엄마의 화려한 시대가 끝납니다. 이 시기쯤 오면 사회성이 중요해 집니다. 엄마보다 친구가 좋습니다. 아이들끼리 모여 함께 하려고 합니다. 마찬가지로 엄마의 책 읽어주기 보다 아이들이 함께 책 읽는 것을 좋아합니다. 아이의 독서 습관을 유지해 주려면 책 읽는 아이들과 함께 하는 환경을 조성해 주어야 합니다.

자신의 경험과 관점이 틀린 것은 없습니다. 단지 얼마만큼 좀 더 넓게 만졌는가의 문제 입니다. 그래서 우리는 토의하고 토론을 해야 합니다. 책으로 만났으므로 독서토론을 하게 되는 것입니다. 이제는 협력의 시대가 도래했기 때문에 결코 혼자 잘나서는 의미 없습니다. 지식과 정보는 공유되어 누구에게나 열려있기 때문입니다. 차별성이 없습니다.

아이들도 독서모임에 보내야 합니다. 단, 비경쟁으로 유도해야 합니다. 경쟁중심인 토론으로 하는 경우가 많은데 지금은 아닙니다. 우리 부모들도 아직까지 남의 생각을 경청하는 문화가 형성되지 못했습니다. 부모 자신이 경쟁심을 버리지 않고서는 경쟁식 토론을 권유할 수 없습니다.

어린이 도서관 봉사를 하시는 분들과 이야기를 나누면서 도서관 문화의 변화를 들었던 경험이 있습니다. 몇 년 전만 해도 엄마와 아이만 도서관에 출입했다고 합니다. 그런데 갈수록 엄마 아빠와 함께 오는 아이들이 많아진다고 합니다. 부모가 모범이여야 한다는 것을 깨달은 가정이 많아지고 있다는 겁니다.

그런데 책 선정에서 다툼이 일어나는 경우가 많다고 합니다. 아이가 읽고 싶은 책과 엄마가 추천하는 책이 다르고 아빠는 무관심합니다. 최근 '북 스타트' 운동이 활성화 되면서 엄마의 정보습득 능력을 바탕으로 아빠를 끌고 오지만 아빠는 어정쩡하게 시간만 보냅니다. 아이는 도서관을 돌아다니다가 자기가 읽고 싶은 책을 보고 싶은데 정보가 충만한 엄마는 어디선가 추천한 책을 권합니다.

아이는 자기가 읽고 싶은 책을 읽도록 만들고 엄마는 자신이 추천하는 책을 읽어야 합니다. 자기가 읽고 싶은 책을 골랐다는 것은 아이 스스로 '자기주도학습'을 하고 있다는 겁니다. 여기서 모범을 보여야 합니다. 자기는 읽지도 않는 책을 왜 아이에게 읽으라고 하나요?

자녀를 잘 알고 있다고요?

『나는 가해자의 엄마입니다.』 저자 수 클리볼드는 1999년 4월 20일 열 세 명의 사망자와 스물 네 명의 부상자를 낸 콜럼바인 총격 사건의 가해자 두 명 중 한명인 딜런 클리볼드의 엄마입니다. 아이는 수많은 사망자와 부상자를 만든 후 끝내 자살하고 맙니다.

엄마는 아이를 누구보다 잘 안다고 생각했습니다. 그녀는 사건 발생 후 16년이 지날 동안 왜 이런 일이 벌어졌는지 마음 깊숙한 곳에서 부터 끝없는 성찰을 하며 그 원인을 찾아갑니다. 수 클리볼드는 '내 아이를 알지 못했다'는 것을 깨닫습니다. 아이가 우울증을 심하게 앓고 있었으며 홀로 힘겨운 싸움을 하고 있었음을 알지 못했다는 것 때문에 그녀는 괴로워합니다.

최근 발생한 부산 여중생 폭력 사건(2017년 9월)하면 뭐가 먼저 떠오르나요? '쟤 부모는 누굴까?' '도대체 아이를 어떻게 키운 거야' 라고 할 겁니다. '심한 학대와 방치한 것은 아닌가?' '부모가 무관심하고 무책임하고' 그렇게 확신할 겁니다. 또는 엄마가 아주 신경질적이거나 숨 막히게 하는 사람이거나 아니면 무기력한 사람이겠거니 생각할 겁니다. 마찬가지입니다. 수 클리볼드도 그날이 발생하기 전까지는 그렇게 생각했었다고 고백합니다. 누군가의 자식이 흉악한 범죄를 일으키면 그 부모가 누군지가 궁금했었다고 했습니다. 하지만 그 흉악한 범죄자가 내 아이가 되자 생각이 완전히 달라집니다.

그녀는 아이를 잘 키우기 위해 많은 일을 합니다. 아이가 태어난 순간부터 육아일기를 썼습니다. 관심 가지고 매순간 어떻게 키워왔는지 상세히 기록에 남겼습니다. 아이와 함께 영화를 관람하고 TV를 시청하고 책도 읽어주고 기도하고 안아주면서 아이를 재웠습니다. 아이를 잘 키우기 위해 석사학위를 딸 때는 아동발달과 아동심리 과목을 공부합니다. 이기는 것과 마찬가지로 지는 법을 가르치기 위해 함께 게임도 합니다. 아이를 위해 자연에서 상상력을 키우라고 작은 소도시인 콜럼바인으로 이사 옵니다. 아빠와 자전거를 함께 타고 야구를 했습니다.

정말 아름다운 가정아닌가요? 모두들 이런 양육방식으로 키우려고 노력하지 않습니까? 아이와 부모가 함께 하는 모습 행복한 가정 이였습니다. 그랬던 아이가 가해자가 되고 자살을 합니다. 왜 살인과 자살이라는 충격적 결말로 이어졌을까? 십수 년의 성찰을 통해 수는 고백합니다. "사랑만으로는 충분하지 않다"고 말입니다.

이 책은 옮긴이의 말처럼 세 가지를 고민하게 만듭니다.

첫 번째, 부모들이 지식과 정보로 습득한 책 정보, 양육 정보가 많아질수록 오히려 확신하지 못하고 자신감을 잃고 있다는 겁니다.

뭐가 맞지? 혼란스럽습니다. 사회는 이런 불안감을 간파하고 공격적 마케팅으로 육아를 경주와 경쟁으로 만들어서 무언가 아이를 위해 안 하고 있다는 불안감을 더욱 조장하고 있습니다. 결국 불안을 자본화 합니다. 옆집에 책사면 하다못해 같은 책이라도 사줘야 합니다. 옆집에 아이가 100권 읽기하면 내 아이도 해야 합니다. 육아가 경주가 되었습니다. 그러니까 더 혼란스럽습니다.

이 혼란의 근본 원인이 무엇인가요? 아이를 아직 완성되지 않은 존재로 여기기 때문입니다. 빨리 완성시켜야 험한 세상에서 성공할 수 있다는 부모의 욕심 때문입니다. 선행도 그런 맥락입니다.

부모는 육아 전문가의 의견을 지식과 검색을 통해 듣습니다. 전문가들이 말합니다. '이럴 땐 이렇게 하세요. 저럴 땐 저렇게 하세요.' 그런데 그게 정답인가요? 아닙니다. 인간이란 단순한 게 아닙니다. 명확성에 근거하여 결정 내릴 수 없는 게 인간이며 아이입니다. 그런데 자꾸 전문가라는 사람들에게 의존한다는 겁니다.

두 번째, 육아책은 "보통 아이"를 정해놓고 이야기 합니다.

이 말은 뭡니까? 인간이 너무나 복잡하니까 그냥 단순화 시켜 버립니다. '보통 아이'라는 가정을 결정하고 설명합니다. 그래서 어쩝니까? 전문가라는 사람들, 유아 책 교제들이 정해놓은 보통아이의 틀에 맞춰서 아이를 바라보고 잘 크고 있는지 판단하고 있다는 겁니다. 물론 교제나 전문가들도 아이들 성향에 맞춰서 얘기하기도 하긴 합니다만 분명한 것은 한계가 있습니다. 인간은 뭐라고 규정할 수 없는 존재이기 때문에 명확한 것은 없습니다.

인간을 설명할 때, 나를 이해할 때 가장 많이 활용되는 대표적인 세 가지가 있습니다. MBTI, 애니어그램 그리고 사주 명리학이 그것입니다.

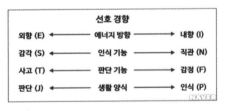

MBTI의 4가지 선호 지표(Myers, Kirby, & Myers, 1998)

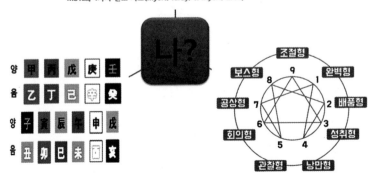

과학에서 증명이 가능한 경우의 수는 5차방정식까지 입니다. 5가지 경우의 수가 넘어서면 통계이며 비과학적이 됩니다. 극단적으로 표현하자면 6가지 경우의 수부터는 미신입니다.

인·적성 검사 때 많이 쓰이는 것이 MBTI입니다. 프로이트, 아들러와 함께 세계 3대 심리학자인 융으로부터 시작한 연구결과가 MBTI로 만들어 졌습니다. MBTI는 약 15년의 이론 연구와 약 15년의 임상실험을 거쳐 30년이 넘는 연구결과로 이론이 정립됩니다. 인간의 기질을 외향(E), 감각(S), 사고(T), 판단(J)과 상대적인 기질로 내향(I), 직관(N), 감정(F), 인식(P)로 구분하여 총 16가지로 인간의 기질을 해석합니다. 그러나 과학적 기준으로 보면 MBTI도 미신입니다. 비과학적입니다. 단지 수 십년동안 많은 사람들의 연구와 임상실험을 통해 정리된 이론이므로 그 공로를 인정할 할뿐입니다. 다시말해 MBTI 결과를 전적으로 믿으면 안 됩니다.

애니어그램이 있습니다. 그 기원은 고대 그리스부터 시작되었다는 설이 유력하지만 명확하지는 않습니다. 애니어그램은 '9개의 점으로 이루어진 점'으로 해석하는데 오스카 이카조가 고대로부터 이어온 애니어그램을 인간의 성격유형과 접목시키면서 정립된 이론입니다. 인간의 기질을 완벽형, 베품형, 성취형, 낭만형, 관찰형, 회의형, 공상형, 보스형등 9가지 성향으로 분석합니다. 마찬가지로 애니어그램도 비과학적입니다.

다음에 우리에게 가장 익숙한 사주명리학이 있습니다. 사주 명리학은 MBTI와 애니어그램보다 황당합니다. 사주명리학은 인간을 518,400(60년*12월*30일*12간지)가지로 구분합니다. 9가지 경우의 수를 넘어서고 16가지 경우의 수를 훌쩍 넘어섭니다. 그래서 특히나 사주명리학은 미신으로 치부됩니다.

카이스트 교수님과 우연히 대화를 한 적이 있습니다. 그도 주역을 공부한다는 깜짝 놀랄 얘기를 듣게 됩니다. 공학박사이며 가장 과학적 이여야 할 그가 왜 주역에 관심을 갖고 공부하는지 언 듯 이해하기 어려웠습니다.

그는 "사실 과학으로 증명하고 규정하는 것은 한계가 있다. 과학도 절대적인 것이 아니다. 증명되는 또 다른 이론이 나오면 기존 과학은 파기된다. 과학을 하면서 증명하지 못하는 한계는 관념적 사고로 접목해야 한다. 그래서 주역을 공부하게 되었다."고 말했습니다. 그는 사주 명리학에도 이해도가 높았습니다.

과학은 5가지 경우의 수가 넘어서면 비과학적이라고 했습니다. 다시 말해 인간을 이해하려는 MBTI, 애니어그램, 사주 명리학은 비과학적입니다. 그러나 증명할 수 없다고 없는 것은 아닙니다. 과학적으로 규정할 수 있는 한계 범위를 넘어섰기 때문에 비과학적인 것입니다.

"나"라는 것을 생각해 보겠습니다.

사주 명리학으로 해석하면 굉장히 범위가 넓어지므로 오행(五行)으로만 해석해 보겠습니다. 오행은 인간 기질을 "목화토금수(木火土金水)" 5가지로 구분한 것입니다.

책을 읽고 계신 분들 모두 자신 즉 "나"가 있습니다. 그리고 내 아이들도 "나"가 있습니다. 내 부모들도 "나"가 있습니다. 매년 토정비결을 봅니다. 무당집 빼고요. 잘 가는 곳 하나씩은 있을 겁니다. 거기가면 상담자(스님, 명리학자등)가 제일 먼저 뭘 묻죠? 자신의 생년월일 그리고 부모님을 묻습니다. 그리고 아이가 있으면 아이까지 사주를 넣습니다. 왜 그럴까요? 자기 토정비결을 보러갔는데 왜 윗사람과 자식 사주까지 함께 볼까요?

내 부모의 기질 즉 부모의 사주가 나에게 작용되고, 내 기질이 아들의 기질에 영향을 미치기 때문입니다. 부모인 나와 자식인 나는 서로 밀접한 관계가 형성될 수밖에 없습니다. 따라서 기본적으로 부모 사주, 내 사주, 자식 사주를 함께 봅니다. 내 사주는 살아오면서 형성된 인간관계 때문에 변할 수 있기 때문입니다. 가장 많은 영향을 미치는 사람이 부모나 자식이기 때문에 사주는 함께 보는 겁니다.

木 강직, 직진, 명예, 자기애

金 철저한 계획, 이성, 결단력

火 실천가, 유머, 인정욕구, 웅변가

水 지혜, 이타, 알아서 흐른다.
관찰, 현실주의자

土 뜻 모를 자신감. 중재(포용력),
상담가

통상 사주볼 때 타고난 성격 기질은 천간의 "일주"로 해석합니다. '나는 물기운 이래, 불기운 이래' 라는 이야기를 들었을 겁니다. 내가 태어난 천성을 말합니다.

명리학자마다 해석이 같으면서도 다른 부분이 많기 때문에 정해진 바는 없으나 개괄적으로 분석한 것을 정리하면 아래와 같습니다.

오행	기 질	꿈
목(木)	자기애 강함. 시원시원하고 사심이 없고 솔직. 남의 눈치를 안보는 성격. 강직, 명예. 주변사람과 우호적이지만 크게 미련 가지지 않는다. 단, 자기 가족은 끔찍하다.	명예지향
화(火)	유머 감각 있고 달변가. 겉모습 화려 잘 꾸민다. 지기 싫어한다. 인정욕구가 상대적으로 강하다.	공부지향
토(土)	뜻 모를 자신감. 어느 한쪽에 치우지지 않는다. 그런데 다르게 생각하면 여기저기에 흡수. 양쪽 말 다 들어보고 결정. 다소 진득함. 은근하고 끈끈한 의리. 대화가 재미없다. 들어주는 사람 (포용).	자신감
금(金)	정확하고 분명. 기면 기고 아니면 아니다. 의리가 있고 도리를 따진다. 계산이 정확하고 분명한 것을 선호(독일인) 옳고 그름으로 토론하기를 좋아한다.	일 중심

수(水)	현실주의자. 주변과 융화하는 둥글둥글한 사람. 주변인을 도우려는 게 우선. 힘든 상황도 뭐 그래도 어쩌겠어 하고 상황에 순응	돈 지향

사람마다 타고난 기질은 있습니다. 그런데 정해진 사주대로 되지 않습니다. 왜냐면 인간관계에는 상극과 상생관계가 존재하기 때문입니다. 상극은 부정적인 영향을 미친다는 뜻이고 상생은 긍정적인 영향을 미친다는 뜻입니다.

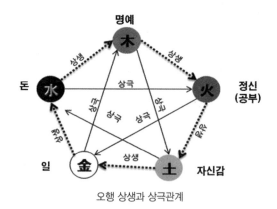

오행 상생과 상극관계

아이가 화(火)의 기질이라고 가정합니다. 이 아이는 인정욕구가 강하고 지기 싫어하는 기질을 타고 났습니다. 엄마는 목(木)기질입니다. 엄마는 강직하고 명예 지향적입니다. 따라서 아이를 양육할 때 1등을 지향합니다. 아이는 엄마에게 인정받기 위해서 그리고 이기기 위해 더욱 열심히 공부하게 됩니다. 아이에게 엄마는 상생의 관계가 됩니다. 만약 엄마가 수(水)기질입니다. 공부는 흘러가는 대로 하면 됩니다. 아이에게 공부하라고 닦달하지 않습니다. 아이가 열심히 하면 열심히 하는 대로 안하면 안하는 대로 믿고 맡깁니다. 아이는 목표가 없으므로 공부할 의욕이 나지 않습니다. 아이에게 엄마는 상극입니다.

아이가 독립할 나이가 되었습니다. 아이의 미래는 어떻게 변할까요? 목 기질의 엄마와 수 기질의 엄마의 양육방식 차이는 분명히 아이의 미래를 달리 변화시킬게 분명합니다. 타고난 기질이 엄마와의 관계로 인해 변하게 되는 겁니다. 부모 때문에 답답한 학창생활을 할 수도 있고 즐겁고 성취감 있는 학창생활일 수 있을 겁니다.

만약 같은 성질끼리 만나면 어떻게 될까요? 엄마도 수 기질이고 아이도 수 기질이면 너무 사이가 좋습니다. 서로 위하고 서로 한 치도 떨어지고 싶어 하지 않습니다. 왜냐면 물과 물은 본능적인 이끌림으로 하나가 되려는 기질이 있기 때문입니다. 아이가 남자라면 성인이 돼서도 독립하지 못할 겁니다. 결혼하면 고부갈등이 심할 확률이 높습니다.

타고난 기질에 따라 "자기계발서"는 독이 되거나 약이 될 수 있습니다. 통상 자기계발서는 열정을 강조하거나 냉정을 강조합니다. 10년 전에 선풍을 불러일으킨 아침형 인간, 스티브잡스의 스탠버스 대학 졸업연설의 "열정"은 일부에는 맞지만 대다수에게는 맞지 않는다는 것을 인지해야 합니다. 열정은 "화" 기운을 강조합니다. 수 기운이 있는 사람은 비판적으로 지적합니다. 흘러가는 대로 흐르게 되어 있는데 억지로 강요하니 자신과 맞지 않습니다. 화 기운을 가진 사람만이 '나도 할 수 있어'라며 긍정적으로 받아들이고 그대로 실천하려고 노력합니다. 불과 상극인 금 기운이 있는 사람은 열정 때문에 위축됩니다. 왜냐면 타고난 기질이 그만한 감정적 열정이 없는데 억지로 일으키려야 한다고 하니 자신감이 상실되는 겁니다.

인간은 뭐라고 규정할 수 없는 존재이기 때문에 명확한 것은 없습니다. 그런데 전문가들이나 육아책에서 '보통 아이'라고 규정한 후에 양육을 이야기 하니 아이도 힘들고 엄마도 힘든 겁니다. 인간은 결단코 보통으로 규정할 수 없는 존재입니다.

세 번째, 아이의 행복을 나의 존재 가치와 일치 시킨 다는 겁니다.

아이 성적이 오르면 내가 왜 행복해 합니까? 아이가 전교 1등하면 행복하고 전교 50등 이면 불행한가요? 아이는 부모의 소유가 아닙니다.

『나는 가해자의 엄마입니다.』는 육아의 책임이 부모에게 있는 게 아니라 사회에 있다고 결론짓습니다. 아이는 혼자 키우는 게 아니라 사회가 다 같이 키운다고 생각하면 불안과 경쟁을 조장하는 사회 속에서 이기적인 육아에 빠지지 않고 숨을 쉴 수 있을 것이라고 말입니다.

책 읽는 것도 마찬가지입니다. 책도 사회적 관계로 형성되어야 합니다. 책 읽지 않는 것은 혼자만의 문제가 아니라 사회적인 문제입니다. 책 읽지 않는 문화는 사회적 책임입니다. 불안과 경쟁이 혼자만 읽어서 타인보다 더 많은 것을 아는 도구로 가치를 두었습니다. 독서가 성적이 되고 스펙이 되었습니다. 결과 중심적인 책 읽기로 아이들을 강요하는 것은 아닌지 고민해 봐야 합니다. 독후감을 쓰고 상 받는 책 읽기가 목적은 아닌지 돌이켜 봐야 합니다. 경쟁에 지쳐버린 아이들이 한살한살 커 갈수록 책을 멀리합니다. 학습을 통해 책 읽는 게 즐거운 일이 아니라고 결론 내려 버리기 때문입니다. 자신이 투여한 시간만큼 효과적인 생산물을 얻어야 하는데 독서는 당장 무언가 툭 튀어나오지 않는 비효율적인 노동이기 때문입니다.

책 읽기는 결과에서 벗어나야 합니다. 결과를 벗어나는 책읽기가 바른 독서법입니다.

작가들이 말하는 혼자 하는
독서법과 독서능력 향상법

책 읽는 습관은 어릴 때 만들어져야 합니다. 교육전문가들은 만 12세까지 독서습관이 형성되지 않으면 성인이 되어서도 책 읽기 어려워진다고 말합니다. 책 읽는 습관이 베여있는 아이한테 스마트 폰 30분만 하고 책 읽으라고 하면 정확히 30분만 하고 책 읽습니다. 하지만 그렇지 못한 아이는 강제하지 않으면 30분이 한 시간되고 한 시간이 두 시간 됩니다. 시간 통제가 안 됩니다. 어차피 아이들이 스마트 폰의 매력에서 벗어나지 못한다면 스스로 통제할 수 있도록 해야 합니다. 그것이 최선입니다.

아이들은 독서 습관과 환경을 조성하는 게 우선이라면 성인의 독서법은 어떻게 하면 좋을까요?

작가들이 말하는 혼자 하는 독서법

유명 작가로 알려진 분들의 책 읽는 법을 간략하게 소개해 봅니다. 이지성 작가인 경우 책을 읽을 때 통독-정독-필사순으로 해야 한다면서 특히, 필사를 권유합니다. 김병완 작가인 경우 독서노트를 강조합니다. 그는 100권의 책을 읽는 것보다 1~2권이라도 3, 4번 생각하며 읽게 되면 사고와 경험의 도약이 크게 향상된다고 합니다. 이동우 작가인 경우 과거에서 교훈을 얻고 현재의 감각을 익히고 미래를 대비하기 위해 9개 분야를 정한 후 골고루 읽는 균형 잡힌 독서법을 강조합니다. 9개 분야는 국제정치경제와 금융, 리더십, 트렌드, 재테크, 인문학, 심리학, 자기계발, 미래학, 융합과 크로스오버입니다. 다이애나 홍은 처음 읽을 때 밑줄을 긋고, 두 번째는 형광펜을 긋고, 마지막은 포스트잇을 붙여 중요한 부분에 표시하며 읽기를 권유합니다. 박상배 작가는 책을 읽었는데도 삶에 아무 변화가 없는 것은 책을 제대로 읽지 못했거나 읽었어도 읽은 것으로만 끝냈기 때문이라며, 내 관점이 아닌 저자의 관점에서 책 읽기를 주장합니다. 박웅현 작가는 체화하지 못한 책 읽기는 의미가 없다고 하면서 읽은 뒤에 꼭 정리하고 몸으로 체화하는 데 더 공을 들여야 한다고 말합니다.

독서능력을 올려주는 읽기 법

꼼꼼하게 읽어 이면에 숨은 뜻까지 캐내는 읽기 방법은 천천히 읽기, 재미있는 책읽기를 위해 주인공과 내가 일체가 되는 느낌으로 상상하며 읽기, 화가가 이미지를 그려내듯 장면을 연상하며 읽기, 작가는 왜? 라는 의문을 품으며 읽기, 대립 구조로 읽기, 규칙성을 찾는 읽기, 분석적으로 읽기, 누군가에게 설명하듯 읽기, 추측하며 읽기, 비판하며 읽기, 논리적으로 읽기 등이 소개되고 있습니다.

작가들의 독서법과 독서능력을 올려주는 읽기 등 다양한 방법이 간략하게 나열했습니다. 이들이 제안하는 혼자 읽는 독서법을 바탕으로 자신에게 맞는 독서법을 찾아 보셨으면 합니다.

책 읽기는 애초에 함께하는
공동 작업이다.

책을 읽는 다는 것은 혼자 하는 행위가 아닙니다. 책은 소통입니다. 대화하기 위한 도구입니다. 작가와 내가 대화하기 위해서 나와 토론 참여자들과 대화하기 위해서 소통하기 위해서 책을 읽는 것입니다. 혼자 읽고 고개 끄덕이고 마지막 페이지를 덮고 끝내는 행동은 굉장한 아쉬움만을 남겨둡니다. 다른 사람은 어떻게 읽었을까? 를 염두하고 책을 읽어야 합니다. 아무리 내가 1,000권의 책을 읽었다고 하더라도 자신은 모자란 존재라는 것을 깨닫게 됩니다. 알면 알수록 모르는 것 투성이 입니다. 그래서 다른 사람을 만나야 합니다. 타인과 관계함으로써 사고가 확장됩니다. 책 읽기는 누군가와 함께 나눈다는 생각으로 읽어야 합니다. 누군가와 대화를 해야 하므로 허투루 책을 읽으면 안 됩니다. 어설프게 책을 읽는 것은 상대방에 대한 예의가 아닙니다. 상대방은 성심껏 책 읽어 왔는데 내가 어설프게 준비할 수 없습니다.

좀 더 집중하며 천천히 읽어야 합니다. 책은 "슬로우 리딩"해야 합니다. 10권의 책을 읽는다고 달라질 것은 없습니다. 1권의 책을 천천히 소통을 생각하며 읽는 게 더 효과적입니다. 10권의 책을 읽는다고 사고가 금세 확장되는 게 아닙니다. 1권의 책을 올바르게 읽는게 더 효과적입니다. 결과보다는 과정이 중요합니다. 1권의 책을 잘 읽고 되도록 많은 사람과 함께 읽을 때 비슷한 주제의 책들 100권 읽는 것 보다 더 많은 것을 얻어 갈수 있습니다. 시간과 노력을 따지면 1권의 책을 집중해서 읽고 나누는 게 더 효율적입니다. 책 읽을 때 타인과 독서토론을 한다고 생각하고 책을 읽어야 합니다.

그럼에도 불구하고 혼자 잘 읽으면 되지 꼭 함께 읽어야 하는 이유를 모르겠다고 의심합니다. 그들은 책은 원래가 혼자 하는 지적인 공부라고 주장합니다.

신입사원 때부터 줄곧 회사 생활을 한 사람과 공장에서 수년간 기술로 살아온 사람, 자기 장사로 살아온 사람 모두 인생은 힘들다고 공통된 하소연을 합니다. 하지만 회사원인 나는 공장 기계 가공하는 기술자의 힘듦을 이해할 수 없습니다. 회사원과 기술자는 돈 많이 버는 것처럼 보이는 장사하는 사람의 고충을 이해할 수 없습니다. 관념적으로 이해하는 정도가 최선입니다. 책 읽었다고 알았다고 하지만 아는 게 아닙니다. 판사가 의사가 아무리 똑똑해도 법과 의학 지식만 똑똑할 뿐입니다. 그들의 삶과 이야기가 인간 삶을 대변할 수 없습니다. 내 존재가치를 설명해 줄 수 없습니다.

가장 비슷하게, 완벽하게 세잔의 그림을 이해하기 위해서는 모여야 합니다. 사소한 하나의 관점도 무시해서는 안 됩니다. 존중해야 합니다. 이야기해서 들어주고 뭉쳐서 이야기해야 합니다. 그 과정 속에서 나의 사고와 생각하는 힘이 바뀌게 됩니다.

문학은 내 삶을 파헤치는 학문입니다. 사회과학은 사회에서 나를 찾는 학문입니다. 자연과학은 자연에서 내 위치를 정하는 학문입니다. 철학은 내 생각의 정도를 찾는 학문입니다. 역사는 나와 우리의 본질을 깨닫게 하는 학문입니다. 책은 저마다 존재 이유가 있습니다. 존재 이유를 하나하나 살피는 일이 책 읽는 가장 가치 있는 발걸음입니다. 굉장히 더디고 힘듭니다. 인내와 끈기가 필요합니다.

함께 하는 사람들이 그래서 필요합니다. 책은 혼자 읽으면 지칩니다. 함께 읽어야 읽을 수 있습니다. 그래서 우리에게 학습공동체가 필요한 것입니다.

독서토론으로 토의와 토론의
융합을 배운다.

이제부터 "독서토론"이라는 단어를 계속 쓰게 됩니다. 독서토론이라고 단어만 놓고 보면 설득과 논증이 필요한 독서모임 형식이라고 생각할 수 있습니다. 엄밀히 따져서 경쟁형식이면 토론이고 비경쟁형식이면 토의, 대담이라는 용어가 맞습니다. 그런데 어디에서도 독서토의라는 용어를 쓰는 곳을 찾아볼 수 없습니다. 실제로 '독서토론'이라는 단어가 익숙합니다. 토의식이든 토론식이든 '독서토론'이라는 용어로 통합하고자 합니다. 토의와 토론의 공통점과 차이점을 아래 도표로 구분했습니다.

구 분	토의	토론
공통점	의도적이고 체계적인 집단의 대화이다. 문제해결을 위해 의견일치를 구하려는 점	
목 적	협의를 통해 의견의 일치나 결정	각각의 의견에 대한 정당함 강조
진행 분위기	자유로운 분위기속에서 의견조율	찬/반의 뚜렷한 대립속에 대화
타협/흥정	통한다.	통하지 않는다.

본래 토론은 정치적인 것으로부터 나왔습니다. 기본적으로 어떤 안건을 서로 논쟁적으로 얘기하여 긍정적인 어떤 결과를 도출하기 위한 방식입니다. 자신의 가치를 주장하는 것입니다. '사형제도는 사라져야 하는가? 존속되어야 하는가?' 처럼 양 끝단의 갈등에서 하나를 선택해야 하는 경우라면 자신의 가치적 기준으로 상대방을 설득하고 논증하는 방식입니다. 여기서는 중간이라는 것은 존재할 수 없습니다. 이것 아니면 저것입니다. 중간에서 이래도 되고 저래도 되면 생각이 없는 사람입니다. 불가피하게 토론에 참여하게 되었다면 적극적으로 자신의 입장을 정해야 합니다. 이때 필요한 것이 동양적 관점의 『중용』입니다. 한쪽을 선택한 후에 반대편 의견을 들음으로써 가치의 치우침을 경계해야 합니다. 사형 제도를 인정함으로써 발생할 수 있는 인권의 문제까지 고민해야 합니다. 무턱대고 파렴치한 놈은 죽어야 한다는 논리는 경제발전이 우선이라며 환경을 포기하

는 것과 같습니다. 경제발전을 선택하고 추진하되 동시에 환경을 고려해야 합니다. 토론의 목적은 원래 양쪽을 고려하는 겁니다. 설득과 논증으로 자신의 강물로 타인의 강물을 덮으려고 해서는 안 됩니다. 토론의 격렬함도 상대방 존중에서 긍정적인 결과가 도출되는 겁니다. 감정의 격렬함을 조절하기 위해 토론은 철저하게 규칙적일 수밖에 없습니다. 발언순서와 발언 시간, 사전 자료준비가 되어야 토론이 원활해집니다.

토의는 양단의 선택 문제가 아닙니다. '진정한 친구란 무엇인가?'처럼 정해진 답이 없는 경우입니다. 다양한 관점의 경청이 필요합니다. 이때는 간섭을 자제해야 합니다. 간혹 나이 많은 사람이 상대방의 발언에 꼰대 피우는 경우가 많습니다. '내가 경험해봐서 아는데 말이죠. 열심히 공부하면 훌륭한 사람이 되는데 요즘 젊은이들은 눈높이를 안 낮추는 게 문제입니다.'라는 식으로 자신의 가치를 주입하려는 경향이 많습니다. 토의에서 중요한 것은 타인의 관점을 수용해야 한다는 겁니다. 자신이 겪은 경험과 지식과 타인이 겪은 경험과 지식은 엄밀히 다릅니다. 그런데도 나이가 많다는 이유로 전문직이라는 이유로 선배라는 이유로 강요하는 것을 경계해야 합니다. 토의는 인내심이 필요합니다. 왜 저 사람이 저런 발언을 하는지 참고 들어야 합니다. 마음에 들지 않는다고 말 중간에 훅 들어가는 경우가 의외로 정말 많습니다. 토의는 다양한 관점을 듣는 행위입니다.

독서토론은 다양한 관점을 듣고 자기 가치를 표현하는 장소가 되어야 합니다. 7장에 다루겠지만 독서동아리마다 독서토론 방식은 다릅니다. 사고 확장의 장이 되고자 한다면 토의와 토론이 함께 이루어 져야 합니다. 토의에 치우치거나 토론에 치우치면 지루하거나 경직됩니다. 토의만 하면 질문은 없고 내용만 파악하고 끝나게 됩니다. 토론만 하면 가치의 질문은 없고 고집만 남습니다. 독서토론은 토의와 토론이 공존해야 합니다.

독서토론 대회를 하면 상도 줘야 하고 학적부에 기재도 해야 합니다. 판결도 해야 합니다. 책 한권에서 하나의 주된 주제만 들고 와서 교차질의를 통해 승패를 정합니다. 독서토론에선 여러 가지 안건이 나올 수밖에 없습니다. 책에는 하나의 쟁점만 있는게 아닙니다. 폭넓게 책 읽어야 합니다.

독서토론은 독서토론에 맞는 방식을 선택해야 합니다.

독서토론에서 공감의
인성을 배운다.

책에는 저자가 강조하는 "단어"가 있습니다. 그래서 단어를 함부로 흘리면 안 됩니다. 자신이 선택한 단어에 모든 관점과 사상을 넣었기 때문입니다. 책 제목일수도 있고 지속적으로 반복하여 쓰는 단어일 수도 있습니다. 그래서 책은 어느 하나 가벼울 수 없습니다. '헬조선'이라는 단어는 단순한 일부 젊은이들의 하소연이 아닙니다. 우리사회를 대변하는 단어입니다. 수저론이 등장하고 지옥이 등장하고 한국을 떠난다고 경고합니다. 기성세대에게는 굉장히 불편한 단어입니다. 불편하다고 혹 지나갈 일이 아닙니다. 외면한다고 없어지는 게 아닙니다. 책에는 저자의 단어가 들어가 있습니다. 왜 그들은 떠난다는 말을 할까요? 하찮게 생각되는 책도 살펴야 합니다. 저자의 고상하고 품위있는 어휘와 문장을 찾는 것도 가치 있는 일이지만 하찮은 작가의 단어를 무시해서도 안 됩니다. 주류에 대항하는 비주류가 주류가 될 수 있습니다. 당황스런 미니스커트 문화가 주류로 바뀌는 게 한 순간 이였습니다. 단어는 시대를 담고 있습니다. 그래서 독서토론에서도 단어에 대한 질문이 있어야 합니다. 단어의 의미를 휙 읽으면 결코 안 됩니다.

책에는 내 경험이 있습니다.

경험과 지식이 짧으면 책 읽기 힘겹습니다. 책을 이해하려면 배경지식을 알면 좋습니다. 배경지식을 읽다보면 주인공의 삶이 보입니다. 내 삶이 보입니다. 내 경험을 찾아낸다면 공감능력이 생깁니다. 주인공의 이야기를 내 경험 이야기로 체화되어 치유가 절로 됩니다. 책에서 감성은 이때 느끼게 됩니다.

그리고 책을 읽을 때는 인내해야 합니다.

『그리스인 조르바』에서 조르바는 여성입장에서는 속된말로 밥맛입니다. "조르바 이 사람 여성비하를 밥 먹듯이 하는 인간이네, 불쾌해. 이딴 책이 왜 위대한 고전인지 모르겠어. 에이 싫어, 안 읽고 만다." 책은 끝까지 읽고 난후에 판단해야 한다는 마음을 가져야 합니다. 그래야 왜 그리스인 조르바가 뛰어난 고전일 수밖에 없는지 이해할 수 있습니다. "조르바, 이 사람이 뭔데 이 딴 식일까? 짜증나지만 들어봐 줄께!"

책을 읽을 때는 의심하고 읽어야 합니다.

의심이 있다는 말은 관심이 있다는 말입니다. 지적 호기심이 사고를 확장시켜 줍니다. 조르바가 '여성 비하자'라고 단정하여 짜증내며 읽기를 마친다면 질문할 거리가 없습니다. 처음부터 받아들이기 싫어서 일지 모릅니다. 아니면 허구의 인물이니까 '그런가 보다'하고 지나친 경우일 수도 있습니다. 혹 지나쳐버리면 결국 줄거리만 남습니다.

"조르바 당신은 왜 여성비하적인가요?" 라며 의심해야 합니다. 그리고 조르바 입장에서 답을 해 봅니다.

"조르바 당신은 여성비하가 아니라 여성을 보호하는 마음 이였나 봅니다."

"그렇지만 표현 방식에 문제 아닌가요?"

"그 시대엔 여성을 존중하는 방법을 몰랐나 봅니다. 그래서 그런 식으로 표현한 거였군요."

"그래도 좋아하는 사람한테 만큼은 사랑을 직접 표현할 수 있잖아요."

책 읽을 때는 비판적 책읽기도 필요합니다. 그리고 답변도 내가 해야 합니다.

"조르바 당신은 그 시대에 나름대로 최선을 다해서 여성을 보호하는 방법을 선택한 것이군요. 하지만 내가 그 시대 사람이라도 난 당신처럼 행동하지 않을 겁니다. 모든 갈등은 대화로 해결할 수 있다고 믿기 때문입니다. 이런 점이 당신과 나의 차이군요."

마지막으로 짧게나마 마무리를 해서 책 앞면에 적어두면 좋습니다.

"지금의 윤리 기준으로 보면 조르바는 돌아이다. 그렇지만 그도 나름대로 인간을 사랑하는 방법이었다. 내가 그를 질책할 수 없는 이유다. 하지만 내가 그 시대 사람이라면 대화로 갈등을 풀었을 것이다. 삶도 마찬가지다. 대화로 해결되지 않는 것은 없다."

이렇게 책 앞면에 적어놓은 단상을 들고 독서토론에 참여해야 합니다.

나는 조르바를 이렇게 생각하는데 여러분은 어떻게 보셨나요? 질문합니다. 그리고 다양한 답변을 듣습니다, 나와 비슷한 생각을 가진 사람도 있을 것이고 완전히 다른 관점으로 이야기 하는 사람이 있을 것입니다. 내 생각과의 차이를 인정하며 객관적으로 정리하여 다시 책 뒤편에 적어둡니다. 앞면은 내 생각이고 뒷면은 객관화된 내 생각입니다. 내 생각과 타인의 생각을 융합하여 새로운 나만의 생각을 만들어 내는 과정이 바로 올바른 독서법입니다. 그래서 책은 혼자 읽는 행위로 끝날 수 없는 것입니다. 내 생각을 객관화할 수 있어야 사고가 확장되었다고 자신할 수 있습니다.

책 많이 읽었다는 데 왠지 갑갑한 사람들이 있습니다. 그들은 자기가치를 규정해 놓았기 때문에 타인이 내 생각과 다를 수 있다는 것을 이해하지 못합니다. 히틀러가 독서광임에도 불구하고 부정적인 이유와 같습니다. 타인과 공감하지 못한 독서습관은 독단과 독선을 남깁니다. 독서가 독이 되는 경우입니다.

올바른 독서법은 토의와 토론이 공존하는 독서토론으로 이어질 때입니다.

우리 독서모임
잘 하고 있나요?

Reading The Thinking
Book is The Answer.

책은 함께해야 한다고 했습니다. 함께할 때 사고가 확장됩니다. 삶이 유연해

집니다. 책 읽고 독서모임에 가야 합니다. 그러나 독서동아리에 정기적으로 참

여하고 있는 대다수 사람들은 사고를 확장시키기 위해서 또는 자기 삶에 유연

함을 위해서 모임에 참여하는 게 아닙니다. 사고의 확장이라는 목적보다는 또

다른 '사회적 목적'이 우선됩니다. 함께 책 읽자고 표방하지만 '모임 자체가 목

적'인 경우도 많습니다. 모임자체가 목적임에도 명칭을 'OO 독서회'라고 부릅

니다. 교양 있고 뭔가 있어 보이는 모임처럼 보이기 위해서입니다. 실상은 계모

임인 경우가 허다합니다.

인문 공감공동체.
사람과 사람이 만나다.

동네마다 마을 미디어, 마을 TV가 등장하고 있습니다. "마을 공동체" 사업이 활성화 되고 있습니다. 경북 칠곡군인 경우 '평생교육원' 주관으로 마을단위 사업을 19년째 하고 있습니다. 지역단위로 전문적인 마을 공동체 사업을 추진하는 곳이 곳곳에 있습니다. 대구광역시인 경우도 "대구마을공동체만들기지원센터"가 2015년에 설립되어 마을공동체 활성화를 위한 전문기관으로 왕성한 활동을 하고 있습니다. 서울인 경우 2013년에 서울마을미디어지원센터가 개관되면서 약 80여 곳 마을에서 TV, 라디오, 신문, 잡지 등 다양한 마을 미디어 활동을 하고 있습니다.

왜 마을단위 사업이 활성화 되고 있을까요?

산업자본주의 사회의 고립감과 고독에 대한 반대적 현상이라 생각합니다. 점 점 더 산업화 되면서 파생된 정신적 궁핍이 저성장 경제로 돌아서면서 인문적 고찰을 탄생시켰습니다. 고독한 세상이기에 인간이 그리워지게 됩니다. 경제가 성장할수록 인간과 함께하는 방법을 잊게 되었다는 것을 이제야 돌이켜 인지하게 됩니다. 그 공허함과 공포에 대항하려는 갈급함이 가시화되어 등장한 사회현상이 마을 공동체 활성화 운동입니다.

"사람들아 골방에서 나오면 네가 사는 마을이 있다. 함께 만나서 어울리자"입니다. 인간은 어울려야 생존할 수 있습니다. 그게 인문입니다. 마을 공동체 사업의 핵심은 "표현하자"입니다. 마을 라디오를 직접 운영하며 전파 활동을 하고 있습니다. 마을 신문을 만들어 마을 소식을 전하기도 합니다. 마을 잡지를 만들어 마을 내 혼밥이 가능한 식당 안내 등을 합니다. 마을 TV를 만들어 인터넷 유튜브에 배포하여 소개하기도 합니다.

그 속에 마을 주민이 있습니다. 인간이 있습니다. 마을 소식 전하기는 혼자 할 수 없습니다. 마을 사람들이 모여서 대화하고 토론하면서 무언가 만들어 냅니다. 그게 시작입니다. 혼자만의 귀차니즘에서 벗어나 직접 개입하여 동네사람들과 어울려 떠들 수 있는 광장이 만들어 지고 있습니다. 자본주의 사회의 각박함에서 벗어나 활기찬 인문 활동이 확산되고 있습니다. 사람들이 모이는 활동, 이게 인문입니다. 인문학입니다. 사람이 모이면 자연스럽게 모임 목적에 맞는 표현방식이 만들어 집니다. 그걸 찾으면 됩니다. 찾는 과정이 즐거울 수밖에 없습니다.

아쉬운 것은 마을공동체를 움직이는 주체는 여성인 경우가 많습니다. 특히 40대 후반 이상에서 공동체를 운영하는 경우가 많습니다. 남성이 참여할 방안이 필요합니다. 사회구조상 남성들이 설자리가 없습니다. 남성들이 함께 참여할 수 있는 그런 표현방식을 찾아야 합니다. 현재 마을공동체가 해결하고 고민해야 할 문제입니다.

건물 너머 건물마다 왜 카페가 이렇게 많을까요? 단순히 커피만 파는 테이크아웃 매장에서 진화하여 고급화, 전략화 되고 있습니다. 카페에서 책을 팔고, 카페에서 공예를 하고, 카페에서 도자기를 굽고 있습니다. 이용하는 소비자들도 늘어나고 있습니다.

전통적인 마당 문화권일 때에는 아침에 일어나 방문을 열면 뛰어 놀던 마당이 보였습니다. 방문자가 담장 밖에서 마당을 지나 방문 앞에 섭니다. 기침소리 한 번에 방문이 열리는 구조였습니다. 현대는 아파트 단지 입구부터 첫 번째 출입 허락을 받아야 합니다. 108동 3,4 라인 현관 앞에서 두 번째 허락을 받아야 합니다. 12층 현관 앞에서 세 번째 허락을 받아야 합니다. 현관문을 열고 들어가서 네 번째 문을 열어서야 거실(마당)이 보입니다. 거실을 지나서야 방문 앞에 설수 있습니다. 통상 네 번의 통과 과정을 거쳐야 비로소 방안에 들어갈 수 있습니다. 언제부터인가 사생활 보호라는 이유로 방문을 걸어 잠그기 시작하였습니다. 고단한 경제 성장에 지쳐버린 내 삶을 보호하기 위해 잠그고 잠그게 되었습니다.

산업 자본주의가 수십 년간 지속 발전할수록 내 삶이 더 중요하다는 가치가 짙어집니다. 내 삶도 고단한데 타인의 삶까지 간섭할 여유와 이유조차 없습니다. 나도 고단한 너의 삶을 안다. 너도 알다시피 나도 삶이 고단하다 그러니 서로 귀찮게 간섭하지 말며 살자. 개인주의 성향이 점점 짙어집니다. 방문을 걸어 잠그며 다른 이와의 관계를 최대한 억제하려 합니다. 타인과 얽매이게 될지 모르는 조그마한 무엇도 부담스럽습니다.

이제 고단한 고 경제 성장이 주춤하고 위축되자 숨 가쁜 삶도 주춤하고 위축되었습니다. 지나온 길을 돌이켜 보며 개방적 이였던 마당, 농촌에 대한 노스탤지어를 꿈꾸기 시작합니다. 마을 앞 수백 년 된 느티나무 아래서 마을 일을 의논했던 동네 토론 문화가 꿈틀거리기 시작합니다. 대화할 상대를 찾기 시작합니다.

그러자 인간의 기본적 욕구인 사회관계에 대한 갈망과 개인보호적인 고독이 충돌하는 정신적 갈등이 도래합니다. 관계의 폐쇄성을 희망하면서도 관계의 개방성을 요구하는 모순적 사고에 빠져들게 됩니다. 따라서 어느 정도의 익명성이 보장되면서도 공감대가 있는 독서모임 같은 '소수 지향적 대화 문화'가 만들어 졌습니다. 소수 지향적 대화 문화가 카페 확산에 많은 영향을 미쳤다고 생각됩니다. 앞으로도 대화를 위한 소통의 장소가 지속적으로 만들어 질 수밖에 없습니다.

사람과 사람이 만나서 공동체 인문학이 서서히 확산되고 있습니다. 인간이 고립되면 고립될수록 인간을 찾고 있습니다. 온라인상의 SNS가 오프라인 만남으로 확산되고 있습니다. 흩어져 보이지만 실상은 뭉치고 있습니다. 필연적으로 인간은 인문 즉 관계해야 생존할 수 있기 때문입니다.

그런데, 인문이라는 관계적 모임에도 분명한 목적이 필요합니다. 산악회는 산악회의 목적이 있습니다. 동네 공동체는 마을 활성화에 목적이 있습니다. 봉사단체는 봉사가 목적입니다. 마찬가지입니다. 독서동아리는 책이라는 목적이 있어야 합니다.

소수 지향적 대화 문화가 독서모임으로 형성되었습니다. 그런데 책이 목적이 아니라 모임이 목적이 되면서 사고의 확장보다는 친목의 장으로 변해버리는 경우가 상당히 많습니다. 책은 혼자 읽는 행위가 아니며 함께 해야 한다고 했습니다. 그리고 사고확장이 목적이 되어야 합니다. 친목을 바란다면 산악회나 동네 계모임으로 가거나 마을 공동체에 참여해야 합니다. 책이 목적이라면 책이 먼저고 친목이 후순위입니다. 친목과 생각하는 힘은 혼돈되지 않아야 합니다.

02

우리 독서모임 잘 하고 있나요?

2년간 독서활동가로 대구경북 그리고 울산지역 독서동아리에 참관했었습니다. 운 좋게 다양한 독서 모임을 직접 볼 수 있었다는 점이 개인적으로 굉장한 도움이였습니다. 독서동아리들의 토론형식과 참여 연령과 성별 등을 유심히 지켜보면서 독서동아리 운영 형태를 관찰했습니다. 그때의 경험을 토대로 독서모임을 구분하여 정리했습니다. 책과 모임이 어떻게 융합되어 운영되고 있는지 살펴보는 것도 의미 있다고 생각합니다.

"우리 독서모임 잘하고 있나요?"

참 난감한 질문입니다. 만약 자신이 활동하는 독서모임이 정말로 잘 하고 있는 지 궁금하다면 '다른 독서동아리보다 잘 되는 것 같나요?'라고 물어보는 게 정상입니다. 그들은 잘하고 있는지 궁금해서 물어보는 게 아니라 '잘하고 있습니다.'는 대답을 듣고 싶은 겁니다.

그렇다면 잘하는 독서모임은 어떤 모습일까요? 어떤 방식이 잘하는 방법인지 누구도 명확한 해답을 제시해 줄 수 없습니다. '잘 한다. 못 한다.'에 얽매이는 것은 평가에 익숙한 사회의 긍정적이지 못한 모습입니다.

자주 듣는 질문이 되다 보니 무턱대고 '잘하고 있어요.' 라고 간략하고 성의 없이 답해드리기 보다는 무언가 자극이 될 만한 것을 말해 드려야겠다고 생각하게 됐습니다. 그래서 이후로는 제가 직접 참관하며 경험한 다른 독서동아리들의 독서토론 방식을 설명해 드림으로써 답을 대신하고 있습니다.

독서토론 형식을 구분지어 정리한 논문도 없고 연구결과도 없습니다. 모임 이름도 독서모임, 독서회, 독서동아리등으로 불리고 있습니다. 일단 독서모임이든 독서회든 독서동아리든 책이 목적인 모임을 '독서동아리'라고 정의 내리겠습니다. 마찬가지로 이어서 설명할 독서동아리 토론 진행 방식도 임의적으로 명명했습니다.

독서동아리 평균 참여자는 8~10명 내외가 가장 많습니다. 모임시간은 오전 10시~12시가 가장 많고 요일로는 화요일부터 목요일까지입니다. 일요일 저녁에 하는 동아리도 존재합니다. 독서동아리는 공공도서관내 소속된 동아리들이 많습니다. 공공도서관이 아닌 경우 주변으로부터 간섭을 덜 받는 공간이 확보된 카페(북카페 등)나 전문적으로 회의실 대여업을 하는 곳에서 합니다.

선정도서는 최근 이슈가 되는 베스트셀러 중심인 경우가 많습니다. 토론도서 선정은 이전 달에 정하는 경우가 제일 많고, 매년 말에 1년 치 도서를 미리 정하는 경우도 있습니다. 정기 모임은 월 1회인 경우가 제일 많고 다음이 격주모임(월 2회), 매주 모임인 경우도 있습니다. 매주 모임은 15개 독서동아리에 1개꼴로 있습니다. 격주모임을 하는 경우에는 정해진 2권의 책으로만 진행하기도 하고, 한번은 독서토론 한번은 영화관람등 문화활동으로 구분하여 진행하는 곳도 있습니다. 매주 모임도 매회 다른 한 권의 책으로 진행하는 독한(?) 모임도 있습니다. 한 달에 4권의 책을 읽는 것입니다. 매주마다 낭독하는 책, 토론하는 책, 봉사하는 주간 등으로 구분하여 모이는 동아리도 있습니다.

자유형 독서토론

독서토론 후 마무리 쓰기

대략 독서동아리의 60~70%가 이 방식으로 진행합니다. 말 그대로 독서토론 참여자들이 자유 형식으로 하고 싶은 말을 하는 형식입니다. 보통 진행자는 따로 없는 경우가 많습니다. 독서토론 참여가 부담 없고 편합니다. 독서동아리마다 진행방식이 비슷해 보이면서도 조금씩 차이가 납니다. 정해진 방식이 없기 때문입니다.

자유형 독서토론은 보통의 경우 가장 먼저 나눔 시간부터 시작합니다. 어떻게 지냈는지 서로 안부를 전합니다. 참여자 전원이 참여합니다. 어떤 일이 있었고 무슨 생각을 했는지 경험 나눔의 시간으로 시작합니다. 간혹, 책에 관련된 토론보다 나눔 시간을 더 할애하는 경우도 있습니다.

모 독서동아리인 경우 12명의 회원이 참여했는데 나눔 시간만 1시간 30분이었고 남은 30분도 누군가의 말을 듣던 중에 궁금했던 내용을 재차 물어보는 시간으로 소비됩니다. 2시간 동안 책은 책상

앞에 조용히 놓여 여기가 독서동아리 모임장소 라는 사실을 확인시켜 줄 뿐, 참여자들 모두 책 이야기는 없고 자기 경험 이야기로 모임을 마무리 했습니다. 토론 도서는 '여행'과 관련된 책 이었습니다. 2시간 동안 자신이 예전에 갔던 여행에서 경험한 다양한 이야기를 듣는 모임이 되었습니다. 모임이 끝난 후 독서동아리 회장님이 자리를 떠나는 저에게 '책을 열심히 토론하는 것도 좋지만 서로 한 달 동안 지내온 이야기를 만나서 나누면 힐링이 됩니다. 그것도 좋은 거 같습니다.'며 머쓱해 하시던 기억이 있습니다. 이 독서동아리는 친목단체입니다. 자신들은 친목단체가 아니고 책모임이라고 주장하지만 형식만 책모임이고 방식은 친목이 목적인 독서동아리가 의외로 많습니다.

나눔 시간이 끝나면 참여자 한 명씩 책을 읽고 느낀 소감 발표로 이어집니다. 분석적으로 발언하시는 분도 계시고, 자기 경험 중심으로 하시는 분들도 계시고, 듣는 걸 좋아한다며 전혀 입을 떼지 않는 분들도 계십니다. 자유형 독서토론이라는 말처럼 참여자 모두 자기 개성대로 제각각입니다. 그래서 주제가 집중되지 못합니다. 풍당풍당식 대화가 오가다보니 자신이 끼어들 여지를 찾지 못한 채 주제가 훅 변해버려서 독서토론 시간 내내 말 한마디 제대로 못하는 경우도 발생합니다. 참여자 중에 분석적인 사람은 작가와 배경 연관도서 등을 전체적으로 나열합니다. 나름 학식이 있거나 소양이 있다고 여기는 분은 대개가 비판 중심적입니다. 이런 분들이 많으면 지식 나눔 토론이 됩니다. 세미나식 토론이 됩니다. 한권의 책을 가지고 연구발표회가 되버립니다. 아니면 애초에 세미나식 토론으로 진행하는 동아리도 있습니다. 전 모임에 토론 진행자로 미리 지정된 동아리 회원 한 분이 책에 대한 전반적인 내용을 쭉 설명한 후부터 토론이 진행됩니다. 표현하자면 보고서 발표입니다. 대략 20~30분 정도 설명한 후 참여 회원들의 질의응답으로 토론이 진행되는 형식입니다. 발표자가 진행자가 되어 독서토론을 진행하는데 이 또한 특별한 형식이 없어 퐁당퐁당 식으로 여기저기서 툭툭 발언이 뛰어나옵니다.

책 읽은 소감 발표 때 참여자들 모두가 쭉 돌아가며 말합니다. 간혹 책 읽은 소감 발표할 때 자신이 책 읽고 느낀 소감을 말하면서 이해가 필요한 부분에 질문 던지기도 합니다. 그러면 토론 참여자들 중 일부가 질문에 대해 답변을 하거나 보태거나 다른 입장을 말합니다. 이런 경우 개인 소감 발표만으로 모임이 끝납니다.

간혹 자유형 독서토론인 경우 격렬한 토론이 될 확률도 높습니다. 여차하면 감정싸움도 일어납니다. 진행자도 없고 규칙도 없고 규제도 없다보니 참여자들 모두가 인내하는 마음이 없으면 집중되지 못하고 여기저기 잡음(지방방송이라고 하지요.)으로 흩어질 여지가 있습니다. 만약 독서동아리 전체를 주도하는 사람이 나이 많고 말 많으신 분 또는 동아리 회장인 경우라면 매번 누군가 한마디 마칠 때마다 간섭합니다. 토론시간의 절반 이상을 그 사람이 주도합니다. 너 참 잘났다 하는 분위기가 되고 맙니다. 그러므로 자유형 독서토론에서 유일하게 규칙을 정해야 할 것은 '시간'입니다. 개인별 발언 시간의 공평성에 특히 유념해야 합니다. 자유롭게 여기저기서 툭툭 발언이 나오다보면 2시간 내내 한마디 못하고 되돌아가는 분들이 발생합니다. 그들에게 독서토론 시간은 무익한 시간 낭비입니다.

일반적으로는 나눔 시간과 소감발표를 하면 대략 1시간 40분 정도 소요됩니다. 나머지 10~20분 동안 책 읽고 생긴 의문점이나 해석이 안 되는 부분을 나누고 마칩니다.

간혹 독서토론 중임에도 이야기가 멈추고 고요해지는 경우도 있습니다. 이야기도 잘 이어지지 못합니다. 맥이 끊기는 경우입니다. 대개가 평상시엔 접하지 않던 책으로 진행하는 경우입니다. 특히 여성들이 역사서나 경영서를 접할 때 이런 경향이 많습니다. 역사서인 경우 단편적인 지식과 정보로 이해하며 읽었기 때문에 독서토론의 쟁점을 찾는데 굉장히 어려워합니다. 특히 배경지식도 빈약합니다. 지식과 정보를 토론으로 이끌어 내는 방식도 경험하지 못했습니다. 무엇보다 애초부터 관심도 없던 분야입니다. 그래서 독서동아리가 토론할 도서로 선정한 분야를 보면 편독인 경우가 많습니다. 50대가 많은 독서동아리의 선정 도서가 여행, 자연과 식물, 음식으로 치우치는 것처럼 말입니다. 독서동아리에 주 참여자들만 공감하는 책만이 토론 도서가 됩니다. 익숙한 책이 선정되지 않으면 다음 모임에 불참합니다.

　지역에 따라서 상대적으로 젊은 주부가 많은 독서동아리가 있습니다. 이런 경우 육아 정보 교류와 친목 도모로 흘러가기도 합니다. 여차하면 아이 교육얘기로 시작해서 교육으로 끝나버리기도 합니다. 반대로 열기 가득한 학습 동아리가 되기도 합니다. 아이들이 유치원에 있거나 학교에 등교한 경우 아이들이 집으로 돌아오기 전에 모임을 마쳐야 하므로 최대한 집중해서 참여합니다. 이 경우엔 자유형 토론보다는 뒤에 설명할 발제형 독서토론인 경우가 많습니다.

　경험 중심적인 토론이 되었든 세미나식 토론이 되었든 독서토론 '마무리 소감 발표'를 참여자 모두 반드시 해야 한다고 제안합니다. 오늘 토론 내용을 정리하는 시간입니다. 개인당 1분 이내로 짧게 토론 소감을 말함으로써 토론하는 동안 얽혀있던 생각을 축약하여 내 것으로 정리하는 시간입니다. 그리고 꼭 마무리 쓰기를 할 것을 권유합니다. 한 문장일수도 있고, 단어일수도 있고 어떤 경우엔 하나의 글이 나오기도 합니다. 2~3분이면 충분합니다. 모임을 마치며 쓰는 단상이 최종적으로 '절제된 나의 생각'입니다. 그 생각을 잡아야 합니다. 그 생각이 순수한 내 생각입니다.

　위 사진은 독서토론을 마무리 할 때 정리하는 마무리 쓰기를 하고 있는 독서동아리 장면입니다.

'책 표지를 여는 것으로 시작한 독서는 책 마지막 페이지를 닫는 마무리 쓰기로 끝나야 한다. 마무리 쓰기는 무엇보다 독서 과정을 정리하는 가장 중요한 시간이다'고 모임 참여자는 강조하며 말합니다. 그들의 독서토론 성취도는 굉장히 높습니다.

발제형 독서토론 : 사고하는 독서토론

인터넷 카페에 미리 올려놓은 발제를 보면서 토론

'질문'은 내가 몰라서 무엇을 물어보는 것이고, '발제'는 토론할 주제를 뽑는다는 말인데, 다양한 관점을 함께 생각해보자는 질문으로 해석하겠습니다. 사형 제도를 실시하는 국가는 어디인가요? 라고 묻는 것은 질문이며, 사형 제도를 어떻게 생각하시나요? 라고 묻는 것은 발제입니다.

발제형 독서토론은 선정된 책에서 토론할 발제를 미리 정한 후에 그 발제에 맞춰 독서토론을 진행하는 방식입니다. 책에는 다양한 관점이 존재합니다. 그러나 시간이라는 한계 때문에 모든 관점을 다룰 수는 없습니다. 따라서 토론거리가 될 만한 몇 가지 주제만 끄집어내서 토론하는 방식입니다. 이 방식은 몇 개의 토론 주제를 미리 정한 후에 진행하므로 집중 토론이 가능하다는 장점이 있습니다만 부득이 토론 주제에서 제외되는 것들이 발생하는 단점이 있습니다. 나는 A관점에 대해 토론하고 싶으나 이미 정해진 발문 주제에 없다면 제외되는 겁니다.

대략 독서동아리 20~30% 정도가 이 방식으로 운영하고 있습니다.

자유형 독서토론을 어느 정도 지속하다 보면 독서동아리가 '정체된다?'는 위기감을 느끼기 시작합니다. 대략 6개월 정도 지나면서 부터 뭔가 허전한 느낌을 받기 시작합니다. 그쯤이면 서로 다른 참여자들 성향을 거의 파악하게 됩니다. 이젠 누군가 입을 떼면 그 사람이 무슨 이야기를 하게 될지 더 이상 듣지 않아도 예측이 가능해 집니다. 그때부터 모임은 습관이 되 버립니다. 습관이 되면 책 얘기보다 안부 얘기가 우선 됩니다. 지루한 독서동아리는 해체 수순을 밟게 됩니다. 책이 주체에서 벗어나면 독서동아리가 아니고 친목계 입니다. 끝내 3~4명 정도만 남아서 명맥만 유지하는 경우가 많습니다. 남아있는 사람들도 50대 후반 여성일 확률이 높습니다. 여느 단체도 마찬가지겠지만 독서동아리에 변화를 주지 않으면 3년 이내에 해체됩니다.

정체라는 위기감을 공감하며 수면으로 떠오르게 되면 대안으로 등장하는 게 '발제형 독서토론' 방식 입니다. 물론 발제형 독서토론으로 하다가 힘겨워 다시 자유형 독서토론으로 되돌아가는 경우도 많습니다. 발제형은 대체로 젊은 층이 주도하는 경우가 많습니다. 위 사진의 독서동아리 회원들 대다수가 20대 중후반입니다. 그들은 신세대 답게 자신들이 만든 인터넷 카페에 회원으로 가입한 후 카페에 미리 고지된 발제를 보고 토론을 진행하는 방식을 취하고 있습니다. 토론 내용과 모임 후기까지 카페에 글로 남기며 자료를 축적합니다.

발제형 독서토론은 젊은 층이 많은 주부독서동아리인 경우가 많습니다. 아마 근래의 교육방식에 익숙해서입니다. 최근 유치원부터 초등학교 나아가 중학교 교과는 토론 방식으로 변화하고 있습니다. 젊은 주부들도 변화하는 자녀 교육방식에 맞춰 독서토론을 하는 겁니다. 그래서 이 방식이 익숙합니다. 특히 학원 선생님이거나 독서지도사 과정을 접한 분들에게 더욱 익숙합니다.

발제형 독서토론은 토론할 주제가 적은 대신 책에 깊이 파고들 수 있어 성취감이 좋습니다. 상대적으로 자유형 독서토론 때보다 토론 후 뭔가 얻어간 기분이 더 듭니다.

발제형 독서토론인 경우엔 토론 진행자를 미리 정하는 경우가 많습니다. 토론 진행자는 사전에 토론 도서 요약(줄거리) 및 배경, 작가 등을 미리 준비하고 진행합니다. 진행자가 미리 인쇄물을 만들어 토론 할 때 참여자에게 나눠줍니다. 인쇄물에는 줄거리, 서평, 배경, 작가 등을 기재하고 간혹 진행자 개인이 느낀 소감을 기재해 놓기도 합니다. 그리고 말미에 발제가 적혀있습니다. 오늘 토론 할 주제가 적혀 있습니다. 보통 5개 인근으로 발제를 만들어 옵니다.

토론 진행자가 되어서 '발제 5개 정도야 뭐! 금방 만들지'라고 생각했다가는 낭패 보기 쉽습니다. 발제를 하기 위해선 책에 쓰인 주제부터 파악해야 하는데 그 이면엔 독해력이 필요합니다. 독해력을 바탕으로 주제에 맞는 발제를 해야 독서토론이 가능한데 독해력이 문제인 경우가 많습니다. 그래서 호기롭게 도전했다가 차츰 시들해 지는 경우가 많습니다. 그 어려운 과정을 진행자 혼자 책임지고 발제해야 합니다.

발제의 어려움을 경험한 독서동아리는 다음부터는 토론 참여자당 최소 1개의 발제를 준비해 오기로 약속합니다만 오래 지속되지는 못합니다. 자신이 발제하지 않아도 누군가가 해오겠거니 하며 회피하거나, 여차하면 자유형 독서토론과 별반 차이가 없기 때문입니다. 개인별로 발제꺼리 만들어 와서 토론하는 것이나 소감 발표하면서 발제 던지는 거나 별반 차이가 없는 경우가 많습니다. 발제형 독서토론은 자유형 독서토론과 진행방식이 달라야 합니다.

발제는 다양한 관점을 모두 쏟아내지 못하는 단점이 있다고 서두에 말했습니다. 따라서 주제를 한정해야 하는 발제는 신중하게 선택해야 합니다. 자신이 아이 교육에 관심 있다고 참여자 모두가 그런 것은 아닙니다. 주관을 버리고 최대한 객관화 시켜야 합니다. 주관적인 발제는 제외하고 객관적인 발제를 해야 합니다. 그래서 진행방식도 자유형 독서토론과 달라야 합니다. 발제형 독서토론은 규칙과 규정이 필요합니다. 자유형 독서토론과 마찬가지로 '시간'은 당연하고 '발제 방식' '발제문 내용'등이 정해져야 합니다.

대구에 서양고전 모임단체가 있습니다. '서양 고전읽기'라는 프로그램으로 '인류역사상 위대한 저서 100권'을 선정했고 이에 해당하는 도서로 독서토론을 하는 학습적인 독서동아리로 운영하고 있습니다. 매주 모임하고 1시간 강의 후 1시간 토론으로 진행합니다. 토론도서 30페이지 분량, 고전 문학 70~80페이지 분량으로 매주 읽기를 합니다. 전체 과정 마무리는 10년입니다.

30페이지 정도 정독하고 참여하는데 읽어도 모르는 부분, 내 생각에 중요한 부분, 가장 공감가는 부분 또는 저항하는 부분으로 정리합니다.

매주 읽어온 분량을 가지고 모임을 가집니다. 이때 '공동지도자'라고 일컬어지는 사회진행자가 있는데 진행자는 자신이 준비한 발제를 던지는 역할을 합니다. 크게 두 가지 형태로 발제가 이뤄지는데 해석적 질문과 평가적 질문으로 구성되어 있습니다. 해석적 질문은 책에서 해답을 찾는 형태이고 평가적 질문은 소감 말하기 형태입니다.

발제형 독서토론에 대해서는 8장에서 재정리 하려고 합니다. 발제형 독서토론이 사고하는 책 읽기를 하는 가장 적합한 방식이라 여기기 때문입니다.

강독형 독서토론

'주부독서동아리'에 한분의 남자

이 방식은 독서동아리가 구성될 때부터 정책적으로 만들어진 경우입니다. 지역 공공도서관 주도로 신규 독서동아리를 만들 때 또는 이미 만들어져 있었던 독서동아리, 공공도서관에서 관리하는 작은 도서관에 속해 있는 독서동아리인 경우에 해당되는 독서토론 방식입니다.

공공도서관과 독서토론 진행자간에 단기계약을 합니다. 통상 1~2

년 기간으로 정해서 계약하는데 독서토론 진행자는 문인이거나 경우에 따라 교수입니다. 공공도서관과 계약한 독서토론 진행자가 계약 기간 동안 소속 도서관내 독서동아리나 작은 도서관 독서동아리에 가서 독서토론을 진행하는 방식입니다. 도서관과 계약한 독서토론 진행자분들이 독서동아리 진행을 하는 겁니다. 따라서 진행자의 특성에 따라 독서토론 방식은 달라집니다. 울산광역시는 공공도서관내에서 포항시인 경우는 작은 도서관 대상으로 하고 있습니다.

호불호가 갈리는 방식입니다.
진행자가 문인이시거나 교수인 경우이므로 굉장히 깊고 넓게 얻을 수 있는 토론이 됩니다. 반면 힘겨워 하는 분들도 생겨납니다. 강독형 독서토론을 하고 있는 독서동아리 방문을 한 적이 있습니다. 토론 진행자는 문인이셨고 학식이 있는 분이셨습니다. 독서 토론을 마친 후 독서동아리 회장님이 슬쩍 다가와 애로사항을 털어 놓았습니다. 강독형 독서토론에 적응하지 못하는 회원들이 꽤 된다고 하더군요. 독서토론 중에 궁금하고 질문하고 싶은 게 있어도 혹시 창피한 질문이 될까봐, 자신만 모르는 질문을 하면 무식하게 보지 않을까 두려워 토론시간 내 입을 다물고 있어야 하니 적응하지 못한다고 하소연 하였습니다. 곰곰이 따져보니 독서토론 때 적극적으로 말하는 분들이 2~3명밖에 안 되던 기억이 났습니다. 나머지 8~9명은 고개만 끄덕이다 마치게 되는 것이죠.

그러나 이 방식은 처음부터 공공도서관에서 적극적으로 관여한 사업이므로 다른 독서동아리보다 지원이 많습니다. 그리고 도서관에서 직접 독서동아리 홍보 및 비전을 제시해 주기 때문에 지역민 참여율이 아주 높습니다.

낭독형 독서토론

늦은 밤 작은 도서관에서 울리는 낭랑한 목소리

낭독엔 힘이 있습니다. 고미숙 작가는 『몸과 인문학』이라는 책에서 오행과 오장육부간에 관계를 설명하며 몸이 튼튼해지는데 낭독만한 것이 없다고 주장합니다. 서당이나 양반 집에서 담벼락을 넘어가는 글 읽는 소리 때문에 애간장 타는 여인네가 상사병에 걸렸다는 우스개 이야기도 전해집니다. 낭독은 전염성이 있습니다.

사회가 발전하고 복잡해지자 묵독하는 책 읽기가 되어버린 현대에선 감히 상상할 수 없는 일입니다. 공공도서관 입구에 들어서면 조용하기를 강요하는 문구를 마주하게 됩니다. 지역민들이 책 읽고 대화로 나누는 것이 주된 목적이 되는 장소로써 도서관이 역할을 했으면 하는 바람이 있습니다. 현재 공공도서관은 공무원 시험 준비를 잘하라는 열람실 위주이며, 최근 지어진 공공도서관은 강연을 위한 소규모 세미나실 위주입니다. 도서관 전체가 토론으로 시끌시끌한 장소가 되었으면 좋겠습니다.

낭독엔 힘이 있습니다. 디지털 치매는 뇌의 어떤 영역의 기능이 위축되어 있는 상태입니다. 열심히 되살리는 활동을 해야 치료가 가능합니다. 열심히 되살리는 활동으로 낭독이 추천됩니다. 정신건강의학과 전문의들은 낭독을 하면 발음을 하면서 눈으로 보고 소리로 들으면서 정보를 입력하기 때문에 기억력 강화에 도움이 된다고 말 합니다. 천천히 의미를 곱씹으면 긴장했던 뇌가 이완되고 시각, 청각이 함께 작용하므로 만족감이 상승하고 정제된 언어를 통해 쌓였던 감정이 자연스레 발산된다고 합니다. 타인의 낭독을 경청하므로 자신의 내면을 들여다보고 삶을 성찰할 수 있게 만듭니다. 지식, 정서를 공유하게 되면서 상호 공감력이 향상됩니다. 낭독은 이런 것들을 가능하게 합니다. 이것이 낭독의 힘 입니다.

　낭독형 독서토론은 매주 모임인 경우가 많습니다. 기본적으로 시, 에세이 낭독인 경우가 많습니다. 간혹 논어나 대학같이 동양고전서를 읽을 때 하기도 합니다. 큰 아들과 함께 논어를 읽었던 기억이 있습니다. 한 달이 지나자 아들의 목소리가 달라졌습니다. 구부정하게 읽던 자세가 바로잡혔습니다. 책을 보고 낭독하기 위해선 허리를 곧게 가슴을 펴야 합니다. 그러다보니 목소리는 울림이 있습니다. 그 소리가 정말 좋습니다. 듣는 것만으로도 기분이 좋아 집니다. 그 소리가 좋아서인지 둘째 아들도 「천자문」을 읽겠다고 책 사달라고 해서 같이 읽자 했던 기억이 납니다.

　어떤 독서동아리는 6시간 정도 쉬지 않고 한 권의 책을 그 자리에서 다 읽어버립니다. 250페이지 정도의 간략한 인문도서를 끝내버립니다. 끝장 낭독이죠. 또 다른 독서동아리는 챕터별로 나눠서 매월 정해놓고 읽습니다. 예를 들어 김대식의 「빅퀘스천」이라는 책을 매월 2, 4째 모임 때 하겠다 정한 후 챕터 별로 천천히 낭독하는 방식입니다.

　아니면 장편소설 읽기 같은 경우도 낭독합니다. 예를 들어 『토지』나 『혼불』같은 대하소설은 읽기는 해야겠는데 엄두가 안 납니다. 그래서 함께 낭독합니다. 이런 경우에도 매주 2시간 정도 합니다. 한

자리에 모여 한명 한명씩 돌아가며 읽기만 합니다. 의외로 굉장히 즐겁습니다. 대략 6개월 정도 꾸준히 하면 10권 모두 다 읽을 수 있습니다. 각기 다른 목소리로 소설을 읽는 다는 것이 즐겁고 평소 도전하기 힘든 대하소설을 읽어냈다는 성취감은 굉장합니다.

카카오톡에 음성 녹음이 있습니다. 매일 자신이 읽고 있는 책이거나 좋은 문장이 있으면 자신의 목소리로 녹음하고 저장된 음성을 단체에 공유하는 방법을 쓰기도 합니다.

서평형 독서토론

내가 느낀 점 쓰고 발표하기

독서동아리가 글쓰기를 바탕으로 진행되는 형식입니다. 글쓰기가 중심인 모임입니다. 서평이라 표현했지만 독후감도 포함되어 있습니다. 보통 사람들은 글쓰기에 상당한 부담감이 있습니다. 그래서 쉽게 접근하기 힘든 방식입니다.

이 방식은 정기모임과 비 정기 모임에 따라 달리 운영되고 있습니다. 정기모임을 갖는 경우도 두 가지 형태가 있습니다.

첫 번째 형태는 미리 선정된 한권의 책을 읽고 각자 A4 한 장 분량의 서평 및 독후감을 써옵니다. 10명이 참여한다고 가정하면 한 명당 10편의 서평을 갖게 됩니다. 통상 제출한 서평에는 글쓴이를 삭제합니다. 학창시절부터 글을 쓰면 무언가 평가의 대상 이였다는 트라우마(?)가 작동해서인지 실명으로 하면 상당히 두려워합니다. 그래서 글쓴이가 누군지 밝히지 않는 경우가 많습니다. 모임에 참여한 10명 중에 누군가의 글이겠지요. 10편을 받아들고 일단 쭉 읽어봅니다. 그런 후 토론 참여자 모두 한 명씩 돌아가면서 누군가 써온 서평 1편을 낭독해 줍니다. 읽는 중이거나 읽기를 마친 후 그 글을 칭찬합니다. 진심으로 칭찬하게 됩니다. 혼자서 책 읽기 힘든데 글까지 써왔으니 실로 칭찬받아 마땅하지요. 자신도 힘들었기에 다른 사람의 글도 소중하게 느껴집니다. 칭찬하는 행위만으로도 치유가 생기고 위로가 됩니다. 자존감이 올라가고 미루었던 책을 읽을 수 있게 됩니다.

두 번째 형태는 참여자 자신이 선택한 책이나 영화 등을 보고 난후 독후감 및 영화평을 써온 후 발표하는 형태입니다. 토론 활동이기 보다 '감정나누기'가 중심인 독서동아리 모임입니다. 장점으로는 아직 접하지 못한 다양한 책이나 영화를 소개 받고 간접적으로 경험할 수 있다는 것이며 단점은 자신이 접해보지 못한 분야를 들어야 하므로 집중이 떨어져 느슨한 분위기가 될 수도 있습니다. 위 사진은 모 군부대에서 자신이 책을 읽고 써온 독후감을 발표하고 있는 장면입니다. 참여자 모두 자신이 직접 써온 한 편의 글을 읽으며 발표하는 방식으로 진행됩니다.

『건지 감자껍질파이 북클럽(메리 앤 섀퍼 외)』라는 책에 세계 2차 대전 때 독일군에 점령당한 건지마을 주민들의 북클럽(독서동아리) 운영방식이 잘 나타나 있습니다. 책이 귀했던 당시 주민들은 정해진 장소에 정기적으로 모여 자신이 선정한 한 권의 책과 한 명의 작가를 집중적으로 비평하고 찬송하면서 소통하는 장면이 등장합니다. 서평형 독서토론 방식입니다.

끝으로 비정기모임을 하는 경우입니다. 바쁜 현대인들이 정해진 시간에 모여 몇 시간 투자하여 독서토론 한다는 게 쉬운 일이 아닙니다. 그래서 등장한 방식이 '온라인 모임'입니다. 글쓰기 모임이 대표적입니다. 매월 선정된 도서를 읽고 정해진 날짜에 자신이 쓴 글을 대표자 메일로 발송합니다. 독후감일수도 있고 서평일 수도 있고 간략한 단상일수도 있습니다. 대표자는 개인별로 보내진 글들을 전체 통합하여 다시 개인에게 재 발송해 줍니다. 이 경우에도 쓴 사람들의 이름은 삭제합니다. 메일을 수신 받은 개인은 누군지는 모르지만 자신과 같은 기간에 같은 책을 읽은 10명의 글을 보게 됩니다.

 서평형 독서토론은 시작이 쉽지 않습니다. 글 쓰는 두려움과 평가에 대한 트라우마에 사로잡힌 사람들에게 상당한 용기를 요구하기 때문입니다. 일반적으로 자기가 쓴 글이 제일 못쓴 글이라고 자책하는 경우가 많습니다. 10명이 참여하면 10명 모두 자기 글이 제일 어설프다고 합니다. 자기를 뺀 나머지 글이 좋다고 합니다. 잘 쓰고 못쓴 글은 없습니다. 자신만의 문체와 특성을 가지고 글을 썼기 때문에 색깔이 다를 뿐입니다. 소설가가 되고 시인이 되기 위해 글을 쓴다면 전문적인 교육을 받아야 할 겁니다. 하지만 자신의 지식과 감정을 글로 표현한다는 관점에서 본다면 일단 썼다는 것 자체만으로도 칭찬받아 마땅합니다. 사고하는 힘은 쓰는 것으로부터 시작한다는 말을 했습니다. 인문적인 삶은 쓰는 행위로부터 시작합니다. 이 행위가 생존입니다. 잘 썼다 못썼다는 결과가 중요한 것이 아니라 지식과 감정을 표현하는 과정이 중요하다는 관점에서 본다면 서평형 독서토론이야 말로 가장 인문적 삶을 영위하는 토론 방식입니다. 그래서인지 서평형 독서토론은 일단 시작하여 정착하면 시간이 지날수록 참여하는 인원도 함께 늘어나는 현상을 목격하게 됩니다.
 서평형 독서토론은 10명이든 50명이든 인원수에 제한이 없다는 점이 가장 큰 장점입니다. 참여 인원이 많아진다 해도 모임이 가능한 독서 나눔 모임입니다. 한번 참여하기 시작하면 중독성이 강해서 지속성이 가장 좋은 모임 방식입니다.

독서 디베이트

디베이트란 단어 자체가 토론이라는 뜻입니다. 100분 토론 같은 방식으로 책을 읽고 주된 키워드를 가지고 양측으로 나누어 어느 팀이 가장 논증적으로 설득력 있는지 평가하는 대회식 토론 방식입니다. 비슷하게 하고 있는 것이 하부르타 독서토론법입니다. 통상 초등학교에서 교육방식의 하나로 많이 알려진 방식인데 진행방식에 대해 비판적인 목소리가 많아지고 있습니다. 일반적인 토론대회를 책 토론대회로 변경했기 때문입니다.

다양한 독서동아리

자유형, 발제형, 서평형, 강독형, 낭독형 독서토론이 가장 흔한 토론방식입니다.

소설모임도 있습니다. 말 그대로 소설책만이 토론 대상입니다. 소설적인 특징 때문인지 치유와 경험나누기 위주입니다. 토론의 쟁점은 없으며 인물과 사건 중심으로 생각을 나누기가 주된 목적 입니다. 현대사회에 만연한 설득과 협상에서 벗어나 편안하게 나누는 시간을 가지고 싶은 사람들이 주 참여자입니다. 독특하게 무협지 모임 같은 경우도 있습니다. 특히 최근에는 독서치료, 독서심리라는 목적으로 그림책이 성인대상으로 부각되고 있습니다.

함께 모여 읽는 모임도 있습니다. 카페를 전체 대여합니다. 모임이 정해진 시간이 되면 참여 회원들이 카페에 모여 자신이 읽고 싶은 책을 읽습니다. 조용히 책만 읽습니다. 읽기를 마친 회원은 자신이 어떤 책을 어디까지 읽었고 어떤 내용 이였으며 무엇을 느꼈는지 읽고 있는 사람들에게 말한 후 자리를 떠납니다. 한 명씩 한 명씩 자리를 떠나는 방식입니다.

동양고전 모임과 서양철학 모임이 있습니다. 참여자 연령의 쏠림이 분명합니다. 동양고전 모임인 경우 50대 중후반 이상 남성이 가장 많습니다. 주된 책은 논어, 대학, 주역(명리, 풍수과정으로 구분되는 경우가 많음) 해석이 중점입니다. 공공도서관등에서 강연이나 수 차례 강의식으로 진행되는 경우가 많습니다. 내 생각을 나누기보다 누가 더 해석이 설득력 있는지 연설에 치우치는 경향이 있습니다.

서양철학 모임인 경우 30대 중반 이전 연령층인 경우가 많습니다. 젊은 층에게는 서양철학이 상대적으로 익숙하기 때문입니다. 동양고전 모임처럼 강연이나 강의의 형태기도 하지만 발제형인 경우가 많습니다.

뜨개질 모임도 있습니다. 토론이라기 보단 낭독에 가깝습니다. 참여자들 모두 시작과 동시에 뜨개질을 시작합니다. 책 낭독자는 2시간동안 책을 읽어줍니다. 2시간이 끝나면 뜨개질을 모두 마치고 헤어집니다. 만들어진 뜨개질은 모자나 목걸이 형태로 기부합니다.

엄마-딸, 엄마-아이 모임도 있습니다. 자녀 나이가 비슷한 엄마들이 모여 사춘기 딸이나 초등 아이들과 함께 모여 하는 모임입니다. 전 세계적으로 아빠-아들이나 아이인 경우는 없습니다. 교육이나 가족 유대는 세계 어디서나 엄마의 몫인가 봅니다.

엄마와 함께하는 독서모임

가족 토론은 공공도서관에서 많이 하고 있습니다. 한 도시 책읽기에 선정된 책을 가지고 가족과 토론을 한 후 토론내용을 결과 보고

식으로 제출하는 형식으로 많이 하고 있습니다. 이 경우 엄마-딸, 엄마-아이같이 타 가족과 하는 게 아니라 내 가족모임입니다.

카톡 모임도 있습니다. 서평형 독서토론방식에서 언급했듯 참여자가 모이기 힘든 경우 온라인상 토론 방식입니다. 토론 진행자가 토론 시작 전에 발제를 고지하면 참여자들은 생각을 카톡에 작성합니다. 휴대폰 입력이 힘드신 분은 컴퓨터에 카톡 프로그램을 깔고 키보드로 쓰기도 합니다. 해외에 계신분이거나 지방에 거주하시는 분들이 가능한 방식입니다. 장점은 미리 고지된 발제에 대한 각각의 답변이 쓰여 저장되어 있기 때문에 나중에 다시 읽을 수 있다는 점입니다.

필사모임도 있습니다. 필사는 책을 그대로 베껴내는 일입니다. 참여자 모두가 같은 책으로 하기도 하고, 자신이 현재 읽고 있는 책으로 하기도 합니다. 노트에 쓰거나 컴퓨터에 타이핑하기도 합니다. 처음부터 끝까지 책을 몽땅 필사하기 보다는, 자신이 그날 하루 동안 읽은 분량 중에 선택하여 씁니다. 보통 한 문단 정도 입니다. 쓴 필사본을 사진으로 찍어서 단체 카톡이나 밴드에 업로드 하는 과정으로 모임이 진행됩니다. 시간이 지난 후 직접 노트에 쓴 필사를 보는 일만큼 행복한 일은 없을 겁니다.

03

그런데요, 우리 독서동아리가
잘 안 되는 거 같아요.

💬 독서토의, 독서대담?

독서동아리가 잘 안 된다는 회장님의 이야기를 듣는 경우가 종종
있습니다. 왜 독서동아리가 잘 안된다고 말씀하시는 걸까요?

일반토론과 달리 독서토론은 의견이 찬반으로 팽팽하게 대립되는
경우가 극히 드뭅니다. 자유로운 분위기 속에서 토론 참여자들이 자
신의 생각을 교류하는 정도로 머무는 경우가 많습니다. 서로의 의
견에 대해 질의하고 응답하는 과정의 연속으로만 되는 경우입니다.
'나는 이랬습니다.' '그렇군요. 나는 저랬는데요.' '당신은 그렇게 생
각하시는 군요.' 독서토론이라기 보단 독서토의나 독서대담이라는
표현이 더 적절합니다.

여러 번 모임을 거치다보면 다음엔 어떤 얘기를 할지 예측 가능해지게 됩니다. 모임 횟수가 늘어날수록 그 사람의 '바탕적 사고'를 알게 됩니다. 법률이 바탕인지, 종교적 교리가 바탕인지, 교육이 우선인지, 가족이 우선인지 익숙해지는 순간부터 지루해 지기 시작합니다.

역사서로 독서토론을 합니다. '우리가 일제 강점기를 겪은 이유는 역사 인식에 대한 부재 때문입니다. 그래서 올바른 역사교육을 어릴 때부터 해야 합니다.' 사회과학서로 독서토론을 합니다. '젊은 사람들이 '헬조선'이라고 합니다. 그 해결책은 역사로부터 찾아야 합니다. 그래서 올바른 역사교육을 어릴 때부터 해야 합니다.' 인문서로 독서토론을 합니다. '인문적인 삶을 해야 합니다. 그 해결은 역사로부터 찾을 수 있습니다. 그래서 올바른 역사교육을 어릴 때부터 해야 합니다.' 어떤 책으로 독서토론을 해도 그분의 주제는 '역사'입니다. 이분에게 독서동아리 모임은 '자기 생각의 고착화'를 주장하는 장소입니다. 다음 모임부터는 어떤 식으로 발언할지 예측이 가능해집니다. 그 같은 사람이 2명만 되어도 독서토론이 지루해 집니다. 쟁점 없이 내 생각만 나열하는 토의가 되면 멈춰있게 됩니다.

주부 독서회에 처음 참석하면 들어주는 누군가 있다는 것이 즐겁습니다. 그런데 서로 익숙해지면 사생활 이야기가 중심이 되는 경우가 많습니다. 특히, 자녀교육 이야기가 나오면 처음부터 끝까지 교육이 중심이 됩니다. 그렇게 대략 6개월이 넘어서면 숨겨왔던 사생활이 공개되어 버린 사실을 인지하게 되고 타 아이들과 성적비교는 독서회를 멀리하게 되는 원동력이 됩니다. 혼자 읽는 독서를 집단 토론 활동으로 넘어가는 과정에서 독서토론의 목적과 목표를 분명하게 수립하지 않는 데서 초래합니다. 다시 말해 개인적인 독서 활동을 집단적으로 토론하는 활동에 그대로 적용하기 때문입니다.

개인은 자신의 관점이나 가치관에 따라 책 내용을 이해합니다. 하지만 토론형식이 되려면 자기 중심적인 관점과 가치관에서 벗어나야 합니다. 선정한 책에서 읽어낸 다양한 관점 중에서 서로 첨예하게 대립되는 관점을 찾아 몇 가지 쟁점을 만들어야 합니다. 모임 처음부터 끝날 때 까지 '네, 당신의 의견이 그렇군요.'하고 인정하고 마무리 되면 모임 내내 긴장감은 없고 결국 배울게 없는 모임으로 남게 됩니다. 독서토의로 치우치면 수다모임이 될 확률이 높습니다.

지식전달 세미나식 독서토론

독서동아리 참여 인원 중엔 분명히 독서광들이 꼭 있습니다. 그들은 50대 남성과 60대 이상 여성인 경우가 많습니다.

그들이 저지르는 가장 큰 실수는 타 회원들이 자기 생각을 말하면 책을 잘못 읽었다고 지적하는 일입니다. 그 독서동아리는 신입회원이 수혈되지 않고 기존 멤버들만 남게 됩니다. 그들에게 책은 양식이 아닌 자기도 죽이고 다른 사람도 죽이는 독입니다.

또 다른 독서동아리 경우가 있습니다. 참여자 연령이 대체로 40대 중반 이상으로 매회 8~10명 정도 모입니다. 50대 남성분이 계신데 발언 차례가 되면 다른 참여자들은 긴장하기 시작합니다. 그는 혼자서 30분 이상 열변을 토합니다. 누구하나 말을 끊지 못합니다. 그는 지식 전달방식을 선택했기 때문입니다. 책에 오타가 몇 개 있고 저자는 몇 권의 책을 소개했으며 한글로 대체 가능함에도 불구하고 쓰인 불필요한 외래어가 몇 개 있는지 일일이 나열합니다. 하나하나 나열하고 비판하니 30분이라는 시간조차 모자랍니다. 그에게 책은 활자와 단어를 분석하는 자료일 뿐입니다. 처음엔 대단하다는 생각을 하는데 두 번째 듣게 되면 짜증이 몰려옵니다. 과다한 지식은 반감을 불러옵니다. 그런데 그 분은 짜증내는 다른 사람들을 이해 못합니다. 자신에게 책은 철저하게 분석해야 하는 도구인데 공감하지 못하는 사람들이 이해 안 됩니다. 그는 오히려 사람들의 반응에 당황합니다.

공공도서관의 문제와 끼리끼리 모임

공공도서관은 야간 7시 이후로 세미나실 강연만 운영됩니다. 읍 ·

면단위 도서관인 경우에는 아예 없는 경우도 많습니다. 야간에는 책에 관심 있는 직장인들이 참여할 수 있는 토론의 장도 닫혀있습니다. 그래서 독서동아리는 직장에 다니지 않는 주부와 은퇴하신 노인분들만이 대상일 수밖에 없습니다. 현재 국민의 절대 다수를 차지하는 직장인들을 위한 독서동아리를 찾아보기 쉽지 않습니다. 물론 직장인들을 위해 극히 드물지만 야간 독서동아리모임을 하는 곳도 있고 주말 모임을 열어두는 공공도서관도 있습니다. 그러나 야간이나 주말 독서동아리 모임을 위한 장소와 시간만 빌려줄 뿐 관심은 두지 않습니다. 근무 이외 시간이기 때문입니다. 그러므로 운영은 모임에 참여하는 사람들이 알아서 만들어 가야 합니다. 직장인들은 조직생활에 익숙합니다. 지시와 명령에 익숙해져있습니다. 성인들이니까 알아서 잘하겠지 라고 생각하면 안 됩니다. 그들에게 알아서 하라는 것은 누군가 조직을 장악해서 독재하라는 말입니다. 그들은 토론이 익숙하지 않습니다. 토론방식도 어떤 전문가가 전문적으로 가르쳐 줘야 한다는 인식을 하고 있습니다. 끝내 그들(직장인)만의 모임은 서로가 협상과 설득에 부딪치게 됩니다. 개인이 가지고 있는 진리를 융합하고 나눠야 하는데 그렇게 하지 못합니다. 서로 자신의 방식만을 고집하다가 결국 몇 개월이 지나면 직장인 독서동아리는 서로 감정만 상한 체 사라지고 없습니다.

독서동아리에 가장 많은 분포를 차지하고 있는 연령은 40대입니다. 특히 여성 40대가 많은데 자녀들이 독립하면서 잃어버렸던 자신을 찾을 여유가 생겨서인가 봅니다. 공공도서관내에 독서동아리인 경우는 50대가 많습니다.

그리고 30대 중반 끼리, 30대 초반 끼리로 나뉩니다. 끼리끼리 모임이 많습니다. 처음부터 그렇게 시작한 게 아닌데도 말입니다. 색깔이 드러납니다. 어떻게 그렇게 끼리끼리 모일 수 있는지 참 신기합니다. 모임 주최자 및 모임 참여자중 가장 열성적인 사람의 연령층에 맞춰지게 된다는 것을 발견했습니다. 주된 모임 연령층에서 벗어나는 경우 거의 대다수가 지속적인 참여를 포기하게 됩니다. 나중엔 독서동아리 회원들의 연령이 한쪽으로 몰리는 현상이 심화됩니다. 한쪽은 탈퇴하고 한쪽은 채워지게 됩니다.

독서동아리가 다양한 연령층으로 함께 할 수 없는 이유는 크게 두 가지가 있습니다.

첫째 연령별 '선호도서' 차이 때문입니다. 공공도서관 담당자가 직접 관리하는 독서동아리인 경우엔 목민심서나 삼국유사 같은 교양서 위주, 50대 이상은 나무, 산, 나물 같은 치유서, 40대들은 인문학서, 30대는 근래 이슈가 되는 자기계발서 및 실용서, 20대는 철학, 미술, 음악, 현대 소설을 지향합니다. 통상적으로 독서동아리는 1년 동안 독서토론 할 책을 연말에 한꺼번에 미리 선정하거나 매월 1달 단위로 선정하여 공지됩니다. 그때 주된 참여 연령이 선호하는 도서로 선정

될 확률이 높습니다. 내 관심 밖 도서는 참여율 저하로 직결됩니다.

　두 번째는 세대 차이로 인해 서로 공감이 안 되기 때문입니다. 한참 전에 미리 선정된 도서이므로 구애하지 않고 열심히 읽고 고민한 후에 독서토론에 참여했는데 토론 과정 중에서 소통 한계에 부딪히게 됩니다. 다른 세대에게 내 얘기를 하다는 것이 서로에게 불편함으로 작용합니다. 30대 미혼인 경우 '내 경험으로 비추면 말이지' 라고 시작하는 부모세대의 꼰대에 불편해 합니다. 40대 중반 이상 부모 세대는 자신의 처지와 상황을 공감하지 못하는 젊은 사람들의 분위기가 어색합니다. 그리고 어린 사람들에게 솔직한 자신의 생각을 말해야 하는 자존심에 대한 불편함이 있습니다. 결국 같은 세대만이 자신의 처지와 상황을 공감해 줄 수 있기 때문에 가장 편합니다. 따라서 자연스레 모임을 주도하는 연령층 끼리로 좁혀지게 됩니다. 50대가 많은 모임에 어쩌다 자식 같은 젊은 사람이 참여하게 되면 너무나 반갑고 좋아하시는 모습을 보곤 합니다. 그러나 젊은 사람은 분위기 파악하고 고민하게 되고 다음 모임에 안 나올 확률이 높습니다. 왜냐면 독서토론이 부모세대만 공감되는 내용으로 흘러가고 있을 확률이 높고 젊은이는 지루할 수밖에 없습니다. 젊은 사람이 많은 모임에 참여한 50대도 마찬가지입니다. 내 젊었던 때와 지금 젊은 세대는 다릅니다. 공감이 잘 안됩니다.

독서동아리의 폐쇄성

실제 독서동아리라고 해서 뭔가 교양 있고, 있어 보이는 모임이라고 생각하면 오판입니다. 어떤 경우엔 겉모습만 화려한 산악회보다 못한 경우가 많습니다. 오래된 독서동아리인 경우 심각한 폐쇄성에 빠져있는 곳도 있습니다.

공공도서관은 도서관 자체 홍보를 통해 독서동아리가 만들어진 경우가 대다수입니다. 차츰 독서동아리 인원이 줄어들면 독서회원 모집 홍보하여 인원을 채워줍니다. 반면에 별개의 온라인·오프라인으로 만들어진 모임인 경우 모임 주최자가 책이 좋고 토론이 좋아서 개설해서 운영하는 경우가 대다수입니다. 그러다보니 실패가 많아 중도 해체 되는 경우가 많습니다. 물론 독서동아리 모임만 해당되는 게 아니지만 3년 이상유지 되는 모임이 잘 없습니다. 3년 이상 지속되는 모임의 운영 형태를 면밀히 살펴보면 모임 주체자의 열정도 있지만 모임에 열성적인 사람이 지속적으로 수혈되면서 유지되는 경우입니다. 그런데 그 부분이 부정적으로 작용하는 경우가 많습니다. 열정적인 사람의 방식대로 정착될 때 독서동아리는 폐쇄적으로 변합니다. 자신의 운영 방식에 또 다른 의견을 말하는 사람은 거부 대상입니다. 자신만의 방식만이 옳은 것이 됩니다. 자신은 독서동아리를 통해 경험을 나누고 삶에 대해 나누길 바라는데 비판적이고 공격적인 누군가의 말은 듣고 싶지 않다는 겁니다.

모임 주최자나 열정적인 사람이 자신만의 운영방식에 대한 뚝심과 확고한 방향이 없었다면 모임은 없어졌을 겁니다. 3년 정도 운영되고 있다면 자리 잡았다고 할 수 있습니다. 그러다보니 자신만의 방식이 옳은 것이 되는 겁니다. 자신의 방식에 의구심을 품는다는 것은 실패를 거쳐 축척해온 신념을 의심해야 하는 것입니다. 누가 자신의 신념을 쉽게 포기할 수 있겠습니까. 그래서 시간이 흘러 자신이 희망했던 긍정적인 모임으로 진행되지 않음을 알면서도 예전 방식을 고수합니다. 자기의 입맛에 맞는 사람들로 채워지게 됩니다.

토의와 토론이 치우침이 없는
비경쟁 독서토론

독서동아리들의 운영형태는 다양합니다. 자유형, 발제형, 서평형, 강독형에서 후속모임까지 다양합니다. 이제는 '혼자 읽는 독서가 아니라 독서토론을 위한 독서를 해야 합니다.' 그리고 혼자만의 독서와 독서토론을 위한 독서법은 달라야 합니다.

독서토론의 시작

개인의 책읽기는 독서 전 활동입니다. 독서토론이 독서 중 활동입니다. 올바른 책읽기는 함께하는 독서활동으로 이어질 때입니다.

독서토론은 승패를 가리고, 설득하고 논증하며 정답을 찾아가는 활동이 아니며 설득과 협상의 자리도 아닙니다. 다양한 가치관을 '주고받는' 과정입니다. "한 권의 책을 읽기 전의 나와 읽은 후의 나는 다르다"는 옛 성인의 말이 있습니다. 혼자만의 골방독서만으론 이 말이 이루어질 수 없습니다. 내가 좋아하는 책, 관심 있는 책을 나만의 방식으로 읽어버리기 때문입니다. 관점이 정체되고 생각은 확정됩니다. 독선과 편견을 불러옵니다.

"여러분은 어떻게 읽으셨어요?"라고 묻는 것부터가 독서 중 활동의 시작입니다. 개인마다 살면서 얻은 가치관과 경험의 기억이 다릅니다. 나와 다른 삶을 살고 있는 타인의 가치관과 경험을 듣는 것부터가 독서토론의 시작입니다.

독서토론 참여자

독서토론을 시작하면 "어떻게 저렇게 읽을 수 있지?", "나와 참 다른 생각을 하네?"라며 의구심을 표현합니다. 그러나 듣기를 인내하면 "아, 저렇게 읽을 수도 있겠구나!" "내가 이런 점은 놓쳤구나." 처럼 나와 다른 점을 인정하게 됩니다. 이때부터 편견과 독선의 벽이 허물어지기 시작합니다.

잘 진행된 독서토론은 "다른 사람의 이야기를 듣고 내가 생각하지 못했던 부분을 알게 되서 좋았다." "생각의 폭을 넓히는 계기가 되었다.”는 말로 끝나게 됩니다.

독서토론 하고나니 '좋았다'는 과정을 몇 차례 겪으면 정신이 혼란스러워 지는 단계로 넘어갑니다. 자신이 지금까지 "그렇다"라고 생각한 가치관과 세계관이 충돌을 일으키며 허물어지기 시작합니다. 정신적 혼란에 빠지게 됩니다. 독서토론을 하고나면 머리가 명쾌해 지는 게 아니라 혼란해 집니다. 독서토론에 꾸준히 잘 참여하면 정신적 혼란 과정을 겪게 됩니다. 그래서 모임을 마친 후에 느끼는 상쾌함 보다는 혼란에 익숙해야 합니다. 그런 경험을 간증하는 독서토론이 아주 잘 되고 있는 독서토론입니다. 정신적 혼란을 겪은 후에야 자신의 뇌가 유연해 집니다. 혼란이 익숙해야 사고가 확장됩니다. 삶이 유연해 집니다. 책 읽고 와서 사람들과 만나 대화하면서 오늘 참 즐거웠어! 하며 문을 나서는 모임은 계모임과 별반 다를 바 없습니다. 독서토론은 해답을 얻어가는 자리가 아니라 질문을 얻어가는 자리입니다. 혼란을 얻어가는 자리입니다. 독서동아리에 가서 독서토론에 참여하는 이유입니다.

독서토론 참여자 독서법

독서토론시 진행자가 있는 경우가 많습니다. 그래서 자신이 토론 참여자인지 아니면 진행자인지에 따라 독서법은 달라져야 합니다. 그리고 책 한 권 완독에서 끝내서는 안 되고 독서토론 참여를 위한 독서를 염두해야 합니다.

독서토론 참여 전에 ① 책 읽은 소감 ② 인상 깊게 읽은 부분과 이유 ③ 이해 안 되는 부분 ④ 다른 사람의 관점을 듣고 싶은 부분을 미리 정리해서 참석해야 합니다. 준비를 해야 토론 중에 두서없이 내뱉는 말하기에서 벗어나 정리된 말하기가 가능해 집니다. 2시간 기준으로 토론 참여자가 10~12명인 경우 한 명당 발표 가능한 시간은 최대한 평균 10분 안팎입니다. 만약 토론할 발제가 5개라면 1개의 발제당 2분의 시간만이 허락되는 셈입니다. 따라서 자신에게 주어진 10여 분의 시간을 효과적으로 활용할 방법을 구상해야 합니다. 토론 시간은 2시간으로 한정되어 있습니다. 참여자 한명이 시간을 초과해서 써버리면 다른 이는 그 만큼 시간을 강제로 뺏기는 겁니다. 따라서 토론 진행자는 시간 균등의 원칙을 잘 지킬 수 있도록 신경 써야 합니다.

그리고 발언 시엔 구체적인 페이지수와 내용을 다른 참여자에게 말해줘야 합니다. 그래야 발언의 공감을 이끌어 낼 수 있고 하나마나한 이야기를 하거나 장황한 말을 하는 실수를 안 하게 됩니다. 예를 들어 "00페이지에 보면 00가 이런 말을 합니다. 저는 그렇게 보지 않았습니다." "00페이지에서 00이라고 주장하고 있는데요. 저는 이 주장에 공감하지 않습니다. 왜냐하면~ "이런 방식으로 말을 해야 토론 긴장감이 이어지고 수다로 빠질 여지가 줄어듭니다.

독서토론 진행자 독서법

독서토론 참여자인 경우 자신의 생각만 정리해서 발표하면 되지만, 진행자는 토론 전체를 보는 안목으로 책을 읽어야 합니다. 한 주제에 치우칠 수 있는 토론의 중심을 잡아야 하기 때문입니다. 따라서 독서토론 진행자는 객관적 이여야 합니다. 주부독서회인 경우 누군가 교육이야기를 하면꼬리에 꼬리를 물며 교육주제로만 맴돌게 되는 경우를 볼 때가 많습니다. 진행자가 중심을 잡아줘야 합니다. 진행자는 짧은 형태의 독후감, 서평을 미리 써오면 도움이 됩니다.

진행자는 무슨 얘기를 하더라도 수용하고 기다려야 합니다. 많이 알고 똑똑해야 진행자가 되는 게 아닙니다. 진행자는 말 그대로 진행하는 사람입니다. 토론 참여자가 아닙니다. 최대한 자기 생각을 말하면 안 됩니다. 내 생각은 절제해야 합니다. 진행자는 적극적으로 듣는 사람입니다. 어려운 주제, 배경지식이 부족할 때만 화자의 역할을 하는 겁니다. 속도가 아니라 방향성을 중요시해야 합니다. 천천히 가더라도 올바른 방향으로 갈수 있도록 토론을 이끌어야 합니다.

독서토론을 위한 독서법 : 비경쟁 독서 토론

교육이 초등학교부터 토론문화로 변모하고 있습니다. 토론과 협력이 핵심입니다. 사고능력 향상을 위한 토론을 지향합니다. 사고능력 향상을 위한 다양한 독서토론법 중에 '비경쟁형 독서토론'을 제안합니다. 논리와 논증으로 자기 생각을 표현하며 상대방을 설득하는 독서토론이 아니라 발제가 발제로 되돌아오는 비경쟁 독서토론이 돼야 합니다. 현대 기업이 바라는 인재상이기도 합니다. 창의적이고 융합적인 사고는 정답을 찾는데 익숙한 방식으론 나올 수 없습니다. 마찬가지로 독서토론도 설득하여 좀 더 좋아 보이는 정답을 찾으려는 논쟁에 치우치면 안 됩니다.

질문이란 자신이 모르거나 의심나는 부분을 상대방에게 알아보거나 정보를 기대할 때 쓰이는 교육학 용어입니다. 발제는 사고를 자극하고 유지 발전시키기 위한 문제제기입니다. 정리하자면 질문이 답을 찾는 과정이라면 발제는 사고를 확장시키는 과정입니다. 한 줄의 발제에서 하나의 문장으로 문제제기하는 방식으로 진행하는 독서토론을 해야 합니다. 그리고 독서토론은 글쓰기가 수반되어야 합니다. 토론 후 필사든 독후감이든 써야 내 생각이 명확해 집니다.

독서토론 참여 전에 책을 완독(읽기)하고, 독서토론에서 말하고(말하기), 독서토론 마무리로 쓰기 과정이 자연스럽게 이어지는 독서토론 방식이 필요합니다.

사고하는 힘은
발제에서 비롯된다.

Reading The Thinking
          Book is The Answer.

인간은 죽어도 혼자 못산다.
독방에서 마당으로

아파트는 개인 중심 사회를 가장 잘 나타내는 건물입니다. 한 건물에 수 십 가족이 함께 살고 있으면서도 개인 사생활은 철저하게 가려 있습니다. 함께 살지만 서로 왕래 할 필요가 없습니다. 수많은 사람이 모여 사니 시끌시끌한 동네이지만 너무나 조용한 동네입니다. 공유와 폐쇄의 모순이 공존하는 장소입니다. 혼자 살기는 두렵고 함께 살자니 번거롭고 애매한 곳이 아파트입니다.

개인 사생활을 보장 받으면서도 함께 하는 공동 마당으로 등장한 것이 '카페'입니다.

주변이 수많은 사람들로 시끌시끌하지만 4인 테이블에 '너와 나'가 앉아 대화를 할 수 있는 공간이 카페입니다. 개방적이면서 폐쇄적입니다.

현재를 살아가는 인간은 외로움과 번거로움이라는 모순적 갈등 속에 살고 있습니다.

나와 상관없는 사람들의 삶을 알고 싶지 않습니다. 굉장히 번거롭기 때문입니다. 타인을 알면 알수록 내 삶이 힘겨워지기 때문입니다. 누군가를 알면 알수록 힘겨움은 더욱 커집니다. 도움을 줄 수도 없고 관여할 수도 없는데 타인을 알아야만 하는 것은 굉장한 고통입니다. 내 삶도 힘겨운데 타인의 힘겨움까지 함께 짊어지고 싶지 않은 겁니다. 그래서 철저히 외롭기를 기대합니다.

그런데 삶은 나 편한대로 두지 않습니다. 알고 싶지 않은 누군가를 알고 싶고, 그러면서도 간섭받고 싶지 않으면서도, 위로 받고 싶은 복잡한 마음이 엉켜진 채로 살고 있습니다. 그래서 카페를 찾습니다. 최대한 나를 다른 사람들에게 드러내지 않으면서도 드러내며, 내 앞에만 있는 누군가만 알면 되고 위로 하고 위로 받기에 최적의 장소입니다. 혼자 앉아 커피를 마시든 누군가로부터 간섭받지 않으면서도 누군가와 함께 있을 수 있는 장소입니다. 수다든, 회의든, 어색한 만남이든 최소한의 인원이 모이는 장소입니다.

그러나 인간은 결국 함께 모여야 하는 존재입니다. 아무리 개인주의가 팽배한 사회라고 말하지만 실상은 전혀 개인주의적이지 못합니다. 모이기를 희망합니다. 그게 인간입니다. 단지, 자신이 감당 가능한 최소한의 사람만 만나고 최소한의 사람에게만 자신을 공개하려는 형태로 변했을 뿐입니다.

책모임은 카페 모임을 더 넓은 마당모임으로 이끌어 줍니다. 카페 모임은 최소의 인원만이 가능합니다. 그러나 책모임은 더 많은 사람들이 모입니다. 독방 모임을 마당 모임으로 만들어 줍니다. 좀 더 넓게 자신을 드러내도 괜찮고, 좀 더 넓게 타인을 알아도 괜찮은 그런 장소입니다. 그 중심에는 책이 있습니다. 책이라는 도구를 이용하여 감정을 공유하고 이성을 나눌 수 있습니다. 책이라는 도구로 치유되고 삶을 알아낼 수 있습니다. 우리는 그런 이유로 독서 모임에 나갑니다.

그런데 책모임을 목적으로 모였다면 규칙과 규정이 필요합니다. 수다 목적이 아니고 내 감성과 이성을 공유하고 나누는 곳이므로 진행 방식에 구별을 둬야 합니다.

앞 장에 다양한 독서동아리 진행 방식을 소개했습니다. 자율적으로 할 수도 있습니다. 발제를 들고 하는 경우도 있고, 독후감을 쓰고 와서 하는 경우도 있습니다. 아니면 전문적인 누군가의 도움을 받아서 할 수도 있습니다. 진행자를 지정해서 할 수도 있고 없이 할 수도 있습니다. 진행 방식은 다양합니다. 어떤 것이 좋고 어떤 것이 나쁘다고 말할 수 없습니다. 장점이 있으면 단점이 있는 건 당연합니

다. 앞서 설명한 독서동아리 모임들도 마찬가지입니다. 어떤 모임이
든 아쉬운 점이 있고 괜찮은 점도 있습니다. 아쉬움은 수정하면 됩
니다. 중요한 것은 '내가 적극적으로 참여 한다'는 것입니다.

독서토론이 독서 中 활동이다.

토론이 가능한 도서가 있고 토론하기 어려운 도서가 있습니다. 시나 에세이는 토론보다는 감성나누기 방식으로 해야 합니다. 시와 에세이는 개인의 감정적 요소를 다루는 경향이 많기 때문에 토론하기 힘듭니다. 이런 유의 도서는 독후감이나 서평으로 내 감정 나누기, 말하기 방식으로 하는 게 좋습니다.

소설인 경우는 소설의 종류에 따라 달리 진행해야 합니다.

고전 소설인 경우 격렬한 토론거리가 되는 경향이 있습니다. 인간 본질을 다룬 책들이 많아서 그렇습니다. 여기서 고전 소설이란 출간되어 지금까지 읽혀지고 있는 30년 이상 된 책을 말합니다. 수백 년 된 책을 말하는 게 아닙니다. 30년 정도 읽혀지고 있다면 분명 이유가 있기 때문입니다. 한국 대중 소설들은 아쉽게도 토론거리가 될 만한 책들이 많지 않습니다. 개인 사유 측면이 강하여 시와 에세이와 같이 사회적 공감대를 찾기 어려운 책들이 많기 때문입니다. 이 점은 굉장히 아쉽습니다. 냉정하게 표현하자면 읽고 싶은 한국 소설이 잘 없다는 얘기입니다. 알랭드 보통이나 하루키, 게이고등의 외국 소설이 한국 출판계를 뒤 흔드는 건 그만한 이유가 있기 때문입니다.

문제는 사회과학서나 역사서, 인문서 같은 경우입니다. 논쟁적이고 토론거리가 풍만함에도 불구하고 토론이 적극적이지 않습니다. 그래서 모임에서 잘 다루지 않습니다. 또는 반대로 너무나 격렬해서 피하는 경향이 있습니다. 그래서인지 독서동아리가 책선정할 때 대다수가 소설류입니다. 고전소설이나 현재 베스트셀러에 올라있는 책들이 대다수입니다. 외로움과 번거로움에 갇혀 사는 현대인들 특징 때문이라 생각됩니다. 자기 삶에 초점을 맞춰 치유가 목적인 사람들이 많기 때문입니다. 외롭지만 교양 있어 보이려고 모임을 찾습니다. 대체적으로 경제적으로 좀 더 여유가 있는 사람들이 독서활동에 적극적입니다. 머리 쓰기 싫은 책들은 배제 대상입니다. 사회과학서와 자연과학서 인문서는 큰 이슈가 있을 때 잠시 섞여드는 책입니다. 어찌되었든 그런 책들을 선정하고 토론 진행을 하면 대다수가 토론 중도에 막혀서 결국 책과 동떨어지고 '너의 삶, 나의 삶'으로 토론 화제가 전환되는 사실을 보게 됩니다. '교육문제'가 나오면 끝장

토론이 됩니다. 책에서 벗어나 사회 얘기가 자식얘기로 자신의 교육 및 양육방식 자랑으로 끝나 버리는 때가 많습니다.

책모임으로 왔다면 책 이야기에서 벗어나면 안 됩니다. 물론 책 이야기를 하다보면 자기 삶이나 타인의 삶을 들여올 수는 있습니다. 그러나 그게 물리고 물려서 엉뚱하게 흘러가서는 안 됩니다. 사람들 특히, 죄송스럽지만 50대 중반 이상 여성들이 그런 경향이 굉장히 강합니다. 사회과학서가 자기 경험 이야기로 전환됩니다. 타인에 대한 잘못된 경청방법입니다. 냉정하게 독해력 부족인 경우가 많습니다. 소설처럼 재밌지도 않고 지식과 경험 그리고 배경이 빈약하니 독해가 어렵습니다. 그래서 중도에 자기 이야기로 바꿔버리는 것입니다. 책 전체 흐름을 이해하지 못하니 그나마 어느 한 부분을 확대하여 집중하게 된 결과입니다. 그런 책들이 힘들지만 계속 실패하면서 독해력을 키워나가야 합니다. 책 읽는 사람이라면 자기감정에만 매몰 되서는 안 됩니다. 쉬운 일은 아니지만 극복해야 합니다. 아쉽게도 노력 외에는 대안이 없습니다.

독서 모임은 '독서 중 활동의 장소'입니다. 단순히 책 읽고 감정 대화하는 장소가 아니라 개인의 독서가 어울림 독서가 되는 장소입니다. 따라서 모임을 '계모임'으로 만들어서는 안 됩니다. 내가 이해 못한 부분을 이해하기 위해 모임에 오는 것입니다. 내가 아는 부분을 공유하기 위해 오는 장소입니다. 비좁은 사고를 확장하기 위해 독서모임에 가는 것입니다. 책을 바르게 읽기 위해 모임에 오는 것입니다. 그게 독서 모임을 가는 이유입니다.

7장에서 다루었듯 독서모임의 진행방식은 모두 다릅니다. 방식만 다를 뿐 모두 '독서 중 활동'입니다. 그래서 예의를 지켜야 합니다. 사고에 대한 "사고 예의"입니다. 어떻게 하면 감정을 공유하고 이성을 나누어 사고의 확장을 할 것인가 고민하는 진행이 되어야 합니다.

다양한 독서 동아리 모임 진행방식을 직접 지켜보며 '왜 저렇게 진행할까? 저렇게 하면 참여자들에게 도움이 될까? 왜 저 책에서 저런 말이 나올까? 저런 관점도 괜찮은데, 저건 아닌데.' 등과 같이 고민하며 배우며 많은 생각을 했었습니다.

독서토론은 참여자의 주된 연령층과 인원, 진행 방식, 진행자 역할, 주로 다루는 선정 도서의 특징에 따라 방식이 달랐습니다. 제가 겪은 경험들을 바탕으로 어떻게 하면 사고하는 독서 토론이 될까 고민했습니다. 가장 좋은 형태가 "발제"라고 결론 냈습니다. "질문거리를 찾는 토론 방법"입니다. 선정 된 책에서 다룰 수 있는 주제를 찾는 독서토론 방법입니다.

그래서 "발제형 독서토론"을 중점으로 다시 정리해 보려고 합니다.

03

질문을 없애고 발제하는
독서토론을 하라.

토론이 가능한 발제형 독서토론도 진행방식에 따라 다양한 형태가 존재합니다. 참여자 중 한명이 미리 서평이나 작가 등에 대한 자료를 찾아와서 개략적인 설명을 한 후에 한 줄의 문장으로 된 발제 5~6개 정도의 토론거리를 준비해서 와서 진행하는 경우가 대다수 방식입니다. 그런데 토론 도서 진행자로 선정된 사람이 홀로 모든 책임을 떠안고 발제를 준비해오다 보니 굉장한 부담을 가지게 됩니다. 그리고 기껏 만들어간 5개의 발제가 너무나 주관적이라 토론에 적합하지 못한 경우도 발생합니다. 그런 게 쌓이다보면 모임 자체가 부담스럽고 이내 독서동아리 회원 수는 줄어들게 됩니다. 물론 독서관련 임의단체 중엔 나름대로의 기준을 가지고 체계적인 교육단계를 거쳐서 발제가 익숙해진 곳도 있습니다만 대개의 경우는 그렇지 못합니다.

　발제라는 형식으로 진행되는 모임은 무언가 사고의 확장을 기대하고 오는 사람들이 대다수이기 때문에 책이라는 도구로 하는 모임 중에는 가장 긍정적입니다. 단지 발제에 힘겨워 하는 사람들이 많아서 활성화되기 힘들다는 점이 아쉽습니다.

　발제의 시작은 책에 있는 주제 찾기부터입니다. 주제를 찾아내면 발제는 쉽습니다. 찾아낸 주제를 '어떻게 객관적인 토론거리로 만들 것인가?'의 문제만 해결하면 됩니다. 현재 여러 단체에서 활용하는 발제 방식을 축약하면 크게 두 가지 방식으로 정리됩니다.

책 주제 찾기 (발제형 독서토론)

　딱히 진행자가 필요 없습니다. 모둠 토론으로 주제 찾는 방식입니다.
　4~6명 단위로 모둠을 만듭니다. 12명이면 3개 모둠을 만들면 됩니다. 모둠은 많아도 상관없습니다.
　우선 모둠별로 모여서 책 읽고 온 소감을 나눕니다. 규칙이 있습니다. 한 명당 책 읽고 온 소감을 3분 이내로 발표 합니다. 듣기는 대체로 1분 이상 넘어가기 시작하면 경청이 힘들어 집니다. 2분이 넘어가면 잡생각 나기 시작합니다. 3분 이상 듣게 되면 앞에 무슨 얘기가 있었는지 잊어버리게 됩니다. 그 이후로는 무의미하게 잡생각 하며 상대방 말을 듣고 있는 것밖에 안됩니다. 무의미한 시간을 줄이는 게 필요합니다. 그래서 소감 나누기는 아무리 길어도 전체적으로는 15분~20분 이내로 마무리해야 합니다. 가장 좋은 것은 한 명당 2분 이내입니다. 충분히 하고 싶은 이야기 할 수 있는 시간입니다. 말하는 사람도 2분 넘어가면 자기가 무슨 말하고 있는지 헷갈려 하기 시작하며 처음과 다른 이야기를 하고 있는 자신을 발견합니다. 말 잘하는 사람은 결코 길게 얘기 하지 않습니다.

'소감 나누기' 후에 본격적으로 소감을 기본으로 하거나 개인이 준비해 온 질문거리를 나눕니다. 책을 관통하는 핵심 단어나 문장을 찾는 활동입니다.

여기서 다시 두 가지 형태로 진행됩니다.

첫 번째, 모둠이 5개 이상이 되는 경우 (30명 이상)

우선 모둠 당 진행자를 선정합니다. 진행자를 기준으로 한 모둠 당 처음에 하나의 발제꺼리를 만듭니다. 대략 10분 내로 협의하여 하나의 발제를 합니다. 예를 들어, 모둠에서 협의한 주제를 '친구'라고 결정하였고, '내 곁에 어떤 친구가 있었으면 좋겠나요?'라고 발제를 써놓습니다. 이런 식으로 했다면 5개 모둠마다 하나의 발제가 있을 겁니다. 물론 주제가 겹치는 모둠이 있을 수도 있습니다만 상관없습니다.

발제가 정해지면 선정된 진행자를 제외한 다른 사람들은 각기 다른 모둠으로 흩어집니다. 헤쳐 모입니다. 참여자는 어느 모둠에 가든 자유입니다. 그렇게 다른 모둠에 있었던 사람들이 자리에 앉으면 남아있던 진행자는 '내 곁에 어떤 친구가 있었으면 좋겠나요?'가 나오게 된 발제 이유를 설명합니다. 듣고 난 사람들은 이에 대한 생각을 이야기 합니다. 이야기가 끝나면 이때 모여진 사람들끼리 또 다른 발제를 만들어 냅니다. 끝나면 또 다시 다른 모둠으로 헤쳐 모입니다. 그러면 2개의 발제로 토론이 진행될 겁니다. 이런 식으로 정해진 시간동안 순환하여 움직이면 하나의 모둠 당 몇 개의 발제가가 만들어져 있을 겁니다. 1시간 50분 정도면 한 모둠 당 4~5개 정도의 발제가 만들어지게 됩니다.

토론 마무리할 때 처음부터 계속 한자리에 앉아있었던 모둠 진행자는 이제껏 만들어진 발제나 인상 깊은 답변 등을 발표하는 것으로 마무리 합니다. 이 방식은 어수선한 분위기가 연출되지만 움직인다는 점에서 활동적이고 역동적인 것이 강점입니다. 토론이 정적이지 않고 동적인 활동과 함께 아우러지는 방식입니다.

두 번째는 모둠이 3개 이하일 경우입니다. (15명 인근)

이 경우엔 자신이 처음 속한 모둠에서 벗어나지 않고 처음부터 끝까지 합니다. 대략 1시간 30분 이내로 주제를 6~7개로 발제 합니다.

이 경우엔 발제의 형태를 두 가지로 구분해서 정리합니다. 토의형 소감처럼 감상을 얘기하는 발제와 찬반/선택형으로 자신의 논리와 가치를 표현하는 발제로 구분하여 만듭니다.

'책 읽은 소감은 어떤가요? 어떤 친구가 있으면 좋겠나요? 주인공이 왜 여기서 왜 이런 행동을 했을까요?' 등과 같이 감상과 토의식 소감을 물어보는 발제를 "자유형 발제"라고 합니다.

'주인공이 이렇게 행동했는데 주인공의 대처에 공감하시나요? 공감하지 않나요? 불편한가요? 불편하지 않나요? 사회의 책임이라 생각하시나요. 개인의 책임이라고 생각하시나요?'등과 같이 가치 판단에 따른 자신의 논리를 표현하는 발제를 찬반/선택형발제라고 합니다.

이런 구성방식으로 전체적으로 자유형 발제를 4~5개, 찬반/선택형 발제를 2~3개 정도 만드는 방식입니다. 서로 발제를 만드는 중에 자연스레 토론이 진행됩니다.

발제하는 독서토론은 주제를 찾는 중(발제 하는 중)에 모둠별 토론이 심도 있게 다뤄지기 때문에 토론이 개인 경험 나누기로 치우칠 우려가 전혀 없습니다. 책에 굉장히 집중하는 방법 입니다.

논제문 만들기 (논제형 독서토론)

이 방식은 '발제'에서 한 단계 더 나가서 논제문으로 만드는 단계입니다. 논제문 만들기는 글쓰기를 수반됩니다. 논제형 독서토론은 발제형 독서토론을 심화한 것입니다.

아래 그림은 2016년 서울시 한 책읽기 선정 도서 중에 「앵무새 돌려주기 대작전」이라는 책에서 만든 논제문 예시입니다. 책은 초등학교 고학년 대상입니다. 따라서 토론 대상도 5학년이상 초등학생입니다. 예시와 관련하여 논제문 구성 요소를 설명하겠습니다.

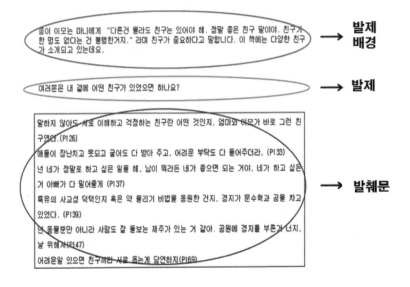

발제의 주제를 '친구'로 선택한 경우입니다.

토론에 참여하기전에 책 읽으면서 여러 군데 줄을 그어 놓았습니다. 책 읽기를 마친 후(일독) 자신이 그어 놓은 줄을 쭉 훑어보니 여기저기 친구와 관련된다고 생각되는 발췌문이 모여집니다.(재독) 모여진 발췌문을 바탕으로 발제를 합니다. 최소 재독은 하게 됩니다. 발췌문이란 필요하거나 중요한 대목만을 뽑아낸 글을 말합니다. 즉, 책 읽으며 중요하다 생각한 부분에 줄그은 것들이 발췌문입니다. 필사의 한 형식입니다.

토론하고자 하는 발제는 '토론 참여자 여러분은 내 곁에 어떤 친구가 있었으면 하나요?' 입니다.

그리고 이 발제 앞에 발제를 위한 배경 문장을 넣습니다. 책에 있는 내용을 요약하여 배경을 기재합니다. 책 안에서 문제를 가지고 와서 발제를 논리적인 형태와 맥락에 맞게끔 문장화 시킨 것이 논제문입니다.

정리하자면 책 읽으며 줄 그어 놓은 발췌문을 공통분모끼리 모아서 주제를 찾고 발문을 만드는 독서토론법입니다. 그리고 발췌문을 재정리하여 발문의 배경을 설명해 주는 구성이 논제문 형식입니다. 발제 배경이 '요약 글쓰기'입니다. 논리적이고 함축적입니다.

예시문으로 다시 설명해 보겠습니다.

「앵무새 돌려주기 대작전」이라는 책을 읽으며 줄을 그었습니다. 좋은 문장일수도 있고 의문 나는 부분 일수도 있고, 다른 사람들의 생각을 들어보고 싶은 부분일수도 있습니다. 어떤 이유에서든 줄을 그었습니다. 줄을 그었든 형광펜을 썼던지 논제문을 만드는 일은 궁금한 부분을 어떻게 물어볼 것인가에 집중하는 일입니다.

일독을 마무리한 후에 처음 읽으며 줄 그어 놓았던 부분을 다시 읽어봅니다. 다시 읽는 독서 즉, 재독이 됩니다. 처음 읽을 때보다 빠르게 읽게 됩니다. 내용을 재정리하며 책에 줄그은 것들의 공통점을 찾습니다. 또는 의심나는 부분에 표시해 놨을 겁니다.

내가 관심 있는 부분이 친구였나 봅니다. 또는 다른 사람들은 친구를 어떻게 생각하는지 궁금하기도 합니다. 책에 다양한 형태의 친구가 눈에 띕니다. 그래서 친구에 관한 발제를 하기로 결정했습니다.

줄 그어 놓은 것들을 훑어보며 친구와 공통적으로 관련된 발췌문들을 모읍니다. 발췌문이 있는 페이지를 문단 옆에 기재합니다. 발췌문이 많으면 많을수록 풍성하겠죠. 발췌문은 책을 읽으며 밑줄 친 부분을 정리해서 적어 놓은 것입니다. 가장 인상 깊었던 부분, 궁금한 부분, 해석이 필요한 부분, 가치적 관점이 필요한 부분 등에 줄을 그어 놓은 것입니다.

논제문이란 책 읽으며 다양한 이유로 밑줄 친 부분을 발제에 맞게 배치하는 일입니다. 그리고 발췌문은 필사입니다. 필사가 '글쓰기에 좋다'는 이야기는 많이 들었을 겁니다. 대체적으로 필사를 하면 문장력이 문장이 깔끔해지며 작가가 왜 이렇게 썼지를 볼 수 있게 되고 시야가 넓어진다는 것이 장점으로 잘 알려져 있습니다. 논제문에는 그래서 필사형식의 발췌문이 들어가게 됩니다.

직접 필사한 발췌문을 바탕으로 다른 사람들과 나누고 싶은 발제를 기재합니다.

"여러분은 내 곁에 어떤 친구가 있었으면 하나요?"

그런 후에 발췌문과 발제를 연관성을 설명해 줘야 합니다. 발췌문과 발제으로는 발제의 이유를 모를 수 있기 때문입니다. 그래서 발제의 배경을 넣어 줍니다. 여러 발췌문을 하나로 요약하여 3~4줄 이내로 만듭니다. 발제 배경이 길면 해석에 얽매이게 됩니다. 읽는 사람이 충분히 내용을 이해하도록 요약하여 함축적으로 써야 합니다. 자연스럽게 요약 글쓰기가 됩니다.

발제의 방식을 기준으로 발제형 독서토론과 논제형 독서토론으로 구분합니다. 논제형 독서토론은 10개 인근의 논제문을 가지고 직접 독서토론하는 방식입니다. 논제문은 발췌문과 발제 그리고 발제배경(보통의 경우 발췌문 요약)으로 구성되어 있다고 했습니다. 책 주제와 관련된 발문을 기초로 하나의 문제 형식으로 만든 것이 논제입니다. 이런 구조는 학교 국어시험지를 떠올리면 됩니다. 지문을 읽고 질문을 읽은 후에 답을 찾는 국어시험처럼 익숙한 구조입니다.

차이가 있다면 시험지는 정답을 찾는 과정이고 논제문의 형식은 발문에 내 생각을 표현하는 구조입니다. 현재 서서히 파급되고 있는 'IB 교육방식'과 비슷하다고 보면 됩니다.

처음 한 줄의 발제만 6~7개를 만듭니다. 다음엔 각 발제마다 논제문 형식으로 만듭니다. 그러면 발제 수만큼 자료가 모입니다. 논제문도 자유형과 찬반/선택형으로 구분되어 만듭니다. 자유형 논제문 4~5개, 찬반/선택형 논제문 2~3개를 만들어 지겠죠. 이렇게 만들어진 자료를 가지고 자문자답하여 글로 정리하여 쓰면 독후감이 됩니다.

이 과정을 거쳐 만들어진 자료는 다른 모임에 그대로 쓸 수가 있습니다. 이 자료를 가지고 다른 분들과 질문하고 답하기를 정리하여 객관화 시킨다면 서평이 됩니다.

논제문은 독후감과 서평을 쓰는 기본 자료로 충분한 가치가 되는 것입니다.

04

발제 이유? 사고의 확장은
발제에서 비롯되기 때문이다.

발제나 논제로 독서토론을 진행하자고 하면 '얽매이는 독서 토론은 생각을 가둬버린다'며 굉장히 꺼려하는 분들이 계십니다. 독서토론을 억지로 끌고 가지 말라는 이유입니다. 책에서 다양한 생각이 나올 수 있는데 토론 주제를 한정하는 발제나 논제는 타당하지 않다는 주장입니다. 이렇게 말씀하시는 분들 대개가 연령이 높습니다. 발제 위주의 독서토론을 전혀 접해보지 않아서 일단 거부하는 것입니다. 이런 분들은 논리적이기 보다 감성적입니다. 물론 아쉽지만 억지로 강요할 수는 없습니다.

그러나 제가 직접 논제형 독서토론 진행법을 보여주거나 본인들이 직접 발제 만들기 체험을 하면 참여자 대다수가 굉장한 성취감을 얻습니다. 그들은 책을 더 깊고 넓게 보게 되었다고 말합니다.

그렇다면 왜 발제를 해야 할까요?

책 읽는 이유는 사고하는 힘을 기르기 위해서라고 수차례 강조했습니다. 사고의 확장은 발제에서 나옵니다. 관심이 없거나 내 경험만 있으면 질문이 없습니다. 지적 호기심에서 질문이 나오고 발제가 나옵니다. 발제가 불편하신 분들은 지적인 관심보다 사람이 관심인 경우가 많습니다. 사람에게 관심가지는 것도 중요한 일이지만 독서토론은 책에 관심을 두는 것입니다. 사람은 책 다음입니다. 독서토론은 책을 더 잘 읽기 위해서이지 인간을 만나러 오는 곳이 아닙니다.

책을 더 잘 읽기 위해 사고하는 힘을 키우기 위해 발제해야 합니다. 다양한 발제가 융합되어야 내 생각이 확장되는 것을 느낄 수 있습니다.

독서토론 시간이 대개가 2시간 남짓입니다. 발제 없는 자유형 독서토론방식은 참여자 10명 중 일방적으로 3~4명만 주고받는 경우가 될 공산이 큽니다. 나머지 참여자들은 관람만 하고 돌아갑니다. 다른 사람이 끼어들 여지가 없습니다. 책 읽는다고 공들인 시간과 토론 장소에 와서 마냥 듣는 시간까지 합쳐서 좋은 구경하고 가는 겁니다. 차라리 독서토론 시간에 영화나 연극 보는 게 더 가치가 있습니다. 독서토론은 참여한 모든 사람의 생각을 듣는 자리입니다. 매번 같은 사람의 같은 이야기만 듣고자 가는 자리가 아닙니다. 독서 토론엔 모든 사람이 발언해야 합니다. 누군가가 끌고 가는 진행이 되어서는 안 됩니다. 발제를 5~6개 정도로 정한 뒤에 꼭 한마디씩은 하도록 해야 합니다. 잘하나 못하나 참관하는 자리가 아닙니다. 내가 타인의 생각을 듣기 위해 왔듯 내 생각을 타인에게 표현해야 합니다. 발제는 누군가에게 치우치지 않는 쌍방간 소통이 가능하게 합니다. 발제는 사적인 경험 나누기를 원천적으로 막게 합니다. 다른 사람들도 말을 해야 하기 때문에 허투루 자기 위주로 진행할 수 없습니다.

05

같은 발제 다른 답변의
가치에 주목하라.

토의형과 토론형 발제

"이 책을 읽은 소감은?"

책 소감 말하기도 발제입니다. '난 책을 이렇게 읽었어요. 당신은 어떤가요?'라고 물어보는 것이기 때문입니다. 독서토론의 시작은 소감 발표부터입니다. 단, 한 사람당 2분을 넘어가면 안 됩니다. 그 이상 되면 분명히 자기 이야기 하고 있을 확률이 높습니다. 책에 집중하기 위한 시작으로 소감이 활용되어야 합니다.

그리고 다음에 많이 쓰이는 발제가 '내용'입니다. 책 줄거리를 묻는게 아닙니다. 이미 독서토론에 참여했으면 줄거리는 대략 알고 있습니다. 정답이 있는 것은 발제에서 배제해야 합니다. '~라고 한 인물은 누구인가요?' '언제인가요?'같은 것은 발제가 될 수 없습니다. 질문은 정답을 확인하기 위한 것입니다. 독서토론은 정답을 확인하러 오는 자리가 아닙니다. 발제하기 위해 오는 자리입니다. '~라고 한 인물은 왜 그렇게 말했을까요?' 같이 줄거리를 기본적으로 알고 내용을 파악하는 발제로 축약되어야 합니다. 발제가 정상적으로 작동한다면 '몇 페이지에 보면 그 인물이 이러이러한 행동을 한 장면이 있습니다. 그 행동을 유추하여 본다면 아마 ~이기 때문이지 않을까요?' 같은 내용으로 답변이 됩니다. 답변을 들은 또 다른 참여자는 '그렇게 볼 수도 있지만 몇 페이지에 대화하는 장면이 나오는 데 유심히 보면 ~이라고 했습니다. 그러므로 이러이러한 이유로 그렇게 말한 것이 아닐까 합니다.' 라는 식으로 자신의 관점을 풀어 넣을 수 있게 됩니다.

또 경험을 물어볼 수도 있습니다.

'주인공이 좌절하여 자살을 시도하는데요. 여러분도 살면서 좌절한 경험이 있을 겁니다. 그때 어떻게 극복하셨는지 이야기 해 줄 수 있나요?'

다소 극단적인 예시였습니다만 책과 나의 경험을 빗대어 들려주는 발제입니다. 소감과 내용, 경험 발제는 관점을 물어보는 것이므로 논쟁할 이유가 없습니다. 저 사람은 저렇게 읽었구나 이 사람은 이렇게 읽었구나 공감만 되면 됩니다. 감성에 대한 대표적인 발제형식입니다. 이런 형식이 토의방식입니다. 토의방식은 논쟁보다는 다른 이의 관점의 다양성을 듣는 것이 목적입니다.

논쟁이 되는 발제가 있습니다. 보통 '해석과 비판'인 경우가 이에 해당됩니다. 확연하게 구분되지는 않습니다만 발제의 형태에 따라 상황에 따라 논쟁적 일수도 있고 비 논쟁적 일수도 있습니다.

'어떤 점이 문제가 있나요?' '당신이라면 저것을 선택하시나요? 이것을 선택하시나요?' 이런 발제는 논쟁적인 경향이 있습니다.

'저자는 무엇을 말하려고 하는 건가요?'는 해석의 방식에 따라 달라지므로 논쟁적이거나 비 논쟁적으로 될 수 있습니다. 이런 형식이 토론방식입니다. 토론방식은 관점의 다양성과 함께 자기 가치를 돌아보는 데 좀 더 목적을 둡니다. 설득으로 내 주장이 좀 더 논리적이다 라고 강조하는 게 아닙니다.

갈등을 유발하는 발제

발제 시에 고심되는 부분이 갈등 유발이 예측되는 경우입니다. 다양한 관점을 듣고 자기 가치를 정리하여 사고의 확장을 목적으로 독서토론에 참여합니다. 그런데 독서모임에서 굳이 갈등의 소지가 있는 부분을 다루어야 하는가 하지 말아야 하는가 하는 문제에 부딪치는 경우가 있습니다. 다툼이 생기고 마찰이 생기면 독서모임 자체의 존립에 대한 두려움이 앞서기 때문입니다.

그런 경우 저는 분명히 말합니다.

일부러라도 갈등을 불러 일으켜야 합니다. 갈등은 다른 사람의 생각을 받아들이는 과정입니다. "민주주의는 갈등이 있어야 합니다." 갈등이 없으면 전제국가나 공산주의와 다를 바 없습니다. 갈등은 해결을 위해 앞으로 나아가려는 하나의 과정입니다. 갈등을 통해 긍정을 찾아야 합니다.

갈등 발제는 토론 발제인 경우가 많습니다. 통상 선택과 찬반에서 많이 발생합니다. 그러나, 갈등을 유발시키는 발제는 달라야 합니다. 무조건적으로 갈등을 유발하라고 했다고 양극단에서 하나를 선택해야 하는 발제를 해서는 안 됩니다. 다소 신중할 필요가 있습니다. '저 사람이 도둑질을 했습니다. 용서할 수 있나요? 용서해서는 안 되나요?' 같은 어설픈 발제는 자칫 선과 악 윤리와 도덕문제에서 마찰을 일으킵니다. 위 발제는 이미 답을 정해놓고 하는 발제입니다. 이런 발제는 초등학생에게 조차 해서는 안 되는 발제입니다. 독서토론은 정답을 맞추는 목적이 아닙니다. 윤리적인 잣대는 내려놓아야 합니다.

갈등의 발제는 이래도 되고 저래도 되는 것이 좋습니다.

'공감하시나요? 공감하지 않나요?' '불편한가요? 불편하지 않나요?' '동의하나요? 동의하지 않나요?' 와 같은 발제인 경우가 적당한 갈등을 불러일으키면서 극단의 격렬함을 방지하는 발제 형식입니다.

자신의 가치를 물어보는 발제인 경우엔 조심스럽게 접근해야 합니다. 여차 잘못하면 나쁜 놈이 되기 때문입니다. 그래서 토론분위기가 가라앉는 경우도 발생합니다. 나와 전혀 다른 답변도 긍정적으로 경청하는 분위기가 필요합니다.

'남녀 간에 친구가 될 수 있는가?' 하는 발제로 독서토론 참여자로 참석했던 경험이 있습니다. 토론 참여자는 20대부터 50대까지 여성이 7명이었고 남성이 저 포함 3명이었습니다. 발제에 대한 답변으로 남녀 간 친구가 될 수 있다고 선택한 사람이 7명이었고, 될 수 없다고 선택한 사람이 3명이었습니다. 참여했던 모든 여성은 될 수 있다고 선택했고, 참여한 남성은 모두 될 수 없다고 선택했습니다. 남성 모두 40대였는데 참으로 재밌는 결과였습니다. 아무튼 자신만의 가치로 다양한 의견이 오고갔습니다. 서로 의견을 말하는 중에 참여자 중 가장 나이가 많았던 여성 한분이 저를 직접 지목하며 왜 친구가 될 수 없냐고 다그쳤습니다. '당신은 나와 친구하고 싶지 않나요?" 저는 결혼한 경우라면 부부간에 지켜야 할 기준을 벗어나서는 안 된다고 말했고 아무래도 남녀간에는 성적인 문제가 개입될 개연성이 크므로 친구가 될 수 없다고 답변했습니다. 그러자 그분은 대뜸 '난 당신과 친구라면 성관계도 허락할 수 있다. 친구라면 친구가 원하는 것까지 함께 공감해야 한다고 생각한다.' 고 과감하게 자신의 의견을 피력했습니다. 그분의 의견을 듣는 순간 무척 당황했던 기억이 납니다. 당시에는 그저 웃어 넘겨버린 경험 이였는데 '친구'라는 단어를 다시 생각했던 일화입니다. 그 경험을 통해 타인의 가치를 경청하고 용인한다는 게 결코 쉽지는 않다는 것을 깨닫게 되었습니다. 그분의 일침을 수용하는데 굉장한 용기가 필요했습니다.

갈등은 간혹 자기 가치 이상을 요구할 수 있습니다. 자신의 가치와 전혀 다른 사람의 생각을 인내를 가지고 듣는 것은 용기를 필요로 합니다. 그런 용기가 쌓이면 사고하는 뇌가 유연해 집니다. 뇌가 유연해 져야 다양한 관점을 객관적으로 융합할 수 있습니다. 발제는 그래서 의도적인 갈등도 필요합니다.

같은 발제 다른 답변 (소통)

같은 책으로 같은 발제로 독서토론을 하더라도 어디서 누군가와 하는가에 따라 완전히 다른 답변이 나옵니다.

『시인 동주』라는 책을 보면 윤동주가 대학 입학을 앞두고 아버지와 갈등하는 장면이 등장합니다. 윤동주는 문과 입학을 희망했지만 아버지는 반대하는 사건입니다. 이 장면을 가지고 부모 세대가 많은 독서동아리와 군부대 장병들에게 '당신이라면 문과를 선택할 것인가? 문과가 아닌 다른 과를 선택할 것인가?' 라는 발제로 진행한 경험이 있습니다. 발제에 대한 선택 결과는 양쪽 다 비슷하게 나왔습니다. 부모 세대나 군 장병들이나 '자신이 원하는 과를 가겠다'는 답변이 대다수 였습니다.

그런데 답변은 비슷하나 그 속에 가치는 달랐습니다.

부모 세대인 경우는 예전에 자신이 대학교 선택 시 자신이 원해서라기보다 성적에 맞춰 대학입학을 한 경우가 많았기 때문에 과거로 돌아간다면 내가 원하는 과를 가겠다고 말한 경우가 대다수였습니다. 당연한 답변일지 모릅니다. 그런데 군 장병들의 선택이유는 예측 답변에서 완전히 벗어났습니다. 군장병들 대다수는 자신이 원하는 과를 선택해서 대학교에 입학했다고 합니다. 그래서 학과에 대한 만족도도 높습니다. 즉, 누군가의 강요(부모나 선생님, 성적)에 의해 과를 선택한 것이 아니라 자신이 전공을 직접 선택한 경우가 많다는 이야기입니다. 같은 답변이지만 다른 가치가 담겨있습니다. 세대별로 판단의 기준이 다르다는 것을 입증하는 결과입니다. 젊은 세대는 자신의 의지가 확실합니다. 단지 표현하지 않을 뿐입니다. 편안한 가운데 자기 표현을 끄집어낼 수 있다면 세대를 뛰어넘는 유쾌한 시간이 될 것이 분명합니다.

같은 발제와 같은 답변 그러나 다른 가치가 있습니다. 부모와 자식 간에 소통은 쉽지 않습니다. 부모가 알고 있는 자녀는 일부분입니다. 저도 아이를 키우는 부모입장에서 독서토론을 진행하다보면 젊은 참여자와 부모 세대 참여자간 생각이 전혀 다르다는 것을 느끼는 경우가 많습니다. 소통이 쉽지만은 않습니다.

그러나 다양한 연령층 다양한 세대가 어울릴 때 소통의 기회가 주어집니다. 나와 다른 세대의 말을 끝까지 귀 기울일 인내가 필요하고 용기가 필요합니다. 자녀는 내 통제 이상으로 벗어나 있습니다. 인정해야 합니다. 『나는 가해자의 엄마입니다』에 '수'의 고백처럼 사랑만이 전부가 아닙니다.

나이가 어리면 어린 사람들만의 가치가 있습니다. 나이가 많다는 이유로 가르쳐서 인도하려 하지 말아야 합니다. 같은 답변이지만 다른 가치가 있습니다.

요즘 아이들이 자기 생각이 없다고 말합니다. 뭐하나 물어보면 명확히 자기 생각을 표현하는 아이들이 잘 없습니다. 스마트 폰의 폐해이며 사람과 어울림이 부족하여 말하지 않는다고 합니다. 하지만 제가 생각하는 것은 다릅니다. 생각이 없어서 말 못하는게 아니라 생각이 많아서 말 안하는 겁니다. 요즘 젊은 세대들은 많은 정보와 지식을 무한대로 흡수하고 있습니다. 아는 것만 따지면 부모가 아는 것 이상을 훌쩍 넘어섭니다. 단지 '말하면 부딪친다'는 것을 경험적으로 알고 있습니다. 생각의 가치는 이미 부모를 넘어 서고 있습니다. 그런데 자기 생각을 말하면 갈등이 생기고 부모세대는 그들의 말을 어리다는 이유로 경험 부족이라는 말로 설득하려 든다는 것을 알기 때문에 비효율적인 논쟁을 피하기 위해 애초에 말을 하지 않는 겁니다.

발제는 세대간 관계를 이해하는 것이며 토론은 그 도구로 활용되어야 합니다. 설득와 논증이 아니라 이해와 경청이 되어야 합니다. 나와 다르다고 이해 못할 것은 없습니다.

06

사고 확장의 가장 쉬운 길 :
함께 하는 책 읽기

질문과 발제라는 것은 인간의 능동적인 사고형태입니다. 그 능동적인 사고 형태가 뇌의 구조를 바꾸어 줍니다. 뇌가 유연해야 다른 사상, 지식과 정보, 경험가 가치가 융합하고 협의할 수 있습니다.

책만 열심히 읽으면 독단과 독선이 됩니다. 내가 아는 게 정답입니다. 혼자 읽는 책읽기는 정답을 찾게 만듭니다. 정답은 진리가 되어 버립니다. 그러나 삶에 정답은 없습니다. 인간과 인간, 인간과 사회, 인간과 세계의 관계는 정답으로 결정되는 게 아닙니다. 책만 읽으면 관계를 잃어버립니다. 우린 어릴 때부터 묵독하는 읽기를 강요당했습니다. 관계보다는 집중과 효율성을 선택한 결과입니다. 경제가 위축되고 정체되면서 직접적인 경제활동에서 벗어나서야 뒤돌아보는 시간을 가지게 되었습니다. 쉼 없이 달려오며 이것이 정답이라 여겨왔던 것이 아닐 수도 있다는 것을 인지하기 시작합니다. 우리 한국 사회의 인문학 열풍은 그렇게 시작했습니다.

인문학하면 책을 가장 먼저 떠올립니다. 전통적으로 책을 통해 치유하고 지식과 정보를 습득했습니다. 그런데 지금은 인공지능시대입니다. 감성의 치유는 책이 아니더라도 많은 다른 것으로부터 가능합니다. 지식과 정보도 스마트 폰으로 대체되었습니다. 책으로만 할 수 있는 것은 사고하는 힘입니다. 감성과 이성을 융합하여 사고하는 도구로써 책이 필요합니다. 그래서 책 읽는 다는 것은 사고의 확장이라는 목적을 가져야 합니다.

인공지능시대에 교육과 기업 그리고 사회가 사고하는 인재를 요구합니다. 지식과 정보의 나열은 기계가 더 뛰어납니다. 기계를 이겨낼 수 없습니다. 기계가 넘볼 수 없는 인문을 공부해야 합니다. 인문의 바탕은 책이고 사고입니다.

개인의 경험과 지식과 지혜는 한계가 있습니다. 그래서 한권의 책을 아무리 100번을 읽었다고 하더라도 완벽하게 그 책을 이해하기 쉽지 않습니다. 100권의 책을 완벽하게 소화했다 하더라도 같은 책으로 100명의 사람들과 대화하면 자신의 무지를 인정하게 됩니다. 무지를 인정할 때 사고가 확장됩니다. 자기의 무지를 인정하지 않고 내가 100권을 읽었으니 내가 더 잘 안다고 끝까지 주장하면 뒤늦게 멈춰버린 자신을 발견하게 됩니다.

사고 확장을 빨리하는 지름길이 있습니다. 독서토론에 나가는 일입니다. 독서동아리에는 최소한 10명의 같은 책을 읽고 모인 사람들이 있습니다. 그들의 이야기를 듣고 내 생각 나눔을 통해 사고가 확장되고 있음을 알게 됩니다. 물론 독서동아리 참여자 전부가 사고하는 책읽기를 목적으로 모인 것은 아닙니다. 그저 타인과 함께하는 자리가 좋아서 오는 분들도 꽤 됩니다. 지식을 얻기 위해 오시는 분들도 있습니다. 그러나 독서토론의 목적은 '사고의 확장'이 목적이 되어야 합니다. 지금은 자기 감성을 나누더라도 언젠가는 사고하는 책읽기로 변해야 합니다. 아직까지는 익숙하지 않은 것에 억지로 밀어 넣을 수는 없습니다. 그러나 사고하는 책읽기 분위기로 빠르게 전환되기를 희망합니다.

독서토론 방식은 다양합니다. 모이는 사람들의 나이, 성별, 사는 지역에 따라 달리 운영되고 있습니다. 그러다보니 지역마다 독서동아리가 폐쇄적인 경우가 많습니다. 우리가 하는 방식이 맞아 다른 방식은 맞지 않아 하면서 또 다른 무엇을 배우는 것에 인색한 경우가 많습니다. 독서동아리도 변해야 합니다. 익숙하고 편한 도서보다는 어색하고 불편한 도서에 도전해야 합니다. 사고는 불편하고 어색할 때 확장됩니다. 익숙하고 편하면 사고는 금방 죽어버립니다. 내가 책을 읽는다고 자신 있게 말하려면 불편한 책을 읽어야 합니다.

어려운 책이 아니라 불편한 책입니다. 조선일보가 어려운 게 아니라 불편해서 안 읽습니다. 한겨레 신문 내용이 어려워서가 아니라 불편해서 안 읽습니다. 불편한 책을 다른 사람들이 어떻게 생각하는지 들어보러 가야 합니다. 독서모임에 가야 합니다.

사람과 사람이 만나 갈등하고 해소하고 협의할 때 연대가 생깁니다. 책은 혼자 읽는 행위가 아닙니다. 책도 책과 만나서 갈등하고 해소하고 협의해야 합니다. 그것이 올바른 책 읽기입니다.

사고는 질문과 발제에서 시작합니다. 혼자만의 책읽기를 통해서는 질문과 발문에 한계를 느끼게 됩니다. 질문을 질문으로 답하는 과정에서 사고는 확장됩니다. 혼자 하는 자문자답은 굉장하게 어려운 길을 홀로 가는 것과 마찬가지입니다. 독서동아리에 가서 다른 가치를 가진 사람들과 질문하고 발제하는 마당으로 가야 합니다. 사고 확장하는 쉬운 지름길입니다. 독서동아리는 발제하는 독서토론을 지향해야 합니다.

인공지능 시대, 기업이 바라는 인재, 교육적 관점에서 나는 왜 책을 읽는지 생각해야 합니다. 삶이 긍정적으로 변화되기를 바라는 마음에서, 남보다 빠르고 많은 지식과 정보를 이용하여 권력을 얻기 위해서, 아니면 치유할 목적일 수 있습니다. 그러나 책이 아니더라도 스마트 폰으로 지식과 정보를 얻습니다. 음악과 미술, 영화로 치유를 기대하고 삶을 긍정적으로 변화 시킬 수 있습니다. 책이 다른 것으로 대체 가능하다면 책을 고집할 필요가 없습니다.

책으로만 가능한 것은 '사고하는 힘'입니다. 어떤 것으로도 대체될 수 없는 책만의 가치입니다. 인공지능 시대에 필요한 인재는 '창의적 사고'가 가능한 사람입니다. 그리고 인간과 기계와 동물로 구분할 수 있는 인간만의 가치도 '사고'입니다.

미래에도 사고에 집중해야 합니다. 사고를 위해 책을 선택해야 합니다. 그렇다면 사고하는 책 읽기를 어떻게 해야 하나요? How의 문제가 남습니다. 사람은 자기가 겪은 경험과 지식으로 자기 관점과 자기 가치를 축적합니다. 하지만 개인은 세잔 그림의 일부만 이해하는 편협한 시각을 가진 사람일 뿐입니다. 자신이 아무리 다양한 관점으로 그림을 본다고 한들 모든 관점을 이해할 수 있다고 장담할 수 없습니다. 책도 마찬가지입니다. 내가 한 권의 책을 수십 번 읽었다고 완벽히 책을 이해했다 말하지 못합니다. 혼자 읽는 독서는 함께 하는 독서로 나가야 합니다. 내가 아는 것이 전부가 아니라는 것을 깨닫는 순간부터 사고는 확장합니다.

사고하는 독서토론이 되어야 합니다. 자기 치유를 위한 계모임이 목적이 돼서는 안 됩니다. 지식 나열이 목적이 돼서는 안 됩니다. 사고는 발제에서 시작합니다. 묻고 대답하고 묻는 과정 중에 사고는 확산됩니다. 사고는 결과가 없습니다. 과정만 있을 뿐입니다. 독서토론이 잘 되면 정신적 혼란이 옵니다. 그래서 괴로울 수도 있습니다. 하지만 혼란을 가까이하면 할수록 뇌가 말랑말랑해서 유연하게 삶을 바라보는 자신을 발견할 수 있습니다. 내가 나로써 존재함을 깨닫게 됩니다. 혼자 책 완독했다고 독서가 끝난 것은 아닙니다. 혼자 읽는 책 읽기는 독서 전(前) 과정입니다. 독서토론 하는 과정은 독서 중(中) 과정입니다. 토론 마무리 소감까지 써야 한 권의 독서가 끝(結) 납니다. 서평으로 남기면 더할 나위 없습니다. 읽고 쓰고 말하는 독서토론을 지향해야 합니다.

 우리는 존재하기 위해 관계합니다. 나와 나, 나와 너, 나와 우리, 나와 사회와 관계하기 위해 사는 겁니다. 관계하는 법을 끝없이 배우는 것이 인문입니다. 독서모임도 관계라는 본능적 이끌림입니다. 그 모임에 강제적으로도 사고를 집어넣어야 합니다.
 사고는 우리가 인간으로 인정받는 유일한 가치입니다.